Mark O'Sullivan
Eine Melodie für Nora

Mark O’Sullivan

Eine Melodie für Nora

Aus dem Englischen von
Astrid von dem Borne

Verlag Freies Geistesleben

Für Joan, Jane und Ruth

Die Originalausgabe mit dem Titel *Melody for Nora. One girl's story in the Civil War* ist zuerst 1994 bei Wolfhound Press, Dublin erschienen.

1. Auflage 1999
Verlag Freies Geistesleben
Landhausstraße 82, 70190 Stuttgart
Internet: www.geistesleben.com

ISBN 3-7725-1731-5

Nach den Richtlinien der neuen Rechtschreibung
Umschlag: Hilary Mosberg
Druck: Clausen & Bosse, Leck

Wenn wir träumen, machen wir aus kleinen Begebenheiten unseres Lebens gern fantastische Geschichten.

Auf den folgenden Seiten habe ich das gleiche mit einigen Erlebnissen aus dem frühen Leben meiner Großmutter und meiner Großtante getan.

Ich danke ihnen, dass sie gelebt haben und mir damit Gelegenheit zum Träumen gaben.

Es war im Sommer 1922. Der Unabhängigkeitskrieg war mit der Unterzeichnung des Friedensvertrages durch General Michael Collins im vorhergehenden Jahr zu Ende gegangen. Irland war endlich frei – aber es war geteilt.

Die Leute waren froh, dass die Irische Armee an die Stelle der verhassten Black and Tans *trat, von denen man sagte, sie seien aus Kriminellen und Räuberbanden rekrutiert worden. Der Britische Geheimdienst zog sich von seiner Basis im Dubliner Schloss zurück. Die Tage von Mord und Terror schienen vorüber.*

Aber es gab einige, die die Bedingungen des Friedensvertrags ablehnten und sich weigerten, den neuen, freien Irischen Staat anzuerkennen; sie bildeten eine Truppe von Freischärlern, die man die Irregulars *nannte.*

Als diese Männer das Justizgebäude Four Courts *in Dublin angriffen, fielen die ersten Schüsse des Irischen Bürgerkrieges. Ein neuer und erbitterter Konflikt begann.*

Kapitel 1

Noch nie zuvor war sie in einem solchen Raum gewesen. Ihre Augen schmerzten in dem grellen Licht. Ringsum gab es keine Wände, nur Massen wogender Vorhänge, die endlos vom Wind hin- und hergezerrt wurden.

Auch das Klavier, an dem sie saß, war ihr fremd. Die Tasten waren nicht fleckig oder vergilbt. Sie glänzten so blendend hell, dass man nur schwer sagen konnte, wo der eine Ton aufhörte und der nächste begann.

Am sonderbarsten aber, und ihr keineswegs geläufig, war das Stück, das sie spielte, und wie sicher und fehlerlos sie es wiedergab. Sie war überzeugt, dass sie es noch nie gehört hatte, und jede neue Wendung war wie ein weiterer Schritt zu einer Entdeckungsreise ins Unbekannte.

Noch während sie spielte, war Nora überzeugt, sie habe sich nur eingebildet, dass ihre Mutter und ihr Vater und die beiden Jungen jemals existiert hatten. Sie wusste nicht, woher sie kam und wohin sie ging. Nur einer Sache war sie sich sicher: Dicht hinter ihr stand jemand, beobachtete sie, hörte zu.

Mrs. Teehan, ihre Klavierlehrerin, konnte dieser Eindringling nicht sein, denn vor ihr hatte sie sich nie gefürchtet. Auch der langnasige Prüfer mit der pedantischen Fistelstimme, dem sie im letzten Monat vorgespielt hatte, konnte es nicht sein. Es war ohne Zweifel ein Mann, aber einer, dem sie noch nie begegnet war. Sie wusste, dieser Fremde war noch jung, aber er war unter den Sorgen und Kümmernissen seines Lebens rasch gealtert. Er mochte grausam sein oder freundlich oder beides. Sie kämpfte mit sich, ob sie sich umdrehen und ihm sagen sollte, er möge verschwinden, oder ob es besser war weiterzuspielen, um herauszufinden, wie das Musikstück endete.

Und dann plötzlich, vor ihren Blicken, fingen ihre Finger beim Spielen zu bluten an. Sie empfand keinen Schmerz, auch verlangsamte sie das Tempo des Walzers nicht. Da war nichts außer absolutem Entsetzen. Hilfesuchend wandte sie sich nach dem Fremden um, aber er war verschwunden.

Als sie zu der Stelle hastete, wo er gestanden hatte, hörte sie einen dumpfen Schlag hinter sich. Sie schaute zurück und sah, dass der Klavierdeckel zugefallen war. Verzweifelt suchte sie ein Fenster oder eine Tür, durch die sie fliehen konnte, aber der Raum schloss sich immer enger um sie. Sie wurde von den flutenden Vorhängen wie von einem riesigen Spinnennetz eingewickelt.

Ihre Hand fiel blindlings auf kaltes, poliertes Holz und sie stieß es beiseite. Das Klavier glitt über den Boden hinweg und krachte mit ohrenbetäubenden Lärm durch den dichten Spitzenstoff und hinaus ins Nichts …

Nora erwachte und schreckte hoch, als sie in der Ferne einen anderen lauten Knall hörte, der zu oft widerhallte, um ein Echo sein zu können. Sie rieb sich den Schlaf aus den Augen und es wurde ihr bewusst, was in Wirklichkeit los war. Jene Männer und Frauen, die Seite an Seite für die Freiheit ihres Landes gekämpft hatten, schienen ihre Bosheit und ihren Hass nun gegeneinander zu kehren. Der von so vielen gefürchtete Bürgerkrieg war da.

Seit Monaten hatten beide Seiten den Konflikt mehr und mehr geschürt. Unten bei den Four Courts, wo sich die Irregulars eingenistet hatten, um die neue Regierung herauszufordern, knisterte die Luft vor Spannung. Im vergangenen Monat hatte es eine Wahl gegeben, und das Volk hatte für den Vertrag und für den Frieden gestimmt. Aber die Irregulars blieben hart.

Ihre Mutter hatte gesagt: «Die Welt ist voller Menschen, die sich einbilden, dass sie wissen, was für den Rest der Welt gut ist.»

Nora Canavan schaute zu ihren Zwillingsbrüdern hinüber, die seelenruhig weiterschliefen. Selbst bei diesem schwachen Licht konnte es keinen Zweifel an ihrer Existenz geben. Sie lagen aneinander gekuschelt da und ihre Gesichter sahen genau so verschmitzt aus wie wenn sie wach waren. Ob die Auseinandersetzung, durch die die Stadt in dieser Nacht aufgeschreckt wurde, wohl noch immer wogen würde, wenn sie einmal das Kampfesalter erreicht hätten? Wann immer das sein würde – mit achtzehn wahrscheinlich. Bis dahin waren es noch zehn Jahre. Sie hatte in der Schule von einem Krieg gehört, der zwanzig Jahre gedauert hatte, und, noch schrecklicher, vom Hundertjährigen Krieg. Sie fröstelte bei dem Gedanken, dass es ihr Leben lang solche Nächte wie diese geben könnte – falls sie die Bomben und Kugeln derer, die alles am besten wussten, überleben sollte.

Aus dem Zimmer ihrer Mutter vernahm sie eine plötzliche Bewegung und sie hielt den Atem an, um zu lauschen. Dann war wieder alles still, und von der Stadtmitte hörte man noch heftigeres Feuergefecht. Sie versuchte in dem fernen Donner einen Rhythmus zu erkennen, aber es gelang ihr nicht. Dann folgte ein leises zweimaliges Klopfen an der Wand über ihrem Kopf. Es war ihre Mutter, die nach ihr verlangte.

Lautlos glitt Nora aus dem Bett und als sie an den Jungen vorbeistreifte, drehten sich beide um, als hätten sie denselben Traum. Auf der Schwelle zum Zimmer ihrer Mutter traf sie der unverkennbare Geruch nach Krankheit zum wiederholten Male wie ein Schlag. Ganz gleich, wie gründlich sie den Boden da drinnen schrubbte, egal, wie lange das Fenster offen stand, der Gestank war nicht zu vertreiben. Nora kniff die Augen zusammen, um die Silhouette des Gesichts auf dem eingesunkenen Kissen besser erkennen zu können.

«Nora, Liebes», flüsterte die Mutter, «geht's euch gut da drüben?»

«Alles in Ordnung.»

«Die Schießerei hat angefangen und keine Spur von deinem Vater.»

Nora trat zu ihrer Mutter und umfasste ihre kalten, feuchten Hände.

«Du weißt, wo er ist», sagte sie.

Mit ihren vierzehn Jahren war Nora noch zu jung und sie schämte sich, den Hass gegen den Vater offen zu zeigen. Noch glaubte sie, genauso schuld daran zu sein wie er, dass sie sich mit solcher Verachtung begegneten.

«Ich weiß nicht», fuhr ihre Mutter fort, «in einer solchen Nacht kann ihm alles Mögliche zustoßen.»

«Ihm passiert schon nichts», beruhigte Nora sie und schob schuldbewusst die Hoffnung, dass ihm wirklich etwas passieren könnte, weit von sich. Sie war überzeugt, dass er dort war, wo er häufig den Abend verbrachte. Sie war sicher, für ihn waren die Bomben am Gebäude der Four Courts eine willkommene Entschuldigung für ein oder zwei Extragläser.

«Aber er ist doch so aufbrausend», sorgte sich ihre Mutter.

Nora verstand überhaupt nicht, wie ihre Mutter auch nur ein Quäntchen Gefühl für diesen Mann übrig haben konnte, der ihnen das Leben so zur Qual machte. Seit es ihr schlecht ging, hatte ihre Sorge um ihn im selben Grade zugenommen, wie die seine abzunehmen schien. Nie versuchte er ihr das Dasein zu erleichtern. Wenn sie einen ihrer schrecklichen Schwindelanfälle bekam, überließ er sie und die weinenden, verunsicherten Brüder einfach Nora.

In der kleinen länglichen Schachtel auf der Fensterbank klirrten die bescheidenen Ersparnisse ihrer Mutter, als wieder eine Granate hochging. Der Blitz erhellte ihre Gesichter. Nora umklammerte die Hände ihrer Mutter fester.

«Hab keine Angst, Mädchen, bis hierher werden die Kämpfe nicht kommen.»

Nora dachte an den Abend der vergangenen Woche, als ihre Mutter angefangen hatte, mit unbestimmten Worten von einer Zukunft zu sprechen, in der sie möglicherweise nicht mehr da wäre. Für Nora war es ein solcher Schock gewesen, dass sie zum ersten Mal seit Beginn der Krankheit plötzlich heftigen Groll gegen ihre Mutter empfand. Sie hatte sie angeschrien, hatte ihr vorgeworfen, sie kämpfe nicht gegen die Krankheit an, sie versuche gar nicht, etwas dagegen zu tun. Ihre Mutter hatte geschwiegen und gewartet, bis Noras Verbitterung in ihrer tröstenden Umarmung verebbt war. Jetzt war es an Nora, Trost zu spenden.

«Ich geh runter und schau, ob die Tür auch nicht verriegelt ist», sagte sie.

Inzwischen hatten sich Noras Augen an die Dunkelheit gewöhnt und sie fand auf der engen Treppe rasch den Weg hinab. Unten hörte sie ihren Vater schnarchen. Sie fand ihn ausgestreckt auf dem alten, geflickten Sofa liegen, mit zurückgefallenem Kopf und offenem Mund. Einen Augenblick setzte sein Schnarchen aus und sie stellte sich vor, er sei tot. Sie war wütend auf sich, weil sie so etwas dachte, und auf ihn, weil er der Mutter solche Sorgen machte, packte ihn bei der Schulter und schüttelte ihn heftig. Vor Schreck holte er mit dem Arm aus und seine Hand traf sie an der Wange.

«Heiliger Josef!», knurrte er und blickte wirr im Raum umher.

«Du hast mich geschlagen!», klagte Nora und versuchte ihre zitternde Stimme zu dämpfen.

«Was quasselst du da? Ich hab dich nicht mal gesehen», rief er.

Seine Whiskyfahne drang ihr in die Nase. Sie schluckte schwer. Wenn sie sich noch weiter wehrte, würde er einen Wutanfall bekommen und das ganze Haus geriete in Aufruhr. »Schrei nicht so, sonst weckst du die Jungen.»

Er richtete sich mühsam auf und Nora wich in den Schatten zurück.

«Gibst du noch Widerworte, du kleine …», brüllte er, aber noch bevor er sich auf sie stürzen konnte, ertönte das Knattern der Gewehre erneut.

«Allmächtiger», fluchte er, «hören sie denn nie auf, um dieses verdammte kleine Land zu kämpfen?»

Dann fiel er wieder auf das Sofa zurück und starrte in die Glut des Kamins. Nora war sich nicht sicher, ob sie sich unbehelligt aus dem Zimmer stehlen könnte. Diesmal, das wusste sie, hatte er sie nicht absichtlich geschlagen. Ihre Wange brannte, aber eigentlich waren nur ihre Gefühle wirklich verletzt. Sie wünschte, er würde sich entschuldigen. Nur dies eine Mal.

«Die geben nicht eher Ruhe, bis sie uns alle für die Ehre Irlands zu Kleinholz gemacht haben», schimpfte er vor sich hin.

«Mam wartet oben auf dich», sagte Nora.

«Geh ins Bett und hör auf, mir auf die Nerven zu gehen», knurrte er, «du bist nichts als eine Nervensäge.»

Nora wusste, was als Nächstes kommen würde. Es war immer dasselbe Lied, wenn ihr Vater aus dem Pub kam. Seine Wut würde sich gegen sie richten, weil er beschlossen hatte, dass sie am Zustand ihrer Mutter schuld sei.

«Wenn du nich' wärst und deine verdammte Musik, wär die Frau so gesund wie – wie –», begann er mit versoffener, weinerlicher Stimme.

Sie hielt es für besser still zu sein; sollte er doch seine Anklagen gegen sie wiederholen. Schweigend presste sie die Finger zusammen. Sie musste daran denken, wie ihre Hände im Traum geblutet hatten, die Hände, die an all dem schuld waren. Sie wünschte, sie könnte sich alle Finger brechen, jeden einzelnen; oder dass es ihr ginge wie den Leprakranken, von denen sie in der Schule gehört hatte, dann würde sie eines Morgens aufwachen und feststellen, dass ihr alle Finger abgefallen wären.

Vor drei Jahren hatte ihre Mutter sie in das behagliche rote Backsteinhaus in der South Circular Road mitgenommen, das Haus, in dem Mrs. Teehan wohnte. Es war Noras elfter Geburtstag und um die Wahrheit zu sagen: der Tag war eine Enttäuschung gewesen. Es war schon spät am Abend und noch immer hatte sie kein Geschenk von der Mutter bekommen. Ganz gleich wie schlecht die Dinge standen, irgend eine kleine Überraschung hatte die Mutter immer herbeigezaubert. Als sie dann aber die Clanbrassil Street entlangliefen, dachte Nora, vielleicht hätte die Mutter etwas in einem der Pfandhäuser entdeckt, und ihre Spannung wuchs.

«Wohin gehen wir, Mam?», fragte sie, als sie in die South Circular Road einbogen.

«Du wirst's gleich sehen», war alles, was die Mutter erwiderte.

Nora hätte am liebsten geschrien oder wenigstens ein paar Tränen, die ihr schon den ganzen Tag in den Augen standen, über das unglückliche Gesicht laufen lassen.

«Aber Mam», jammerte sie, als sie vor Mrs. Teehans Tür stehen blieben, «wir kennen hier doch niemanden.»

Die Mutter ordnete Nora das Haar und untersuchte ihre Hände, wie schon mehrfach zuvor, um sicher zu gehen, dass sie auch sauber seien.

Der Anblick, der sich Mrs. Teehan bot, war für sie ungewohnt. Um diese Jahreszeit kamen meistens die gut gekleideten Ehefrauen von Kaufleuten und Bankiers und dergleichen, um ihre verhätschelten, wenn auch meist widerstrebenden Gören herzubringen, damit sie den Klavierunterricht aufnehmen oder fortsetzen könnten. Nora und ihre Mutter trugen zwar keine Lumpen, aber ihre Kleidung war abgetragen und man sah ihr an, dass sie sorgfältig gesäubert worden waren. Die Manschetten waren abgewetzt und es gab den einen oder anderen Knopf, der nicht zu den anderen passte.

«Mrs. Canavan, nicht wahr?», lächelte Mrs. Teehan und Nora wusste sofort, dass sie diese rotbackige, etwas rundliche Frau mögen würde.

«Ich hoffe, wir sind nicht zu spät», sagte Mrs. Canavan schüchtern.

Mrs. Teehan war erleichtert, dass man ihr nicht in der üblichen hochnäsigen Art begegnete, wie sie es sonst von ihrer Kundschaft gewohnt war.

«Und das muss Nora sein, unsre neue Schülerin.»

«Aber ich hab doch eine Schule, Mam!»

Dann erklärte man ihr alles. Ihr Geburtstagsgeschenk war, dass sie Klavierspielen lernen durfte. Nora war überwältigt. Nie zuvor war davon gesprochen worden. Überhaupt wurde nicht über Musik geredet, obwohl sie zu Hause immer sang, wo sie ging und stand, genau wie ihre Mutter. Sie war nicht sicher, ob das nun etwas war, was sie wirklich wollte. Ihre Mutter sah jedoch so vollkommen glücklich aus, wie sie in Mrs. Teehans Wohnzimmer Tee nippte, dass Nora glaubte, es müsse wohl schon das Richtige für sie sein.

Wochenlang tastete sich Nora ungeschickt durch die ersten Stunden. Sie wollte nicht undankbar sein, aber manchmal jammerte sie ihrer Mutter doch etwas vor. Auch Mrs. Teehan fragte sich, ob das Mädchen jemals mehr zustande brächte, als sich ungeschickt durch die Tonleitern zu quälen. Nora hatte nämlich keine feingliedrigen Hände, mit denen man leichtfingrig über die Tasten gleiten konnte. Sie waren alles andere als zart und nur allzu vertraut mit schwerer Arbeit.

Mrs. Teehan beschloss, Noras Mutter möglichst freundlich mitzuteilen, dass das Ganze vielleicht doch nicht so eine gute Idee war. Unter ihren Schülern gab es viele, die sich abrackern mussten, aber da wusste sie, dass deren Eltern das Geld, das sie dafür ausgaben, leicht verschmerzen konnten. Doch bevor sie sich dazu aufraffen konnte, trat eine bedeutende Wende ein.

Es begann, als sie von den Tonleitern zum ersten einfachen Musikstück übergingen. Die Steifheit schien aus Noras Fingern zu schwinden und ihr Spiel gewann mit der Zeit unerwartete Anmut und Geschicklichkeit. Von nun an blühte Noras Talent, und jetzt, drei Jahre später, war sie zweifellos die begabteste Schülerin, die Mrs. Teehan je unterrichtet hatte. Noras Selbstvertrauen wuchs, als sie jede Prüfung ohne Schwierigkeiten meisterte, und ihre Mutter und die Lehrerin schmiedeten Pläne für ihre Zukunft. Doch dann erkrankte Noras Mutter und die Träume begannen sich aufzulösen.

Damals fing der Vater an, Nora die Schuld zuzuschieben. Es

hatte viele Nächte gegeben wie diese, als die Geschütze erstmals auf das Gebäude der Four Courts gerichtet waren. Immer wieder kam er auf die gleichen, ungerechten Anschuldigungen zurück.

Ihre Mutter hatte in der Chapel Street eine Putzstelle angenommen, um Noras Stunden zu bezahlen. Sie ging jeden Samstagabend dorthin und Noras Vater war überzeugt, dass diese Arbeit der Grund für ihre Krankheit war. Auch Nora fing an, es zu glauben, trotz der Proteste ihrer Mutter.

Als sie jetzt in der dunklen Küche stand, füllte sich Noras Herz mit Hass gegen ihren Vater, gegen die Musik und vor allem gegen sich selbst. Sie wartete darauf, dass er sie noch einmal schlagen würde, denn sicherlich verdiente sie es, aber er schlief wieder auf dem Sofa ein. Sie ging zu ihrer Mutter, um ihr zu sagen, dass der Vater zu Hause, dass alles in Ordnung sei.

Es war schwer genug sich vorzustellen, dass der tobende Kampf im Stadtzentrum aufhören würde, aber es war noch unmöglicher zu glauben, dass sich ihr Leben jemals ändern könnte. Das würde so bis in alle Ewigkeit gehen, dachte sie.

Doch Nora irrte sich. Während der nächsten beiden Monate verschlechterte sich der Zustand ihrer Mutter, keine Besserung sollte sich einstellen. Sie entschlief friedlich und an einem Augustmorgen im Jahre 1922 wurde sie zur letzten Ruhe getragen.

Kapitel 2

Der junge Priester, der an Mrs. Canavans Grab hastig die Gebete sprach, wurde von Schuldgefühlen gepackt. Wie die meisten der Anwesenden beschäftigte ihn der Tod eines anderen, der – so konnten alle nicht umhin zu denken – unendlich einschneidender war, als die Trauer in den Herzen der Canavans.

Es war kalt für die Jahreszeit, und zu dunkel für die Zeit des Tages. Auf der anderen Seite des Liffey waren die Straßen ungewöhnlich bevölkert und die Menschenmassen ungewöhnlich still. Zwei Tage zuvor hatten die Ereignisse eine tragische Wende genommen und jetzt schwankte die Geschichte auf einem Irrweg dahin, das war so gewiss wie die Beerdigungsprozession, die sich zum Glasnevin-Friedhof bewegte.

Entlang der sechs Meilen langen Strecke war jeder günstige Platz besetzt. Jeder Zentimeter auf dem Pflaster war voller trauernder Menschen. Männer fielen auf die Knie, als der Trauerzug vorbeischritt, und aus vielen Augenwinkeln flossen Tränen. Die Pferde, die den Leichenwagen zogen, polterten mit ihren eisernen Hufen über die Pflastersteine.

Ihr Anführer war tot. Michael Collins. Ermordet – nicht von den Black'n'Tans oder dem früheren Britischen Geheimdienst, sondern von einem seiner Landsmänner. Sein Tod hatte auf jeder Seele eine Narbe hinterlassen. Selbst seine schlimmsten Feinde wussten tief im Inneren, dass das nichts Gutes verhieß. Die Menschen beider Lager, wie auch die, welche keiner Seite angehörten, fragten sich, wie lange der Wahnsinn des Bürgerkrieges jetzt wohl andauern würde.

Innerhalb der Tore des Glasnevin-Friedhofs erreichte die Stimmung ihren dunkelsten Augenblick in dem gedämpften Gemurmel der letzten Gebete. Bald gingen die Menschen auseinander und es schien, als sei auch noch der Letzte von ihnen in einem Zustand der Benommenheit, der nie mehr aufhören würde. Weit entfernt von der trauernden Menge zog sich die kleine Gruppe, die auf dem anderen Friedhof übrig war, allmählich von dem frisch aufgefüllten Grab zurück.

Nora ging zwischen ihren Brüdern, liebevoll hatte sie die Arme um die beiden gelegt. Der wilde Wust ihres blonden, dicken Haares war ausnahmsweise ordentlich zusammengebunden und sie trug ihr bestes Sonntagskleid. Sie sah älter aus als vierzehn. Ihr Gesicht war gezeichnet von der Last der vergangenen Monate, als sie den Tod ihrer Mutter unweigerlich näher kommen sah und nicht wusste, was danach geschehen würde. Auf diese Frage gab es wohl nur eine Antwort: Sie musste für die Brüder die Rolle der Mutter übernehmen.

Inzwischen hatte sie sich fast an diesen Gedanken gewöhnt. Ihre Mutter hatte während der letzten Zeit nur noch wenig tun können. Noras Tage waren mit Waschen, Bügeln, Kochen und Einkaufen ausgefüllt gewesen; mit Straßenspielen und unbekümmerten Freundschaften wie bei anderen Mädchen ihre Alters war es vorbei. Doch sie kam nie auf den Gedanken, dass dies vielleicht ungerecht sei. Es war ihre Pflicht.

Ihr Vater hatte ihr bereits zu verstehen gegeben, dass es mit der Schule vorbei sei. Das überraschte sie nicht und es machte ihr auch nichts aus. Die meisten Mädchen, die sie kannte, mussten sich ebenfalls eine Arbeit suchen, um der Familie beim Begleichen der Kosten zu helfen. Nora hatte auch nicht protestiert, als ihr Vater ankündigte, mit den Klavierstunden müsse nun Schluss sein. Sie bedauerte lediglich, dass sie Mrs. Teehan nun wohl nie mehr wiedersehen würde. Sie hatte sich am Grab nur rasch von ihr verabschiedet und diesen kleinen Verlust akzeptiert, der in Anbetracht des Schmerzes über den Tod der Mutter unbedeutend war.

Ein paar Schritte hinter ihr ging Mrs. Rosie Tobin, eine liebe Freundin und Nachbarin. Rosie Tobin hatte die Canavans durch die schlimmste Zeit begleitet. Sie war Witwe und lebte mit ihrem Sohn mittleren Alters nebenan. Rosie war kleiner als Nora und dünn wie eine Bohnenstange. Ihre Haare hatte sie in einem eigenartigen dunkelbraunen Ton gefärbt. Manche Leute fanden sie ein bisschen seltsam, aber Nora war das egal. Sie wusste, dass sie die letzten Monate ohne Rosie nicht überstanden hätten.

Vor Nora und ihren Brüdern gingen Tante Molly, die Schwester ihrer Mutter, und Peter, ihr Mann. Obwohl die beiden nur knapp hundert Kilometer von ihnen entfernt lebten, hatte Nora sie noch nie gesehen. Ihre Mutter hatte nur selten von ihnen gesprochen und wenn sie es einmal tat, weigerte sie sich, Noras Fragen zu beantworten. Wie konnten sie nur plötzlich kommen, jetzt, da sie tot war, und es wagen, an ihrer Trauer teilzunehmen, wo sie sich vorher kein einziges Mal die Mühe gemacht hatten, sie zu besuchen? Misstrauisch und voller Unmut betrachtete Nora die beiden.

Tante Molly war, wie Rosie Tobin ihr zuraunte, «grau wie ein Dachs.» Haare waren für Rosie von höchster Bedeutung! Mit ihrem grauen Haar, den dicken Brillengläsern und einer gewissen Strenge um den Mund war Molly das genaue Gegenteil ihrer verstorbenen Schwester. Nora fragte sich, ob sie tatsächlich Schwestern waren, denn in Wirklichkeit hätten sie genauso gut keine sein können, so selten wie sie sich gesehen hatten.

Onkel Peter war groß und breitschultrig und fühlte sich in seinem dunklen Anzug und der Krawatte ganz offensichtlich unwohl. Sein Haar war schon ziemlich dünn und ständig strich er es mit der Hand zurück, als wolle er sich vergewissern, ob es noch vorhanden sei.

«Wart nur, der ist kahl, bevor er fünfzig ist», hatte Rosie bedeutungsvoll gesagt.

Molly und Peter beschleunigten ihren Schritt und liefen jetzt neben Noras Vater her. Offensichtlich hatten sie ihm nichts zu sagen. Auch wenn der Vater sich noch so mies verhalten hatte, dachte Nora, hatte er doch eine bessere Behandlung verdient als bloßes Schweigen. Nora war sich nicht sicher: konnten oder wollten die beiden nicht mit ihm sprechen?

Als sie wieder in ihrem Eisenbahnerreihenhäuschen in Inchicore waren, eilte Nora hin und her um den Tisch zu decken. Heftige Beklommenheit stieg in ihr auf und jede Geste, die sie wahrnahm, steigerte ihr Unbehagen. Die ungeduldigen Blicke ihres Vaters. Onkel und Tante, die jeden ihrer Schritte beäugten. Wie sie jedesmal, wenn sie ins Zimmer kam, die mühsame Konversation abbrachen. Nora war sicher, das hatte jetzt nichts mehr damit zu tun, dass sie keinen Gesprächsstoff hatten. Vielmehr war der Gegenstand ihrer Unterhaltung offensichtlich eher schwierig und unangenehm.

«Worüber reden sie?» fragte sie Rosie verzweifelt.

«Sie sind nur höflich zueinander», sagte diese, «machen Konversation.»

«Es hat etwas mit mir zu tun, stimmt's?»

«Ich bin sicher, sie haben Wichtigeres zu besprechen», lachte Rosie, «leg noch die Löffel auf die Untertassen, ich bring den Tee.»

Als sie sich der Tür näherte, hörte Nora ihren Vater tief seufzen und murmeln: «Allmächtiger, so etwas sollte einem Mann erspart bleiben.»

Nora ließ die Löffel fallen, klirrend verstreuten sie sich auf dem Boden des Wohnzimmers. Ihr Vater sprang auf und stürzte brüllend auf sie zu.

«Heb sie auf, verdammter Idiot!»

Als sie sich bückte, sah sie die weißen Knöchel seiner geballten Fäuste. Er trat noch einen Schritt näher, doch ganz ruhig und behende war der Onkel schon im selben Augenblick zwischen ihnen, ging auf die Knie und half die Löffel aufzusammeln.

«Ich mach das schon», wehrte sie ab, «es war meine Schuld.»

Als sie sich wieder aufrichtete, sah sie ihren Vater an, der jetzt die Augen zusammengekniffen hatte, wie er zuvor die Fäuste geballt hatte.

«Nora», flüsterte er mit leiser Stimme und sie wartete. Doch mehr sagte er nicht. Sie legte die Löffel auf die Unterteller des guten Geschirrs, und ihr war wieder ganz kalt ums Herz, während sie fragte: «Möchtest du dich nicht an den Tisch setzen, Tante Molly?»

«Du bist ein großartiges Mädchen, weißt du das?», sagte die Tante und ihre Stimme zitterte ein wenig angesichts der spannungsgeladenen Atmosphäre.

Noras Lächeln war genauso falsch wie die Worte, die sie an ihren Vater richtete: «Daddy, eine Tasse Tee würde dir gut tun. Mrs. Tobin hat uns einen Kuchen mit Zuckerguss gebacken.»

«Sehr schön», sagte er resigniert, «sehr schön», und er ließ sich schwerfällig am Kopfende des Tisches nieder.

Mrs. Tobin schwebte mit der Teekanne herein und lockerte die entstandene Verlegenheit und Stille mit ein bisschen Heiterkeit auf. Auch Nora gab sich große Mühe, die Unterhaltung in Gang zu halten. Ihr Vater aber saß gedankenverloren da und Tante und Onkel ließen ihn kaum aus den Augen.

«Wie gut, dass Sie schon gestern abend hergekommen sind», versuchte Rosie das Schweigen zu unterbrechen.

«Weshalb, Mrs. Tobin?», fragte Peter.

«Mein Bursche», sagte Rosie, (damit meinte sie ihren Sohn, den sie nie anders nannte), «mein Bursche sagt, dass sie 'ne Brücke bei Portarlington gesprengt haben, damit die Leute nich' zur Beerdigung in Glasnevin können.»

Molly streckte die Hand über den Tisch und berührte ihren Mann an der Schulter.

«Die Irregulars sind doch wirklich 'ne schreckliche Heimsuchung. Haben keinen Respekt nich' für die Lebenden oder die Toten», fügte Rosie hinzu. – Nora war sicher, dass sich auf dem Gesicht ihres Onkels Unbehagen zeigte. Er fummelte an seinem steifen Kragen herum und sagte: «Krieg ist eine hoffnungslose Sache, er verdreht den Leuten den Verstand.»

«Wenn Sie mich fragen, Mr. Delaney», erklärte Rosie, «manche lassen sich den Verstand leicht verdreh'n.»

«Ich weiß nicht, aber wahrscheinlich haben Sie recht, Mrs. Tobin», sagte er verzagt.

«Jedenfalls», fuhr sie fort, «mein Bursche sagt, sie machen die Bahnlinie heut' abend frei. Also klappt's morgen schon für Sie.»

Sie hatte kaum geendet, als Noras Vater mit der Faust auf den Tisch schlug und unvermittelt aufsprang.

«Ich werd's nicht zulassen», sagte er und sah Peter drohend an, «ich werde das nicht zulassen.»

«Jim», flehte Molly, «wir bitten dich nur, das in Erwägung zu ziehen, was sie wollte. Gott sei ihr gnädig.»

«Ihr setzt mir die Pistole auf die Brust», rief er, «meint ihr, ich hab kein Herz, bloß – bloß, weil –»

Er hielt inne und blickte Nora an. Sie war verwirrt und hatte den Eindruck, dass ihm der Kummer womöglich den Verstand verwirrt hatte.

«Daddy», fragte sie furchtsam, «was willst du sagen?»

Er antwortete nicht. Nora wünschte, die Mutter wäre da, um die Wahrheit aus ihm herauszubekommen. Das war ihr immer gelungen. Er wandte sich zur Tür und Nora ahnte, wohin er wollte, wohin er immer dann ging, wenn ihm die Dinge über den Kopf wuchsen.

«Bitte, bleib hier», bat sie ganz ruhig, aber er beachtete sie nicht.

«Ich geb euch morgen Bescheid», sagte er zu Peter und war verschwunden.

Nora konnte es kaum erwarten, dass ihre Tante und ihr Onkel gingen. Irgendwie spürte sie, dass ihre Anwesenheit ungeahnte Gefahren barg.

«Wir gehen wohl besser ins Hotel», sagte Molly schließlich und sie verabschiedeten sich mit einem verlegenen und besorgten Lächeln. «Wir sehen euch morgen.»

An diesem Abend brachte Rosie die Canavan-Kinder zu Bett und trotz aller Einsamkeit und Trauer konnten sie schlafen. Nora und ihre Brüder hörten den Vater nicht aus dem Pub zurückkommen, sie hörten nicht, wie er schwankend die Treppe heraufkam und auch nicht, wie er mit tränennassem Gesicht an ihrer Schlafzimmertür stand. Es war seine erste freundliche Geste seit Jahren, dass er sie nicht aufweckte, und sie wussten es nicht einmal.

Kapitel 3

Es war einer jener Tage, die bereits verworren beginnen, und einen dann so überstürzt mitreißen, dass man die Ereignisse durch nichts aufhalten kann. Erstmal schliefen sie so fest, dass sie, als Molly und Peter kamen, sicher noch im Bett gewesen wären, wenn Rosie nicht wie wild geklopft hätte. Nora beeilte sich, den Jungen beim Waschen und Anziehen zu helfen, und Rosie bereitete das Frühstück zu.

Die Buben rieben sich die Augen und stöhnten: «Warum müssen wir denn schon wieder die guten Sachen anziehen?»

Es war für die beiden, die doch am liebsten auf Mauern kletterten und in Pfützen sprangen, eine echte Strafe, den ganzen Tag darauf achten zu müssen, dass ihre Kleider nicht schmutzig wurden. Nora wusste auch nicht, warum der Vater darauf bestand, dass sie wieder so herausgeputzt werden mussten. Immerhin jedoch waren die Jungen noch so klein, dass man ihnen keinen Grund angeben musste. Auch Nora hatte sich daran gewöhnt, keine Erklärungen zu erwarten.

«Darum eben», sagte sie. «Zeigt mir jetzt eure Hände.»

Erst als der köstliche Duft von gebratenem Speck aus der Küche heraufdrang, beeilte sich das mürrische Brüderpaar.

«He», riefen beide, «es ist wieder Sonntag!» Sie lachten und Nora wunderte sich, wie sie so tun konnten, als warte unten die Mutter auf sie. Sie ließ sie lachen, denn sie wusste, selbst wenn sie den Tod der Mutter für einen Augenblick vergessen hatten, würde sie die Erinnerung früh genug wieder einholen.

«Entschuldige, Rosie», rief sie, als sie in die Küche hinunterlief, «wir sind schrecklich faul!»

«Wenn ich nur auch so gut schlafen könnte», meinte Rosie. «So wie mein Bursche schnarcht, hättest du am liebsten die Chinesische Mauer zwischen den Zimmern, damit du mal wenigstens eine Minute Ruhe hast.»

Nora suchte krampfhaft nach einer Bemerkung, die Rosie gegenüber nicht undankbar klang, obwohl sie den Platz ihrer Mutter in der Küche eingenommen hatte.

«Danke, dass du gekommen bist.» Etwas Besseres fiel ihr nicht ein.

«Ach, lass nur.» Rosie zuckte die Achseln. «Deck den Tisch, sonst kommen sie, bevor wir fertig sind, und wir können ihnen nix vorsetzen, bloß Entschuldigungen.»

«Ich versteh nicht, warum sie noch mal kommen müssen», brummte Nora, denn das eigenartige Gerede vom vergangenen Nachmittag beunruhigte sie.

«Es sind immerhin eure Verwandten, Nora», schalt Rosie und blickte sie an. «Himmel, du bist ja schlimmer als der Vater von meinem Burschen. Immer, wenn meine selige Mutter zu Besuch kam, hat er das Buch, das er grad las, ganz egal was es war, auf die Seite gelegt, und gemurrt: «Heiliger Strohsack, wieso kommt sie schon wieder her?»

Bald war alles vorbereitet und im selben Moment klopften Molly und Peter auch schon an die Haustür. Noras Vater erhob sich von seinem Stuhl am Feuer und räusperte sich. Von der Küche aus konnte Nora sehen, wie er seine geballte Faust ans Kinn presste, dann die Finger spreizte und sich durch das Haar fuhr.

Beim dritten Pochen schließlich steckte er die Hände verzweifelt in die Hosentaschen und ging langsam zur Tür. Seine Schultern waren gebeugter als sonst. Aus irgendeinem seltsamen Grund dachte Nora wieder an den Bürgerkrieg. So musste es wohl aussehen, dachte sie, wenn jemand sich ergab.

Peter schien im Eingang etwas zu fragen und der Vater nickte bejahend. Peter blickte ihn ernst an, hielt ihn einen Moment beim Arm und ließ ihn gleich wieder los.

Es wurde wenig geredet, als sie durchs Wohnzimmer gingen und am Tisch Platz nahmen. Sogar die Jungen schwiegen, sie dachten nur an das bevorstehende Festmahl.

«Zweimal Frühstück an einem Morgen», rief Peter, «manchmal krieg ich nicht mal eines!»

«Wie bedauerlich», scherzte seine Frau, «dass dir deine Mutter nicht mal beigebracht hat, wie man eine Tasse Tee macht!»

Noras Vater lachte, aber als er dann sprach, zitterte seine Unterlippe.

«Ich könnte es auch nicht. Ich kann überhaupt nicht viel. Ohne Nora wären wir verloren.»

Nora war von diesem Geständnis überrascht und verlegen. Er verstummte wieder und das Mahl wurde unter betretenem Schweigen beendet. Als Rosie die Teller abräumen wollte, bat Noras Vater sie, ein paar Minuten damit zu warten. Man müsse über etwas Wichtiges reden.

«Das geht jetzt nur die Familie an», protestierte Rosie, «ich mach mich lieber davon.»

«Kannst du bitte bleiben», bat sie der Vater, «und mir sagen, ob ich das Richtige tu?»

Nora wurde blass vor Angst. Die Jungen starrten ihren Vater stumm an. Nora griff unter dem Tisch nach Rosies Hand, um sich bei ihr Mut zu holen. Sie wünschte, ihre Tante würde sie nicht dauernd mit diesem sorgenvollen schiefen Lächeln anstarren.

«Eure Mutter», begann Noras Vater und ließ den Blick über die Köpfe seiner Kinder gleiten, «eure Mutter wusste ganz genau, dass sie nicht mehr gesund werden würde, dass wir allein zurück bleiben würden, wir vier.»

Die Buben fingen an zu wimmern. Nora löste ihre Hand von Rosie und umarmte die kleinen zitternden Gestalten.

«Deshalb hat sie … sie hat Vorkehrungen getroffen und ich hab immer gesagt, das sei nicht nötig, aber jetzt seh ich, ich weiß jetzt, dass sie Recht hatte – wie immer», fuhr er fort und lächelte Nora halbherzig an. «Und, also, sie hat an deine Tante hier geschrieben und an meinen Bruder Phil in Amerika, wir haben natürlich vorher darüber gesprochen, und Molly war so anständig einzuwilligen, und auch mein Bruder hat geschrieben, dass er den Jungen von Herzen gern eine Chance in Amerika geben würde … Und Nora, du sollst mit nach Tipperary, wie Mam es für dich gewollt hat.»

Tränen liefen über seine rauhen, unrasierten Wangen und auch die Jungen weinten leise vor sich. Sie verstanden zwar nicht ganz, was vorging, eher beängstigte sie der ungewohnte Anblick ihres weinenden Vaters. Nora schien es, als könne sie nie mehr atmen. Ihr Mund stand offen, ihre Lungen lechzten nach Luft.

«Versteh doch, ich könnte es niemals schaffen, ich könnte nicht arbeiten und zur gleichen Zeit nach euch Dreien schauen. Ich würd's ja machen, wenn ich's könnte, aber auch da hatte eure Mutter Recht, und ich weiß es im Innersten meiner Seele, ich würd euch nicht genügend geben können. Ich weiß es.»

Molly hielt sich ein Taschentuch an die Augen. Ihr Mann schüttelte mitfühlend den Kopf. Nora rang nach Worten.

«Aber Daddy, wir könnten's doch versuchen», stotterte sie, «ich bin mit der Schule doch sowieso fertig, ich hab doch unendlich viel Zeit … um –»

«Nora», unterbrach sie der Vater, «das ist das Härteste, was eure Mutter je von mir verlangt hat. Gott weiß es, ich hab sie oft genug im Stich gelassen. Ich kann das Versprechen, das ich ihr gegeben habe, nicht brechen.»

Es gab wohl nur noch wenig zu sagen. Noras Vater wandte sich an Rosie, und die deutete mit einem stummen Nicken ihre Zustimmung zu dem Plan an. Nora hätte am liebsten noch weiter und heftiger protestiert, aber sie wusste, das würde die Jungen nur noch mehr beunruhigen. Wenn Rosie zustimmte, dachte sie, dann war es wohl tatsächlich das Beste. Aber das Gefühl der Leere in ihr war unermesslich, als sie zu verstehen versuchte, warum die Mutter der Familie das angetan hatte. Es fiel ihr schwer, den Gedanken zu unterdrücken, dass sie etwas unverzeihlich Grausames getan hatte, dass diese Entscheidung ein Fehler gewesen war.

Ihre Wangen brannten, als sie jetzt ihren Groll gegen die Tante und den Onkel kehrte. Nicht einen einzigen Augenblick sollten die beiden glauben, dass sie bei ihnen jemals glücklich sein könnte. In Gedanken schwebte ihr vor, sie müsste sich ihnen gegenüber nur so schlecht benehmen, dass sie aufgeben und sie zum Vater zurückschicken würden. Vielleicht sollte sie den Jungen raten das Gleiche bei Onkel Phil in Amerika zu tun.

«Wann soll ich gehen?» fragte sie ihren Vater.

«In zwei Stunden fährt ein Zug, Liebes», erwiderte Molly, «den würden wir gerne nehmen.»

«Nenn mich nicht Liebes!», zischte Nora. Sie stand auf und nahm die Brüder an die Hand.

«Wohin gehst du?», wollte der Vater wissen.

«Ich packe», fauchte sie, «je eher ich gepackt habe, desto schneller bist du mich los!»

Ihr Vater antwortete nicht. Sie merkte, dass es Zeitverschwendung war mit ihm zu hadern. Außerdem stammte die Idee ja nicht von ihm. Die Gewohnheit, ihn für alles, was schief lief, verantwortlich zu machen, ließ sich eben nicht so leicht ablegen. Vor allem nicht in einem solchen Moment.

«Ich komm mit, Nora», sagte Rosie, «wir können dann auch gleich die Sachen für die Jungen raussuchen.»

Erst jetzt fiel ihr ein zu fragen, wann die Brüder gehen würden.

«In ein bis zwei Monaten», gab ihr Vater zur Antwort, «Phil muss uns das Geld für die Überfahrt schicken.»

Schweren Schrittes ging er zur Haustür und starrte auf die Straße, die immer voller Kinder war. Seine eigenen würden jedoch bald nicht mehr darunter sein.

Es dauerte nicht lange, bis Nora Rosie gezeigt hatte, welche Sachen der Jungen gewaschen werden mussten und was man schon für die Abreise zusammenlegen konnte. Noch schneller hatte sie ihre wenigen Habseligkeiten beieinander.

Sie dachte an die vielen Menschen, die sie kannte oder von denen sie gehört hatte, dass sie nach Amerika gegangen waren. Nur wenige kehrten zurück. Was Onkel Phil wohl für ein Mensch war? Nur ein einziges Mal hatte sie ein altes Foto von ihm gesehen. Würde er die Buben wie seine eigenen behandeln oder würde er sie zu seinen Sklaven machen? Auf dem Bild war er ihr wie ein fröhlicher, unbekümmerter Bursche vorgekommen. Sie hoffte, dass er immer noch so war.

Was ihr eigenes Schicksal anging, so erschien ihr Tipperary genauso fremd und unbekannt, wie es Amerika für die Jungen war. Sie war noch nie dort gewesen. Wenn sie irgendetwas damit verband, war es die verhangene Traurigkeit in der Stimme ihrer Mutter, wenn diese davon sprach, was allerdings selten geschah. Als sie noch jünger war, hatte sie sich nie gefragt, warum die Mutter niemals auf einen Besuch dorthin ging oder warum ihre Schwester Molly nie zu ihnen kam.

Während der letzten paar Wochen waren ihr diese Fragen jedoch oft durch den Kopf gegangen, aber sie wusste, dass sie ihre Mutter zu sehr geschmerzt hätten. Warum sollte dieses Paar, das sich nie um sie gekümmert hatte, sich nun entschließen, den letzten Wunsch der Mutter für Nora zu erfüllen? Und warum wollte die Mutter sie ausgerechnet an den Ort schicken, der ihr selbst soviel Kummer bereitet hatte? Warum hatte sie Nora nicht auf diesen Schock vorbereitet? War es vielleicht wegen Noras Reaktion gewesen, als die Mutter von ihrem bevorstehenden Tod sprach?

«Rosie!», flehte sie verzweifelt. «Ich könnte mich doch um das Haus kümmern und um die Jungen und um Daddy. Dazu bin ich doch in der Lage, oder?»

«Besser als ich», sagte Rosie, «aber deine Mutter wünschte sich mehr für dich. Die Chance, dass du etwas machst aus deinem Leben und deiner Musik und allem.»

«Aber eben das hat sie ja umgebracht, Rosie. Ich hätte sie genauso gut mit eigenen Händen erwürgen können.»

«Streich dir den Unsinn aus dem Kopf», ermahnte Rosie sie,

«die Musik hat deine Mutter aufrecht erhalten. Ich sag's dir, nachts, nachmittags und morgens hab ich nichts anderes gehört, als wie großartig du bist. Bei Gott, es war schlimmer, als meinem Burschen zuzuhören, wenn er über seine Tauben prahlt.»

Nora war dankbar für Rosies Freundlichkeit, aber sie wollte sich von ihrer Überzeugung nicht abbringen lassen.

«Rosie, tust du mir einen Gefallen?», fragte sie.

«Aber natürlich!»

«Die Jungs. Nimmst du sie mit zu dir, bevor ich gehe? Es wäre zu schlimm für sie, der Abschied und alles.»

«Du bist wie deine Mutter, immer denkst du an die anderen», sagte Rosie und berührte sanft ihren Arm.

Nora wandte sich rasch ab, um ihr kleines Kleiderbündel zu schnüren. Sie war verlegen und ein bisschen beschämt, dass man sie mit der Mutter verglich.

«Tu ich nicht!», wehrte sie ab und leichte Verärgerung schwang in ihrer Stimme mit. «Ich bin egoistisch, total egoistisch.»

«Das ist nicht wahr, und wenn's das wär, ich weiß nich', aber es gibt immer wieder Zeiten, wo man an sich denken muss und das tun muss, was für einen selbst am besten ist. Also, ab mit dir, und du brauchst nicht …»

An der Tür wandte sich Nora flüsternd um. «Auf Wiedersehen, Rosie», und sie rannte hinunter, wo die anderen auf sie warteten. Rosie kam hinterher und rief nach den Jungen.

«Wer kommt mit und hilft mir den Taubenschlag für meinen Burschen sauber machen?»

Die Buben ergriffen das Angebot gern, denn sie wussten, dass die Arbeit jedem von ihnen wenigstens einen Penny einbrachte. Nora wandte sich ab, als sie mit Rosie durch die Tür verschwanden. Ihr Vater starrte ihnen hilflos nach. Wie er so vollkommen gebrochen dastand, dachte Nora, sie könnte ihm sogar verzeihen. Aber im nächsten Moment war diese Anwandlung vorbei.

«Was soll ich nur ohne die kleinen Kerle tun?», sagte er.

Noras Herz sank. Auf Mollys Gesicht entdeckte sie einen Anflug von Ärger, doch auf dieses Mitgefühl konnte Nora gut verzichten. Mit schneidender Kälte in der Stimme sagte sie: «Wir kommen zu spät zum Zug.» Und noch ehe jemand etwas erwidern konnte, war sie aus der Tür. Molly rannte ihr nach.

«Nora, ich weiß, es ist nicht leicht für dich, aber willst du deinem Vater nicht noch etwas sagen?»

«Nein», erwiderte sie, und in dem Moment tauchte er an der Tür auf. Er sprach mit Peter.

«Ich schick jede Woche ein paar Schillinge für ihren Unterhalt. Jimmer Casey ist ein Arbeitskollege von mir und er fährt zur Zeit die Strecke nach Tipperary. Bestimmt macht es ihm nichts aus, es bei euch vorbeizubringen.»

«In Ordnung», sagte Peter, «das geht klar. Was du halt entbehren kannst.»

«Und du bist sicher», stieß ihr Vater unvermittelt aus, «dass da unten alles in Ordnung ist? Kämpfen sie dort? Ich mein, ist sie dort in Sicherheit?»

«Es gibt keinen Grund zur Sorge, Jim», versicherte Molly. «Wir hatten bisher keinerlei Schwierigkeiten. Wir haben doch die halbe Freistaatlerarmee in der Stadt.»

Nora lief bereits mit ihrem Kleiderbündel unter dem Arm die Straße entlang. Mit Verbitterung stellte sie fest, dass sie keine Freunde hatte, niemand, von denen sie sich hätte verabschieden können. Sie hatten sich alle zurückgezogen, als sie immer mehr Zeit mit Hausarbeiten verbringen musste. Sie beschleunigte ihren Schritt, denn sie fürchtete, die Jungen könnten jeden Augenblick auf die Straße laufen und sie sehen. Sie konnte auch keinen Blick mehr auf das Haus werfen. Sie war sicher, dass ein Fluch darauf lag, und wenn sie sich umdrehen würde, dann würde dieser Fluch auch sie treffen. Vielleicht, überlegte sie, war sie sowieso schon verflucht. – «Wiedersehen, Nora», rief ihr Vater. Sie bog um die Ecke und ließ seine Worte auf dem leeren Bürgersteig verhallen und dahinschwinden wie das letzte bisschen Liebe, das sie für ihn in ihrem Herzen empfand.

Kapitel 4

Nora kannte den Kingsbridge Bahnhof. Es war der Arbeitsplatz ihres Vaters. Wie oft hatte die Mutter sie hierher geschickt mit frischem Brot für sein Mittagessen oder mit irgendeinem Auftrag. Sie blieb immer länger als nötig unter dem riesigen widerhallenden, gewölbten Dach. Über ihr flogen große, graue Tauben zwischen den Stahlträgern hindurch. Sie betrachtete die Gesichter der Leute, die warteten, geduldig oder ungeduldig. Einige beeilten sich, um ihren Zug noch zu erreichen, sie hielten ihre Hüte fest, und ihre Mantelzipfel flatterten hinter ihnen her. Andere, die wie sie nirgendwohin gingen, standen oder schlenderten herum. Sie wollten sich hier nur die Zeit vertreiben. Einige waren alt und einsam, andere jung und arm. Sie bettelten oder saßen nur herum, zu müde um zu betteln.

Sie stellte sich immer vor, die Reisenden brächen auf, nicht um «in die Provinz» zu fahren, sondern ins tiefste China oder nach Indien oder in den Wilden Westen, wie einer der Helden von Jules Verne. In ein Land der Abenteuer, der unbegrenzten Möglichkeiten. Sie wusste es ganz genau: Das war der einzige Ort, wohin sie eines Tages entfliehen würde um ihrem langweiligen Leben zu entkommen. Nur in Mrs. Teehans Wohnzimmer spürte sie etwas, das diesem Freiheitsgedanken nahe kam.

Und auch jetzt, trotz ihres großen Kummers, wurde sie wieder von dieser plötzliche Anwandlung voller Spannung und Staunen ergriffen, kaum dass sie den Bahnhof betreten hatte. Lärm und Getöse stürzten auf sie ein. Von Ferne pfiff ein Zug, mit ohrenbetäubendem Zischen trat Dampf aus, Stahl vibrierte unter Hammerschlägen, man hörte das dumpfe Aufschlagen von Puffern auf dem dicken Holz von Prellböcken. Leute lachten und schwatzten, Befehle wurden gerufen. All diese Geräusche machten es ihr unmöglich, einen klaren Gedanken zu fassen, und dafür war sie dankbar.

Sie war auch dankbar, dass sie ein bisschen spät dran waren, denn als sie den Zug bestiegen, stellte sich heraus, dass sie nicht nebeneinander sitzen konnten.

«Wir hätten besser auf die Zeit achten sollen», sagte Molly, als sie für Nora schließlich einen Platz gefunden hatten.

«Ich kann gut auf mich selbst aufpassen», sagte Nora so unwirsch, dass die Frau gegenüber sie strafend ansah, was Nora aber nur mit einem boshaften Blick quittierte.

Die Frau starrte Nora an, widmete sich dann jedoch wieder ihrer Zeitung. Nach einigem Hin und Her fand Molly schließlich ein bisschen weiter hinten im selben Waggon einen Platz. Nora konnte von ihrem Sitz aus gerade noch ihr graues Haar über der Sitzlehne sehen. Und selbst das war ihr noch zuviel. Sie entdeckte auch die breiten Schultern ihres Onkels, der in dem Teil zwischen zwei Waggons stand und sich mit einer Gruppe von Männern unterhielt. Nora versuchte sich an das Wenige, das sie über die beiden wusste, zu erinnern. Es war nicht gerade viel.

Sie bewohnten das Haus, in dem ihre Mutter aufgewachsen war. Von den Großeltern wusste sie nur, dass sie, kurz nachdem die Mutter nach Dublin gegangen war und geheiratet hatte, gestorben waren. Molly, die schon einige Jahre vorher geheiratet hatte, zog mit ihrem Mann in das elterliche Haus zurück und übernahm mit ihm dort den Laden. Sie war jetzt vierzig, sechs Jahre älter als ihre verstorbene Schwester. Nora hatte keine Ahnung, wie alt Peter war, schätzte ihn aber auf etwa Mitte vierzig.

Nora hatte sich ihre Mutter immer als junges Mädchen vorstellen können. Die Tante und der Onkel hingegen kamen ihr so steif und unbeweglich vor, dass es schwer war, sich vorzustellen, sie hätten jemals eine sorglose Jugend erlebt.

Es war auch von einem jüngeren Bruder von Peter die Rede gewesen. Er hieß Jack und die Mutter hatte ihr andeutungsweise erzählt, er sei «in Schwierigkeiten» gewesen. Worum es sich bei diesen «Schwierigkeiten» handelte und ob Jack immer noch darin steckte, wusste Nora nicht. Das Seltsame war, obwohl sie sein Gesicht noch nie gesehen hatte, dachte sie, dass es glücklicher aussah, als das ihres Onkels Peter.

Endlich ruckte der Zug unvermutet an und fuhr langsam aus dem Bahnsteig. Jetzt könnte nicht einmal mehr das Dröhnen der Lokomotive den Schrei, der Nora zu zerreissen drohte, übertönen, und sie musste alle Kraft zusammennehmen, um ihn zu unterdrücken. Sie erwog, aus dem Zug zu springen, bevor er schneller wurde, und stellte sich vor, wie sie zurückrennen würde über den belebten Bahnhof, zurück nach Inchicore, in ihre Straße und in ihr Haus. Doch als sie die Augen schloss und vor sich ihren Vater betrunken am Kamin sitzen sah, der vor kalter Asche überquoll, da wusste sie, es gab nichts, was es Wert gewesen wäre zurückzulaufen – außer ihren Brüdern, und die waren ja auch bald nicht mehr da.

«Es ist mir alles egal», murmelte sie vor sich hin.

Die Frau gegenüber spähte verärgert hinter ihrer Zeitung hervor und rief: «Wie bitte?»

«Kümmern Sie sich um Ihre eigenen Angelegenheiten!», entfuhr es Nora und alle Köpfe im Wagen drehten sich nach ihr um. Sie lehnte sich zurück und starrte auf den Boden.

Aber sie sollte keine Ruhe haben. Die aufdringliche Wichtigtuerin war außer sich. Sie wandte sich an Noras Tante und trompetete: «Ist dieses junge Gör Ihr Kind, Missus?»

Molly wurde rot und schien zunächst zu eingeschüchtert, um zu antworten. Sie stotterte verdattert, aber als sie ihre Stimme wiedergefunden hatte, klang sie sicher und beherrscht.

«Nora ist meine Nichte», sagte sie, «und sie hat schon genug zu tragen, da muss sie nicht auch noch von Leuten wie Ihnen belästigt werden.»

Der Frau blieb der Mund offen stehen, hochmütig drehte sie

sich zum Fenster und murrte vor sich hin. Nora wurde von dem irrwitzigen Verlangen gepackt, ihr eine Ohrfeige zu geben. Aber schon war Molly neben ihr.

«Nora, geh auf meinen Platz. Ich setze mich hierhin.»

«Ich kann sehr gut –»

«– auf dich selbst aufpassen. Ich weiß. Tu einfach, was ich sage.»

Nora stand auf und mit einem letzten finsteren Blick auf die Wichtigtuerin glitt sie an ihrer Tante vorbei. In diesem Augenblick tauchte Peter auf.

«Ist alles in Ordnung, Molly?»

«Jetzt ist alles bestens, nicht wahr Nora?»

Nora antwortete nicht. Sie war froh, die aufdringliche Reisende los zu sein. Aber das konnte sie weder zugeben, noch sich bei Molly bedanken. Egal, was sie für sie taten, egal, was sie sagten, Nora würde sie genauso verachten, wie das neue Leben, das man ihr aufzwang. Jeder Tag, der verging, dachte sie, würde sie Gottseidank dem Zeitpunkt näher bringen, wo sie von ihnen erlöst wurde. In der Zwischenzeit konnte sie nur warten und sich vom Leben dahintragen lassen, wie es jetzt der Zug tat.

Sie freute sich nicht an dem ungewohnt neuen Anblick von weiten, offenen Feldern mit Kühen, Schafen und Pferden; an den kleinen menschenleeren schläfrigen Städtchen und Dörfern; an dichten Wäldern, gewundenen Flüssen, Feldwegen und Landstraßen, die über die flachen Ebenen Irlands in weite, unbekannte Fernen führten.

Die Welt schien ihr nichts anderes als ein riesiger leerer Raum, in dem man nicht wusste, wer Feind oder Freund war. Und man konnte auch nie sicher sein, ob die Freunde morgen noch da waren, oder ob die Feinde jemals verschwinden würden.

Eine Hand auf ihrer Schulter riss sie aus ihren Gedanken. Es war ihr Onkel.

«Noch fünf Minuten», sagte er, «dann sind wir da.»

Bald kam die Stadt in Sicht. Nora erblickte einen großen, grauen Gebäudekomplex, der drei Stockwerke hoch war. Das überraschte sie. Sie hatte sich vorgestellt, die Stadt bestehe nur aus ein paar kleinen, elenden Hütten und nicht viel mehr.

Für einen Augenblick wurde es dunkel in dem Waggon, als er unter einer breiten Steinbrücke hindurchfuhr. Dann tauchte der Zug in strahlendes Licht und glitt in den Bahnhof. Es gab kein Vorwärts – aber es gab auch kein Zurück.

Kapitel 5

Auf diesen Trubel, dieses Gewühl, das sie beim Aussteigen begrüßte, war Nora nicht vorbereitet – sie hatte sich vorgestellt, von langweiliger, unfreundlicher Stille empfangen zu werden.

Was sie am meisten überraschte, war der fürchterliche Lärm von Tieren, die überall zu sehen waren. Rinder brüllten, Esel schrien, Pferde stampften und wieherten. Nicht, dass ihr Tierlaute besonders fremd gewesen wären. Man erwartete das ja «in der Provinz». Doch dieser unaufhörliche Chor ließ nicht einmal nach, als sie vom Bahnsteig auf den Bahnhofsplatz und von dort über einen langen, gewundenen Weg in die Straßen der Stadt gelangten.

Molly bemerkte Noras verwundertes Interesse und lachte.

«Heute ist Markttag, Nora! Glaub nicht, dass es immer so ist.»

Es sei der Tag, an dem die Bauern in die Stadt kämen, um ihr Vieh und ihr Getreide zu verkaufen, erklärte die Tante. Nora war erleichtert, dass es nicht jeden Tag so zugehen würde, allein deshalb, weil die Straßen also nicht immer mit Mist und Dung gepflastert wären. Natürlich kannte sie Mist von den Kutschengäulen in Inchicore. Aber hier gab es mehr von dem Zeug, als sie bislang in ihrem Leben gesehen hatte, und noch nie hatte sie durch so viele Haufen laufen müssen! Es war außerdem unmöglich, dem Gestank zu entkommen. Zimperlich hob sie den Saum ihres Rocks, damit er nicht vollgespritzt würde.

Obwohl Peter bereits zwei Taschen trug, bot er sich an, auch die ihre zu tragen. Sie warf ihm einen vernichtenden Blick zu und hielt ihren Beutel krampfhaft fest. Seit sie den Zug verlassen hatten, war in Peter und Molly eine große Veränderung vorgegangen. Die steife Haltung und das formale Gehabe der vergangenen Tage waren wie weggewischt. Auf einmal waren sie ganz ruhig und gelassen.

«Das ist die Friary Street», erklärte Molly, als sie das Ende des Weges vom Bahnhof erreichten. Vor ihnen, so kam es Nora vor, drängten sich mehr Tiere als Menschen. Als sie die Straße zur Hälfte passiert hatten, winkte Peter, der ein paar Schritte voraus ging, einem großen, schwarzhaarigen Mann zu, der in einer Werkstatt arbeitete.

«Guten Tag, Mick!»

«Mr. Delaney! Wie geht's denn so?», rief der Mann in vollem, singendem Akzent.

«Nicht so schlecht, den Umständen entsprechend, Mick», gab Peter zurück.

«Tut mir Leid wegen Ihrem Kummer, Molly», sagte der Mann.

«Danke Mick, ich weiß, dass Sie mitfühlen», antwortete Molly mit einem schwachen Lächeln.

«Können Sie heute Abend den Generator für mich anschauen?», fragte Peter.

Der Mann hob zustimmend den Daumen und Peter ging weiter. Sein Schritt hatte jetzt eine Elastizität, wie Nora sie vorher nicht bemerkt hatte. Und immer wieder grüßten ihn Leute auf der Straße, einige sprachen leise mit Molly und schüttelten mitfühlend den Kopf.

«Das ist ihre Kleine», sagte sie dann, «Nora, ein großartiges Mädchen.» Und sie blickten verständnisvoll drein und flüsterten: «Ach, der Herr steh uns bei.»

Nora hätte sich wahrscheinlich ziemlich aufgeregt, wenn die seltsamen Fragen, die man von allen Seiten an Peter richtete, nicht ihre Neugier geweckt hätten.

«Haben Sie schon Neue bekommen, Mr. Delaney?», fragte ein Mann.

«Ich höre, Sie machen am Freitagabend weiter. Wirklich

großartig, und das trotz all Ihrer Sorgen!», rief eine fast zahnlose Alte.

«Heutzutage haben alle Probleme», erwiderte er, «und wenn wir sie für eine Weile vergessen können, dann verkraften wir sie vielleicht besser, oder?»

«Na, Peter», fragte ein anderer Mann gut gelaunt, «hast du was für Freitagabend?»

Auf all diese Fragen gab Peter stets die gleiche Antwort. Er hob den kleinen Lederkoffer, den er bei sich trug, klopfte darauf und scherzte geheimnisvoll: «Kann die Katze noch nicht aus dem Sack lassen!»

Bald waren sie im Zentrum der Stadt. Als Molly erwähnte, dass dieser große viereckige Platz The Square genannt wurde, erinnerte sich Nora, dass ihre Mutter davon gesprochen hatte. In früheren Jahren hatte sie dort in der Kanzlei eines Anwalts gearbeitet. Sie schien immer erleichtert, diesen muffigen Räumen und dem mürrischen alten Mann mit seinem Büschel rostig grauer Haare, der sich als ihr Herrscher aufspielte, entkommen zu sein.

Vor ihnen standen Verkaufskarren aller Größen und Arten in heillosem Durcheinander auf dem ganzen Platz herum. Dort gab es Kartoffeln, Rüben, Kannen voll Milch, Strohballen, Rosshaar, Blechgeschirr, Torf zum Brennen und vieles, was Nora nicht richtig erkennen konnte. Pferde und Esel, die die ganzen Waren in die Stadt getragen hatten, waren an den verschiedensten Stellen festgebunden und erholten sich von den Anstrengungen.

Die Läden an den Bürgersteigen hatten ebenfalls ihre Waren ausgebreitet. Teekisten und Holzfässer, die mit wer weiß was gefüllt waren; schweres Schuhwerk und Zaumzeug für Pferde hing an den Markisen; und in den Schaufenstern lagen feine Kleidungsstücke und Hüte und Schuhe aus.

Ringsumher sah man Bauern und Städter handeln, streiten und lauthals fluchen. Barfüßige Kinder jagten einander in dem Gewühle, und andere, die Strohhüte und glänzende Schuhe trugen, staksten vorsichtig um die Pfützen herum, die überall standen. Nora bildete sich ein, dass diese Kinder, egal ob sie arm oder reich waren, sie von überall her argwöhnisch beäugten. Drohend erwiderte sie ihre Blicke, als wollte sie sie warnen.

Peter wehrte gerade wieder einmal eine Frage ab, als er beinahe mit einem Mann in Armeeuniform zusammenstieß, der im selben Moment aus einem Geschäft trat. Nora erschrak so sehr, dass ihre Hand instinktiv nach der ihrer Tante suchte. Doch sofort zog sie sie wieder zurück.

Die beiden Männer traten zur Seite und der Offizier zog seinen rechten Handschuh aus. Sein kalter Blick wurde freundlich. Er reichte Peter die Hand und sagte mit einem tiefen Seufzer: «Es tut mir Leid, dass du Sorgen hast, Peter.»

«Danke, Gerry.»

«Und du, Molly», fuhr er fort, «ich konnt's nicht glauben, als ich von der armen Annie hörte.»

Wieder wurde Nora vorgestellt und aufgefordert, Colonel O'Brien zu begrüßen. Er war etwa in Peters Alter und auch sein Haar war schon dünn. Obwohl nicht so groß wie Peter, war er fülliger um den Bauch. Seine Wangen waren unnatürlich stark gerötet. Nora war sicher, dass er gleich das übliche: «Der Herr steh uns bei» murmeln würde.

Stattdessen aber sagte er: «Solange du lebst, wird deine Mutter immer bei dir sein», und an Molly gewandt fuhr er fort: «Sie ist ihr zum Verwechseln ähnlich, nicht wahr?»

Dann unterhielten sie sich eine Weile voll Trauer über Michael Collins und wie sehr man ihn in der Zukunft vermissen würde. Auf einmal jedoch spürte Nora, dass zwischen ihrem Onkel und dem Offizier eine gewisse Verlegenheit eintrat. Es war schließlich der Colonel, der mit Bestimmtheit sagte:

«Wir hatten gestern Abend ein kleines Problem, Peter.»

Peters Gesicht verriet Besorgnis und er trat verlegen von einem Fuß auf den anderen.

«Aber doch nicht hier in der Stadt, wo du so viele Männer hast!», rief Peter erstaunt.

«Genau hier auf dem Square. Sie haben die Munster and Leinster Bank ausgeraubt.»

Peter wurde blass. Der Colonel fuhr fort:

«Ich war in Dublin, und dieser neue Kerl, den sie mir geschickt haben, Captain Doyle, hat alle bis auf den letzten Mann aus der Stadt abgezogen. Er hatte von einem Überfall in Borris gehört. Hat ihnen praktisch Tor und Tür geöffnet.»

«Und es gab gar keinen Überfall in Borris», sagte Peter müde.

«So ist es», murmelte Colonel O'Brien.

Molly versuchte Noras Interesse von der Unterhaltung abzulenken und zeigte auf das Schaufenster hinter ihnen. Widerstrebend besah sich Nora das Kleid, auf das ihre Tante deutete. Mit einem Ohr lauschte sie aber weiter auf das Gespräch, das neben ihr fortgeführt wurde.

«Glaubst du, der Junge war in die Sache verwickelt?», fragte Peter geheimnisvoll.

«Ich hoffe es nicht, Peter», erwiderte der Colonel, «wir wissen nur, dass einer von ihnen eine Brille trug. Wir haben ein Stück von einem Brillenglas neben dem Tresor gefunden und haben bei den Angestellten nachgeforscht, aber es gehörte zu keinem von ihnen.»

«Zumindest trägt der Junge keine Brille», lächelte Peter zaghaft, «aber er muss trotzdem blind sein, dass er sich auf diese Bande einlässt.»

«Nicht halb so blind wie dieser Doyle», fügte Colonel O'Brien hinzu.

Allmählich machten Nora diese geheimnisvollen Andeutungen wütend. Als ihre Tante fragte, ob sie mit in den Laden kommen wolle, schüttelte sie heftig den Kopf, nicht so sehr aus Ungezogenheit, sondern weil die Neugier sie zurückhielt. Sie beachtete Molly nicht. Stattdessen fragte sie sich, wer wohl der «Junge» war, und um wen es sich bei diesem dämlichen Captain Doyle wohl handeln mochte?

«Peter», sagte der Colonel und ein wenig Verzweiflung schwang in seiner Stimme mit, «ich weiß, du bist ein ehrlicher

Mann. Wir haben als Soldaten zusammen im richtigen Krieg gegen die Black'n'Tans gekämpft. Hast du denn wirklich keine Ahnung, wo der Bursche stecken könnte? Bis heute hatten wir keine Probleme in der Stadt und ich will nicht, dass noch mehr solche Dinge passieren. Ich kann mir auch nicht vorstellen, dass er es möchte. Er mag ja sonstwas sein, aber ein gewöhnlicher Dieb ist er nicht.»

«Ich hab ihn nicht mehr gesehen, seit das Theater angefangen hat, und ich will ihn auch nicht mehr sehen, bis alles vorbei ist», sprach Peter mit fester Stimme, «vielleicht nicht einmal dann.»

«Wenn ich nur mit ihm reden könnte, ich weiß, dass wir etwas erreichen könnten. Und nimm dich um Himmels willen vor diesem Doyle in Acht. Er verheißt nichts Gutes und er ist absolut entschlossen, dem Jungen eins auszuwischen. Er hat schon ein paar Gesuche eingereicht, um dein Haus zu durchsuchen, dabei ist er noch nicht einmal einen Monat hier.»

«Ich habe nichts zu verbergen, Gerry.»

«Das weiß ich, aber ich trau' dem Kerl nicht, dass er meinen Anweisungen folgt. Er mag ein Idiot sein, aber er ist gefährlich.»

«Danke für die Warnung», sagte Peter, «ich weiß sie zu schätzen.»

«Hätten wir je gedacht, dass es so weit kommen würde?», seufzte der Colonel, «die besten Freunde gehen sich gegenseitig an die Kehle!»

Nora wandte sich um und sah, dass sie sich noch einmal die Hände schüttelten. Colonel O'Brien lüftete den Hut in die Richtung von Molly und Nora und ging davon, wobei er sich geschäftig den Handschuh überstreifte. Dicht hinter ihm setzten sich zwei junge Soldaten mit Gewehren in Marsch, um mit ihm Schritt zu halten.

Jetzt war Peters Gang weniger beschwingt, und sein schwerer Tritt entsprach mehr dem, was man von einem Mann seiner Statur erwartete. Auch erwiderte er die Rufe der Vorübergehenden nur noch mit einem Achselzucken. Er wechselte seine Tasche von der einen Hand in die andere, als sei ihr Gewicht plötzlich zu schwer für ihn geworden.

Sie überquerten eine breite Steinbrücke, unter der ein Fluss träge dahinströmte. Molly erklärte Nora, dass sie in der Church Street seien. Hier gab es eine eigenartige Mischung aus ziemlich prächtigen Gebäuden und winzigen, strohgedeckten Häuschen. Das Ganze passte irgendwie nicht zusammen. Das größte Bauwerk erhob sich vier Stockwerke hoch über den Bürgersteig und hatte Reihe um Reihe Fenster, die auf die Straße hinausgingen.

«Hier ist deine Mutter zur Schule gegangen», sagte Noras Tante.

Ihre Mutter hatte nie über ihre Schulzeit gesprochen. Nora vermutete, dass sie damals wahrscheinlich sehr unglücklich gewesen war, und als sie an diesem riesigen Koloss hinaufblickte, konnte sie sich gut vorstellen, weshalb. Das Schulgebäude sah nämlich aus wie das Kilmainham Gefängnis in der Nähe ihres Hauses in Inchicore.

«Und du wirst doch in ihre Fußstapfen treten, nicht wahr, Nora?»

Nora tat, als höre sie nicht. Sie gingen an der Kirche und an ein paar Hütten vorbei, wo Frauen in den Haustüren standen und ihre Tante und den Onkel grüßten. Kaum waren die beiden vorüber, steckten die Frauen die Köpfe zusammen und fragten sich lautstark, was das für ein Mädchen sei, das da so verloren zwischen Mr. und Mrs. Delaney herlief.

Am Ende der Church Street gabelte sich die Straße. Sie folgten der rechten Abzweigung. Molly verkündete stolz, dies sei die Stannix Lane, und hier befinde sich Noras neues Zuhause.

Das erste Gebäude zur Linken war ein Wirtshaus. Aus dem Inneren drang der wilde Lärm von aufgeregten Unterhaltungen und Gelächter und Gläserklirren. Mehrere Ponys und Esel mit Karren standen davor auf der Straße.

Als sie sich dem Gasthaus bis auf wenige Schritte genähert hatten, wurde der Lärm lauter und gleich darauf wieder gedämpfter. Die Tür war aufgegangen, und auf dem Bürgersteig bot sich ihnen der ungewöhnlichste Anblick. Zumindest für Nora war er ungewöhnlich. Molly und Peter hingegen zuckten kaum mit der Wimper.

Der Mann, der da aus dem Pub herauswankte, sah vollkommen anders aus als alle Leute, die sie bisher in der Stadt gesehen hatte. Zunächst einmal trug er nicht den üblichen schwarzen oder dunkelbraunen Anzug wie die anderen Männer, sondern ein hellen, beigefarbenen, der etwas abgetragen wirkte. Um den Hals hatte er eine grellgelbe Fliege gebunden. Und wie zum Kontrast zu seiner bunten Ausstattung waren seine eng anliegenden Handschuhe aus schwarzem Leder.

«Schon wieder stockbesoffen», flüsterte Peter Molly zu.

«Der arme Teufel!», sagte sie und beide schauten ihn mit aufrichtiger Besorgnis an.

Der Mann versuchte ganz offensichtlich, einen klaren Blick zu bekommen. Er schien ziemlich jung zu sein, was Nora überraschte. Eigentlich hatte er sogar ein hübsches Gesicht, das allerdings mitgenommen wirkte – schlecht rasiert und ungewaschen – und doch konnte man kaum die Augen von ihm wenden. Es kam einem so vor, als könnte man, wenn man ihn nur lang genug anschaute, erkennen, welche schreckliche Tragödie ihn soweit gebracht hatte.

«Mr. Smithson», richtete Peter das Wort an ihn, «möchten Sie nicht mit uns Tee trinken kommen?»

Der Mann schien immer noch im Unklaren, wer diese drei Leute wohl waren. Er torkelte in die Wirtschaft zurück, wo ihn ein tosendes Gewirr von Pfiffen und Spottrufen empfing.

«Armer Alec», seufzte Molly, «er bringt sich noch um.»

Nora musste plötzlich an ihren Vater denken und trat mit gesenktem Kopf von der Tür zurück. Molly legte beruhigend den Arm um sie.

«Er würde keiner Fliege etwas zu Leide tun, Nora», sagte sie und fügte wie zur Erklärung hinzu: «Er ist unser Klavierspieler.»

Nora entwand sich ihrem Griff. Sie konnte es nicht ertragen, dass die Frau, die ihre Familie auseinander gerissen hatte, sie anfasste. Sie spürte wieder die Leere in ihrem Herzen, die der Tod der Mutter, die Gleichgültigkeit des Vaters und die Sorglosigkeit der Zwillinge in ihr hinterlassen hatten. Sie ließ die Gedanken zu den geheimnisvollen Vorgängen wandern, die ihr bei dem Gang durch die Stadt begegnet waren. Was befand sich in Peters Tasche? Was sollte am Freitagabend stattfinden? Was hatte es mit dem Klavierspieler auf sich und wozu in aller Welt benötigten ihre Tante und ihr Onkel ihn? Und wer war der «Junge» und wer die «Bande», wie Peter sie genannt hatte, in die der Junge hineingezogen war? War es vielleicht Peters Bruder Jack, der auch schon früher in Schwierigkeiten gesteckt hatte?

Vor einem schmalen dreistöckigen Haus blieben sie stehen. Über dem Eingang stand auf einem kleinen Schild der Mädchenname ihrer Mutter, «Hickeys». Peter schloss die Tür auf, und Nora wurde jäh von einer Welle der Furcht und der Abneigung und des Zweifels ergriffen.

Kapitel 6

«Wir lassen besser ein bisschen Licht herein!», sagte Peter, als sie den dämmrigen Laden betraten. Er zog die Vorhänge der vorderen Fenster zurück, und Nora stand auf dem rohen, sauber geschrubbten Holzboden, auf dem ihre Mutter in all den Jahren ihrer Kindheit hin- und hergelaufen war.

Neben ihr füllte ein hölzerner Ladentisch den Raum in seiner ganzen Breite aus. Dahinter waren Regale voller Lebensmittel, Säcke voll Schrot und Mehl. Von der Decke hingen Speckseiten an eisernen Haken und vor dem Ladentisch befand sich auf einem speziellen Ständer ein Stapel Zeitungen. – «Das ist nun also der Laden», sagte Molly. – Etwas Besseres fiel ihr wohl nicht ein.

Nora unterdrückte ein Kichern. Peter stellte die geheimnisvolle Aktentasche auf den Ladentisch neben dem Fenster und ging ans andere Ende des Raumes, um Nora und Molly durch die Tür hinter dem Ladentisch zu lassen.

Diese Tür ging auf einen schmalen Flur. Molly führte Nora herum, um ihr die Zimmer zu zeigen. Nachsichtig überging sie dabei das verdrießliches Benehmen und Desinteresse ihrer Nichte.

Vom Gang aus kam man zuerst in einen Raum, den Molly das Lager nannte. Dann folgte das Wohnzimmer; es war blank geputzt und sorgsam eingerichtet mit silbernen Kerzenleuchtern und fein gewachsten und polierten Möbeln. Dies sei, lachte Molly, das größte Zimmer im Haus und gleichzeitig dasjenige, welches am wenigsten benutzt würde. Dahinter lag die Küche mit der Speisekammer, die sich von Größe und Einrichtung her nicht sonderlich von derjenigen unterschied, in welcher Nora bisher so viel Zeit verbracht hatte.

Über eine steile und spärlich beleuchtete Treppe erreichte man zwei Schlafzimmer, die sich rechts und links vom Treppenabsatz befanden. Von dem einen aus konnte man auf die Straße sehen, das zweite bot einen Blick auf die Rückseite der Häuser, die sich in der dahinterliegenden Straße befanden. Von hier aus führte eine weitere Treppe zu einem Raum im obersten Stockwerk.

Im selben Moment, als Nora das Holz der ersten Stufe unter ihrem Fuß spürte, schmolz das Eis, das sich ihrer Gefühle bemächtigt hatte. Und ehe sie sich überhaupt fragen konnte, warum dem so war, wusste sie bereits, dass dieses Zimmer dort oben kein gewöhnliches Zimmer war. Sie griff nach der Türklinke, die unter ihrer Berührung gleich nachgab, als ob darinnen jemand auf sie gewartet hätte.

«Das war Mams Zimmer», sagte sie im Brustton der Überzeugung und ihre Tante nickte.

Licht strömte durch die Fenster an den beiden Wänden herein. Es gab ein Messingbett mit einem kleinen Tisch daneben. Auf einem hübschen Spitzendeckchen stand mitten darauf eine elegante Petroleumlampe. Unter dem Fenster zu ihrer Linken war ein Waschtisch. Waschschüssel und Krug darauf waren mit einem hübschen blau-beigen Rankenmuster verziert. Rechts von ihr stand ein Spiegelschrank, der so groß war, dass Nora ihr bescheidenes Kleiderbündel verlegen an sich presste.

Sie trat an das Fenster, das sich hoch über der Straße befand. Unten gingen Leute vorbei, die nicht wussten, dass man sie beobachtete. Neben dem Fenster stand ein Büffet mit vier großen Schubladen im unteren Teil und zwei verspiegelten Türen darüber. Nora schien ihre Tante vergessen zu haben und drehte den winzigen Schlüssel, um die Türen zu öffnen.

Die vier Bretter dahinter quollen über von Büchern in jeder vorstellbaren Größe und Dicke.

«Ich glaube, das Zimmer wird dir gefallen», sagte Molly.

«Ja», erwiderte Nora ganz ohne die bisherige Feindseligkeit.

«Wunderbar», seufzte Molly mit großer Erleichterung. «Ich mach das Abendessen und du kannst inzwischen auspacken.»

Sie ging hinaus und war voller Zuversicht, dass ihre Nichte sich doch noch bei ihnen einleben würde.

Gleich darauf hörte Nora unten Töpfe und Pfannen klappern und bald stiegen Küchendüfte in das oberste Stockwerk. Sie legte sich auf das Bett und schloss die Augen. Wenn sie nur lange genug wartete, da war sie sicher, würde sie gewiss die Kinderseele ihrer Mutter spüren. Schon wollte sie die Arme nach ihr ausstrecken, aber da wurden sie wie von einer unsichtbaren Last zurückgehalten. Und ihre Finger waren genauso steif wie damals, zu der Zeit ihrer ersten Klavierstunden. Sie schwebte nicht mehr so leichtflügelig dahin wie ein Blatt im sanften Wind. Stattdessen fühlte sie sich wie ein Fels im Boden und ihr wurde schwer ums Herz.

«Nora!»

Sie sprang vom Bett auf und ließ die Hände und Arme kreisen, wie um sicher zu gehen, dass sie nicht zu Stein geworden war.

«Nora!», rief Molly, «das Abendessen ist fertig.»

Peter saß schon am Tisch, als sie in die Küche kam. Vor ihm lagen zwei Stöße mit Zetteln, die er sorgfältig studierte, während er Zahlen in ein Kassenbuch eintrug. Ohne von seiner Arbeit aufzublicken sagte er: «Du musst ja vor Hunger umkommen!»

«Ach, eigentlich nicht», schwindelte Nora, aber im selben Moment gab ihr Magen ein vielsagendes Rumpeln von sich.

«Meine Güte, Molly! Hat es gedonnert oder was war das?»

Nora war wütend. Es war peinlich genug, dass sie sich bloßgestellt hatte, aber dass sie auch noch verspottet wurde, machte das Ganze umso schlimmer.

«Mach dich nicht lustig über mich!», sagte sie bissig.

Peter legte seinen Stift beiseite, sammelte die Zettel ein und schloss das Kassenbuch. Er deutete auf den Stuhl neben sich.

«Das hier ist dein Platz, Nora», sagte er, «setz dich.»

Diese Aufforderung war so unerwartet höflich, dass Nora mit einem Mal ohne jeden weiteren Protest dasaß und mit gutem

Appetit aß. Im Verlauf der Mahlzeit fing Peter an zu sprechen. Dabei klang er eher so, als richte er sich an eine Versammlung, als an zwei Personen an einem Küchentisch. Sein Blick war fest auf eine Stelle über dem großen Herd gerichtet.

«Wir leben in schwierigen Zeiten. Wenn wir nicht ab und zu lachen dürfen, können wir genauso gut gleich das Handtuch werfen.»

«Da hast du Recht», stimmte Molly ihm zu.

«Denkst du, das mit Freitagabend ist richtig, Molly», fragte er ernst, «nach allem was passiert ist? Sag mir, wenn du meinst, es sei nicht schicklich weiterzumachen.»

«Die Leute verlassen sich auf uns, um ein bisschen Abwechslung zu bekommen», sagte sie, «davor müssen wir unsere eigenen Probleme und Sorgen zurückstellen.»

Nora hatte keine Ahnung, wovon sie redeten, aber sie hatte das Gefühl, dass ihnen der Tod ihrer Mutter nicht sehr zu Herzen ging. Fast hätte sie das auch gesagt, wenn ihre Aufmerksamkeit nicht abgelenkt worden wäre, als sie unabsichtlich unter dem Tisch mit den Füßen scharrte. Erst glaubte sie, sie sei versehentlich an Peters Bein gestoßen. Aber als sie nach unten lugte, sah sie, dass zwischen ihrem Fuß und dem Tischbein die geheimnisvolle Tasche ihres Onkels stand. Sie war etwas geöffnet.

Nora überlegte, dass sich der obere Teil etwas weiter öffnen würde und sie hineinspähen könnte, wenn sie es schaffte, den unteren Teil der Tasche gegen das Tischbein zu drücken. Das versuchte sie nun auch, wobei sie gleichzeitig eifrig weiter aß. Es war gar nicht so leicht, das Essen vom Teller in den Mund zu befördern und die Augen gleichzeitig auf das Geheimnis zu richten, das sich dort unten langsam enthüllen sollte. Und zweimal landete die Gabel auch an ihrer Wange, anstatt in ihrem Mund. Gottseidank waren der Onkel und die Tante zu sehr in ihre Unterhaltung vertieft oder vielleicht auch zu taktvoll, um etwas zu bemerken.

Mit großer Mühe gelang es ihr schließlich, den Deckel der

Tasche um ein paar Zentimeter anzuheben. Ungeschickt zerteilte sie eine Wurst und hob sie langsam, auf die Gabel gespießt, hoch, während die Umrisse einer großen, flachen Metallschachtel mit einem Schildchen darauf sichtbar wurden.

Sie blinzelte angestrengt, doch die Schrift auf dem Etikett blieb verschwommen. Dabei dachte sie nicht mehr an die halbe Wurst, die leicht schwankend auf der Gabel zwischen Tisch und Mund schwebte. Zu ihrem Entsetzen bemerkte sie, wie das Stückchen herunterfiel und vor ihren Augen in der Tasche verschwand. Stumm vor Schreck blickte sie auf.

«Fehlt dir was?», fragte Molly.

«Was ist los?», wollte Peter gleichzeitig wissen.

«Meine Wurst», antwortete Nora und kam sich völlig dämlich vor, «Meine Wurst ist runtergefallen.»

«Macht doch nichts! Ist ja nur eine Wurst», grinste Peter.

«Sie – ist – in deine Tasche gefallen», erklärte Nora.

«In meine Tasche?», rief Peter mit hochgezogenen Augenbrauen und schlug mit der Faust auf den Tisch.

Nora fiel vor Schreck fast vom Stuhl. Sie zitterte heftig, bis sie merkte, dass der Onkel nicht vor Wut, sondern vor lauter Lachen bebte. Er stieß einen quietschenden Laut aus und wischte sich die Tränen aus den Augen.

«Ist das nicht köstlich!», rief er.

Auch Molly begann zu kichern und sogar Noras ängstliche Blicke wurden von einem Lächeln der Erleichterung verdrängt. Peter hob die Tasche auf den Tisch und nach kurzem Wühlen zauberte er die Wursthälfte wie ein Kaninchen aus dem Zylinder aus der Tasche hervor. Das ließ ihn wieder in unbändiges Gelächter ausbrechen und es verging eine ganze Weile, bis er auch den restlichen Inhalt ans Tageslicht beförderte – Umschläge und Briefpapier, einen Füller und zuletzt die geheimnisvolle Metallschachtel. Sie war größer als ein Speiseteller und von matt-silbriger Farbe. Nora schluckte ihren Stolz herunter und erkundigte sich nun direkt: «Was ist denn in der runden Schachtel?»

Kaum hatte sie gefragt, da ärgerte sie sich auch schon darüber, dass sie ihrer Neugier so schnell nachgegeben hatte. Es erschien ihr fast wie Verrat, dass sie so kurz nach dem Tod der Mutter an irgendetwas Interesse zeigte. Aber sie wollte unbedingt wissen, was in dem Behälter drin war.

«Das, meine Liebe», verkündete Peter feierlich, «ist ein Film!»

Verständnislos starrte Nora ihn an.

«Und, wirst du wohl fragen, was macht ein Lebensmittelhändler und Zeitungsverkäufer mit einem Kinofilm in seinem Laden?», fuhr er in übertriebenem Ton fort.

Er stand auf und winkte ihr zu.

«Komm mit, junge Dame!»

«Himmel, Peter, es ist beinahe dunkel draußen», sagte Molly, «sie wird außerdem frieren!»

«Ach was», lachte er und zündete eine Öllampe an, «wir sind in fünf Minuten zurück.»

Er öffnete den Riegel der Hintertür und hielt sie für Nora auf. Nora blieb wie angewachsen auf ihrem Stuhl sitzen, nicht, weil sie Angst vor der Dunkelheit hatte, sondern weil sie gegen ihre alberne Neugier ankämpfte.

«Kommst du nun oder nicht?», rief er und sie erhob sich wie eine Marionette, die von fremden Kräften bewegt wird.

Das Abendlicht nahm ab, aber es war gerade noch hell genug, dass sie den gepflasterten Hof und die zwei Nebengebäude an seinem Ende erkennen konnte. In der rückwärtigen Mauer war ein Holztor, das auf einen schmalen, vernachlässigten Weg führte, der von Gras und Unkraut wild überwuchert war. Ein kleiner Trampelpfad mit niedergetretenem Gras führte zu einem weiteren Tor in der gegenüberliegenden Mauer.

Auch hier gab es einen gepflasterten Hof, der jedoch größer war. Er war von weiteren Schuppen und Nebengebäuden umgeben, von denen eines bestimmt drei- bis viermal breiter war, als das Haus ihres Onkels und ihrer Tante. Peter ließ die Tür eines dieser Nebengebäude aufschwingen, hielt die Lampe hoch und rief Nora zu sich.

«Das hier ist unser Generator», flüsterte er, als ob er ein Geheimnis verraten würde. «Ohne Mick aus der Werkstatt drüben würde es keine einzige Vorstellung geben.»

Nora blickte hinein, aber das schlangenartig aufgerollte dicke Kabel und die komplizierte Maschine sagten ihr nichts.

«Wofür ist das?», fragte sie.

«Und der Herr sprach: Es werde Licht!», deklamierte er, «und es ward Licht!»

Man konnte ihr ansehen, dass sie immer noch nicht begriff.

«Das Licht, verstehst du! Das Licht projiziert die Bilder auf die Leinwand.»

Sie nickte mit dem Kopf.

«Aber wozu erzähl ich das einem Stadtmädchen wie dir. Ich wette, du hast schon einen Haufen Filme gesehen.»

Sie war erst einmal in ihrem Leben im Kino gewesen. Ihre Mutter hatte sie mit nach Phibsboro genommen, um die Geschichte von der «Heiligen Johanna» anzuschauen. Es war die Belohnung für einen weiteren Erfolg bei Mrs. Teehan gewesen. Sie liebte die Geschichte, und bis heute hatte sie nicht vergessen, was ihre Mutter damals gesagt hatte, als sie herauskamen.

«Siehst du, Nora. Eine Frau kann genauso viel erreichen wie ein Mann und genauso tapfer sein, und bei Gott, in dieser Welt muss sie es auch sein!»

Inzwischen hatte Peter noch eine andere Tür aufgesperrt und war in das riesige Gebäude eingetreten. Nora hielt sich nahe bei ihm, als er in der kohlschwarzen Finsternis verschwand. Sie musste fast laufen, um mit ihm Schritt zu halten, als er durch den großen Saal ging, in dem sie schemenhaft einige Reihen mit Stühlen und Bänken ausmachen konnte.

«Und das», erklärte er ihr, «ist der Parnell-Saal. Benannt nach unserem Freiheitskämpfer Parnell, weißt du.»

Nora drehte sich um und entdeckte im schwachen Licht der Laterne eine Bühne, vor der ein schwerer, scharlachroter Vorhang mit goldenen Borten an den Rändern hing.

«Eigentlich sollte ich sagen», fuhr Peter fort, «unter der Woche ist das der Parnell-Saal.»

Mit laut hallenden Schritten durchquerte er den Saal und kam zu einer Stelle, wo ein altes fleckiges Tuch über einem länglichen Brett hing. Es hatte etwa die Höhe einer Stuhllehne. Acht Stühle standen davor, wie Nora bemerkte. Peter setzte die Öllampe auf dem Boden ab.

Das breite Holzbrett war in tiefem Nachtblau bemalt, es war ein Himmel, der von großen und kleine Sternen in allen Farben übersät war. In der Mitte stand in einem zierlichen Bogen in goldener Schrift das Wort: «Stella». Eingerahmt von dem Bogen glitzernder Buchstaben, leuchtete einem die Aufforderung entgegen: «Kommt und seht die Stars!»

«Das Kino heißt *Stella*!», strahlte Peter, «verstehst du? Kommt und seht die Sterne – die Stars. Denn *Stella* ist das lateinische Wort für Stern.»

«Tatsächlich!», erwiderte Nora.

«Seit acht Wochen machen wir das jetzt, und wir haben keine einzige Woche ausgelassen», sagte er stolz. «Also, um die Wahrheit zu sagen, eigentlich habe ich gedacht, wir würden diesen Freitag einmal pausieren, nach … dem Begräbnis und all dem … aber Molly hat darauf bestanden. Ich hoffe, es stört dich nicht, Nora.»

Sie zuckte gleichgültig die Achseln. Es war ihr schließlich egal was sie machten, sie würde ohnehin nicht daran teilnehmen. Was sie anbelangte, war sie noch in Trauer, auch wenn Molly und Peter fanden, es sei wichtiger, Fremde zu unterhalten.

Peter deutete auf die Threepenny-Plätze vorn, auf die zu Sixpenny in der Mitte und die Shilling-Plätze auf der kleinen Empore, die im Dämmerlicht kaum zu erkennen war.

«Nur vierundzwanzig haben wir davon», erklärte er, «deshalb kommen sie schon eine Stunde bevor die Vorstellung beginnt, um einen Platz zu ergattern.»

Er ging vorne an der Bühne vorbei und trat hinter einen

behelfsmäßigen Vorhang. Er reichte ihm bis zu den Schultern, so dass er darüber hinausschauen konnte, er rief sie zu sich.

«Schau dir das an!»

Allmählich begann sich Nora über seine überschäumende Begeisterung zu ärgern. Zudem war sie enttäuscht, dass diese wundervolle Entdeckung – ein Kino in ihrem Hinterhof – nach dem ersten Überraschungsmoment doch nicht so besonders aufregend war.

Peter zog den Vorhang beiseite, und da stand, in all seiner Pracht, ein dunkelbraunes, prunkvoll furniertes Klavier mit zwei frisch polierten Messingleuchtern an der schimmernden Vorderseite. Darunter aber verrieten die fleckigen, abgesplitterten Elfenbeintasten das wahre Alter des Instruments. Das war also offensichtlich der Platz von Mr. Smithson, dem Klavierspieler.

«Wie wär's mit einem schmetternden Akkord?», rief Peter. «Mrs. Teehan hat uns erzählt, dass du ein As auf dem Klavier bist.»

«Bin ich nicht», murmelte Nora.

«Ach, komm schon!», drängte er.

«Ich will nicht!», antwortete sie und warf ihm einen finsteren Blick zu

Sie wollte noch hinzufügen: «Nie mehr!», aber er hob beide Hände, als wollte er sich schützen, und grinste: «Gott bewahre uns vor leidenschaftlichen Frauen!»

«Und vor dummen Männern!»

Peter geriet etwas außer Fassung, blieb aber lächelnd bei seinem Grundsatz, die gute Laune nicht zu verlieren, ganz gleich, was geschah. Er biss die Zähne zusammen und durchquerte den Saal bis zu der Empore. Nora folgte ihm widerstrebend.

Dort zeigte er ihr die Stelle in der Wand, wo er fein säuberlich ein Loch herausgeschlagen hatte, damit das Licht des Projektors durchscheinen konnte. Er führte sie in den winzigen Raum hinter der Empore, wo der Projektor stand, und erklärte ihr in aller Einzelheit, wie man die Filmspule einlegte und wie sie über eine

Reihe von Zahnrädern und Führungen in Bewegung gesetzt wurde, und auch, wie man die Linse einstellte, damit die Bilder auf der Leinwand scharf erschienen. Dann sprach er von den ganzen Problemen, die es geben konnte und wie man sie löste.

Nora wurde es allmählich kalt. Sie wurde mürrisch und wollte ihm seine gehobene Stimmung verderben. Daher beschloss sie, sich ihre Vermutungen bestätigen zu lassen, wer der «Junge» wohl sei. Wenn er wirklich sein Bruder war, würde das den Onkel in die schmerzliche Gegenwart zurückrufen.

«Wer ist der ‹Junge›?», fragte sie, als er gerade einmal seine Ausführungen unterbrach, um Atem zu holen.

Langsam stieß er die Luft aus.

«Der Junge?»

«Du und dieser Colonel, ihr habt über einen Jungen geredet, als wär er jemand, den du sehr gut kennst.»

Peter war verletzt, das konnte sie sehen. Fast musste sie lächeln.

«Wer ist es?», fragte sie gereizt.

«Mein Bruder Jack», sagte er schließlich, «wir haben ihn immer den ‹Jungen› genannt.»

«Und du denkst», sagte sie mit weit aufgerissenen Augen, «dass er vielleicht die Bank ausgeraubt hat?»

«Ich weiß es nicht. Ich weiß überhaupt nicht mehr, was ich denken soll. Er ist bei den Irregulars.»

Nora ging rückwärts in Richtung Ausgang, aber er redete weiter. Ihr Kopf war voll von den grausamen Geschichten über die Gräueltaten der Irregulars, die ihr Vater erzählt hatte. Als könnte er ihre Gedanken lesen, sagte er: «Ich habe mit der Bande nichts zu tun. Ich könnte nie gegen mein eigenes Volk kämpfen. Es ist Wahnsinn. Ich habe ihn angefleht, sich ihnen nicht anzuschließen, aber er wollte nicht hören.»

Jetzt hatte sie die Tür erreicht und machte kehrt, um die Treppe hinunter zu rennen.

«Ich schwör dir, Nora, du bist hier sicher, die Stadt ist gut bewacht.»

An welch schrecklichen Ort und zu welch gefährlichen Leuten hatte man sie gesteckt?, fragte sie sich mit wachsendem Entsetzen.

«Nora!», rief Peter ihr nach, «du wirst dich im Dunkeln verlaufen.»

Aber es war schon zu spät. Zu plötzlich war die Treppe aufgetaucht und Nora stürzte hinab, während sein Aufschrei ihr noch in den Ohren hallte. Die Stille, die dem Sturz folgte, war so vollkommen, dass Peter erstarrt auf dem oberen Treppenabsatz stehen blieb und hilflos auf die zusammengekrümmte, bewegungslose Gestalt hinabblickte.

Kapitel 7

Nora erwachte in ihrem Zimmer. Ihr ganzer Körper schmerzte, und erst allmählich fand sie heraus, wo es am meisten weh tat. Sie war auf die rechte Seite gefallen, und hier pochte es heftig in der Schulter und im Ellbogen. Da es sie noch zu viel Kraft kostete, die Augen zu öffnen, lag sie zunächst ganz still und lauschte.

Ihr Kopf war so benommen, dass sie die Stimmen, die den Raum erfüllten, zuerst nicht zuordnen konnte. Es kam ihr vor, als ob eine Menge Menschen um sie herumstanden und sie neugierig anstarrten. Schließlich hörte sie aber ihre Tante und ihren Onkel heraus, die ab und zu von einer fremden Stimme unterbrochen wurden.

«Ich bin sicher», sagte der Fremde, «dass ein Knochen im Ellbogen gebrochen oder zumindest angebrochen ist. In jedem Fall wird sie den Arm eine Zeit lang nicht benützen können.»

«Mein Gott! Peter, was sollen wir bloß machen?», jammerte Molly.

«Ich bin an allem Schuld», erwiderte er kläglich.

«Wenn sie mit dem Klavierspielen Probleme bekommt», sagte Molly, «könnten wir es uns nie verzeihen.»

Daran hatte Nora noch gar nicht gedacht, wenn Molly nicht damit herausgeplatzt wäre. Nun, da sie womöglich einen echten Grund hatte mit dem Spielen aufzuhören, war sie sich nicht mehr sicher, ob sie das tatsächlich wollte. Doch da fuhr der Fremde fort: «Sie wird's schon wieder können wenn sie wirklich will, und dann lässt sie sich auch nicht von irgendwelchen Beschwerden abhalten.»

Während dem Schweigen, das nun folgte, spürte Nora langsam, dass ihr Ellbogen fest eingeschnürt war – von einem Verband, wie sie annahm. Sie wollte schon die Augen öffnen, aber dann beschloss sie doch, dass sie Onkel und Tante lieber nicht sehen oder gar mit ihnen reden wollte – vor allem mit dem Onkel nicht, der ihr mit seinem Gerede von den Irregulars Angst eingejagt hatte. Ob sie ihm überhaupt wieder trauen konnte?

Nach einer Weile wandte sich Molly von neuem an den Fremden. «Wollen Sie nicht mit runter kommen und etwas essen?»

«Ich warte lieber, bis sie wieder zu sich kommt», sagte der Mann, «wissen Sie, man kann eine Menge daraus schließen, wie ein Patient reagiert, wenn er aufwacht.»

«Vielleicht sollten wir uns mit ihrem Vater in Verbindung setzen», meinte Molly, «Was meinst du, Peter?»

Nora setzte sich auf und starrte Molly wütend an. «Das könnt ihr ruhig bleiben lassen!», zischte sie. «Er konnte es sowieso kaum erwarten mich loszuwerden!»

Sie ließ sich auf das Kissen zurück fallen. Hinter ihrer Stirn pochte ein wilder Schmerz.

«Versuch ganz still zu liegen, Nora», sagte der Fremde und sie wandte sich zu ihm um.

Es war Mr. Smithson, der Klavierspieler in dem cremefarbenen Anzug.

«Was will er hier? Er ist ein Säufer.»

«Nora!» Molly war entrüstet über die Direktheit ihrer Nichte. «Er ist nüchtern wie ein Säugling und er hat dich soeben aufs Beste versorgt!»

«Ist schon gut», sagte Mr. Smithson. «Beweg mal dein Bein auf und ab, Nora, damit wir feststellen können, ob noch mehr passiert ist.»

«Nein!», schrie Nora, aber als erneut ein heftiger Schmerz ihren Knöchel durchzuckte, murmelte sie: «Es geht nicht.»

Schließlich fand er die Stelle und begann den Fuß zu bandagieren. Es war ihm keinerlei Unsicherheit, kein Schwanken anzumerken, aber während er sie versorgte, zog er nicht ein einziges Mal die schwarzen Handschuhe aus, die Nora schon vorher aufgefallen waren. Als er bemerkte, dass sie sich darüber wunderte, sagte er mit einem traurigen Lächeln: «Alte Kriegsnarben. Kein schöner Anblick, weißt du!»

«Sind Sie Arzt?», fragte sie argwöhnisch.

«Das nicht gerade», antwortete er, «aber ich habe ein paar Jahre Medizin studiert.»

«Er ist so gut wie jeder Arzt in der Stadt», fuhr Molly dazwischen. «Wenn nicht sogar besser.»

«Danke, Mrs. Delaney», lächelte er wenig überzeugt.

«Haben Sie auch gegen die Black'n'Tans gekämpft?», fragte Nora weiter.

«Aber Nora!» rief Molly.

«Nein. Ich muss gestehen, dass ich in dem Großen Krieg drüben in Frankreich Seite an Seite mit unserem alten Feind gekämpft habe.»

Es überraschte sie nicht, dass er in der Britischen Armee gewesen war. Im Gegenteil, es schien genau zu ihrem Eindruck zu passen, dass er irgendwie anders war. Viel mehr erstaunte sie, dass er und ihr Onkel, der ja gegen die Briten gekämpft hatte, offensichtlich so gute Freunde waren. Ihr Vater hatte oft davon erzählt, dass es in den Bars, die er besuchte, Schlägereien zwischen Republikanern und ehemaligen Soldaten der britischen Armee gab – die ja auch Iren waren, die einen wie die anderen.

«Na, wie wär's mit zwei Wochen Bettruhe?», fragte Mr. Smithson, um das Thema zu wechseln.

«Morgen geht's mir wieder gut.»

«Da täusche dich nicht», warnte er sie, «du hattest einen schlimmen Sturz und bist gefährlich mit dem Kopf aufgeschlagen.»

«Vorsicht ist die Mutter der Porzellankiste», versuchte Peter zu scherzen.

«Ich werde auf alle Fälle in den nächsten ein, zwei Tagen nach dir schauen», sagte der Mann in dem cremefarbenen Anzug und erhob sich.

«Bedanke dich bei Mr. Smithson!», forderte Molly sie auf.

«Danke», sagte Nora gleichgültig und alle drei gingen hinaus.

Sie konnte Mr. Smithsons Stimme vom Treppenabsatz her hören.

«Ich verlass mich drauf, dass Sie mich bei der kleinsten Veränderung rufen. Und keine Sorge, ich werde nicht trinken! Nicht, bis wir das überstanden haben!»

Die Aussicht, Stunde um Stunde und vielleicht tagelang allein in ihrem Zimmer zu liegen, schien genau das zu sein, was Nora wollte. Auf diese Weise gäbe es nur wenig oder gar keinen Kontakt zu der Tante und dem Onkel; sie müsste nicht arbeiten, nicht zur Schule, und es gäbe auch kein Klavierspiel. Eigentlich hätte es gar nicht besser kommen können, von dem erbarmungslos pochenden Schmerz in ihren Gliedern einmal abgesehen. Und selbst das schien es wert, solange sie in dem behaglichen Mädchenzimmer ihrer Mutter lag.

Während der nächsten Tage döste sie fast die ganze Zeit vor sich hin. Wenn sie aufwachte, befand sie sich in einer eigenartigen fremden Welt zwischen Traum und Alptraum. Wenn sie dachte, es müsse Nacht sein, war es plötzlich taghell. Wenn sie erwartete, es sei Morgen, war es ringsum stockfinster. Wenn sie vor Schmerzen zwischen Schlaf und Wachsein schwebte, stellte sie sich vor, ihre Mutter sei im Zimmer, und sie träumte voller Unschuld von einer großartigen Zukunft. Der Gedanke daran, wie gänzlich ihre Wünsche und Vorstellungen zerschlagen worden waren, tat Nora mehr weh, als die Schmerzen in ihrem Körper. Sie schwor, sich niemals von irgendeiner kindischen Hoffnung trügen zu lassen, die einen nur dazu verführte, an große Wunder im Leben zu glauben, und einen am Ende dann doch enttäuschte.

Es war spät am Abend des dritten Tages, als sie sich hin und her wälzte und wieder einmal aufwachte. Die Petroleumlampe war noch nicht angezündet, aber von der Straße fiel genügend Licht herein, dass sie die Umrisse einer Gestalt, die auf der Fensterbank saß, ausmachen konnte. Mit einem Schlag wurde es pechschwarz im Zimmer. In ihrer Benommenheit glaubte Nora, sie sei erblindet. Sie zitterte und bebte am ganzen Körper, ohne dass sie sich dagegen wehren konnte.

«Das ist nur der Laternenmann», flüsterte eine Stimme, «er macht die Straßenlampen aus.»

Im aufflammenden Licht eines Streichholzes erkannte sie Mr. Smithson, der das Glas der Petroleumlampe abnahm.

«Jetzt hast du Licht», sagte er heiter.

«Sie blöder Idiot!», brach es aus ihr hervor, «Sie haben mich zu Tode erschreckt!»

«Das tut mir Leid.»

«Und was machen Sie überhaupt in meinem Zimmer?», fauchte sie und zog sich die Decke hoch.

«Peter und Molly mussten für eine Weile weg», erklärte er. Ein schwaches Lächeln umspielte seinen Mund. «Du bist mir aber eine feine Dame!»

«Sie sind auch nicht grade ein Vorzeigegentleman!»

«Ganz recht!», lachte er und sie verstummten beide und vermieden es, einander anzuschauen.

Schließlich nahm Mr. Smithson die Unterhaltung wieder auf. «Wie ich höre, bist du eine wahre Hexenmeisterin auf dem Klavier, stimmt's?»

«Sie sollten nicht alles glauben, was Sie hören!»

«Tu ich auch nicht. Aber Peter hat's mir erzählt –»

Nora schnitt ihm mit einem kalten Blick das Wort ab. «Ich will nicht darüber reden und außerdem will ich kein Klavier mehr sehen. Nie mehr!»

«Das ist doch dummes Gerede», begann er, aber sie unterbrach ihn erneut.

«Es ist die Wahrheit!»

«Das habe ich mir auch mal gesagt», erwiderte er und hob seine behandschuhten Hände hoch. «Ich hab mir eingeredet, dass ich nie mehr Klavierspielen könnte, aber dann hab ich doch eine Methode gefunden und ich wäre noch viel schlimmer dran, als ich es jetzt bin, wenn mir das nicht gelungen wäre.»

Nora wandte sich ab und verkroch sich schmollend unter der Decke.

«Gehen Sie endlich!», rief sie, «wegen Ihnen werden meine Kopfschmerzen nur schlimmer.»

«Ganz wie du willst», sprach er. «Aber versuch nicht deinen Kopf zu heben und reg dich um Himmels willen nicht auf, ich bin nur ein alter Trottel, der dumm daherredet.»

«Stimmt genau!»

«Ich bin draußen im Flur, wenn du mich brauchst, Nora», rief er ihr noch von der Tür her zu.

«Ich brauch Sie nicht. Und wagen Sie es nicht noch mal, mich Nora zu nennen.»

«Mich kannst du ruhig Alec nennen, wenn du willst», sagte er vergnügt.

«Ich weiß schon, was ich Sie gern nennen würde!»

«Verzeihung, Verzeihung», sagte er und schloss die Tür.

Sie nahm sich vor, der Tante und dem Onkel zu sagen, dass sie ihn nicht um sich haben wollte. Falls nötig, würde sie sogar behaupten, sie habe gesehen, wie er heimlich aus einer Whiskyflasche getrunken hatte. Sie wusste wohl, wie niederträchtig das war, doch in ihrer üblen Laune erschien ihr der Plan ganz vernünftig.

Am nächsten Morgen fühlte sie sich viel besser. Das strahlende Sonnenlicht, das durchs Fenster schien, tat ihr wohl. Noch immer klopfte der Schmerz in ihrem Ellbogen und ihr Fuß fühlte sich steif und ungelenk an. Als die Tante mit dem Frühstückstablett hereinkam, berichtete Nora ihr freiwillig, dass sie sich schon viel besser fühle.

«Wir werden dich im Handumdrehen wieder auf den Beinen haben», erwiderte Molly erleichtert.

Während Molly das Zimmer machte, aß Nora mit großem Appetit. Die Luft, die durch das offene Fenster hereinströmte, weckte ihre Lebensgeister. Noch erstaunlicher war, dass sie eine Art ruhiger Zufriedenheit empfand. Sie fragte sich, ob die Auseinandersetzung mit Mr. Smithson am Abend zuvor der Auftakt zu einem Neuanfang gewesen war. Jedenfalls war sie nicht mehr so unglücklich. Ja, fast glaubte sie sogar an das, was ihr Onkel über die Stadt gesagt hatte – dass sie ein sicherer Ort sei. Insgeheim gestand sie sich ein, selbst an dem Sturz schuld gewesen zu sein. Sogar die vorausgegangene Unterhaltung hatte ja sie angefangen.

«Kann ich mich ans Fenster setzen?», fragte sie Molly.

«Ich denke schon», erwiderte die Tante etwas unsicher, «aber nicht lang.»

Nora warf die Decken mit ihrem gesunden Arm zurück. Mit Hilfe von Molly, die ihre verletzte Seite behutsam abstützte, gelangte sie mit einiger Mühe zum Fenster. Die Sonne wärmte ihr das Gesicht und sie dankte der Tante.

«Du brauchst dich nicht zu bedanken. Dass du so wohlauf bist, ist mir Dank genug.»

Molly machte sich noch eine Weile um sie zu schaffen. Sie holte einen Schal, den sie Nora um die Schultern legte, und wickelte ihr eine Decke um die Beine. Während sie so herumhantierte, veränderte sich ihr zufriedener Ausdruck jedoch und wurde besorgt. Nora fragte sich, was der Grund dafür sei.

«Dein Onkel ist wegen des Vorfalls in einer schlimmen Verfassung», sagte Molly schließlich. «Vielleicht sollte ich dich nicht darum bitten, aber könntest du nicht etwas zu ihm sagen? Er traut sich nicht einmal, zu dir heraufzukommen.»

«Ich wüsste nicht, was ich sagen sollte», murmelte Nora und in Gedanken fügte sie hinzu, selbst wenn ich es wollte.

«Und wenn ich ihm einfach sage, dass du ihm nicht böse bist? Wärst du damit einverstanden?»

Nora zuckte mit den Achseln. Sie fühlte, dass man sie, wenn auch ganz behutsam, dazu bringen wollte, einen Frieden zu schließen, zu dem sie noch nicht bereit war. Andrerseits war ihr klar, dass sie im Moment in diesem Haus fest saß. Hatte ihre Mutter nicht immer gesagt, man müsse das Beste aus einer Situation machen? Schließlich nickte sie zustimmend. Molly konnte ihre Freude darüber kaum verbergen und ging gleich hinunter, um Peter zu beruhigen.

Die Straße unten war ruhig. Nur ab und zu schlenderte der eine oder andere Passant vorbei. Nach den hektischen Ereignissen der vergangenen Tage war es eine willkommene Erleichterung, dieses gemächliche Gehen zu beobachten.

Auch im Haus war zunächst alles ruhig, doch im Laufe des Vormittags bemerkte Nora im unteren Stockwerk emsiges Getriebe. Im Hinterhof wurde hin- und hergelaufen, und immer wieder hörte Nora den hellen Klang von Metall, das auf Metall schlägt. Als Peter heraufkam und ihr einen Besuch abstattete, wurde sie über die Betriebsamkeit aufgeklärt.

«Wie geht's dir heute, Mädchen?», fragte er. «Wie ich höre, bist du auf dem Weg der Besserung!»

«Es geht mir gut, danke.»

Er trat zu ihr ans Fenster.

«Ist es nicht herrlich draußen?», sagte er gedankenverloren. «Man müsste doch meinen, dass die Leute glücklich sind und sich nicht wegen eines Stück Papiers bekriegen.»

Nora rutschte verlegen hin und her, sie wusste nicht, was sie sagen sollte.

«Jetzt fang ich schon wieder damit an», seufzte er, «schon wieder belaste ich dich mit meinen Problemen. Es tut mir Leid wegen neulich am Abend.»

Das war für Nora etwas ganz Neues, dass man sich bei ihr entschuldigte. Ihr Vater hatte sich nie zu einer solchen Geste überwinden können und wie oft hätte er Grund genug dazu gehabt, Nora und ihrer Mutter gegenüber.

«Ich mach mir solche Sorgen wegen Jack», fuhr er ungeachtet seines Vorsatzes fort. «Selbst, wenn er die Bank ausgeraubt hat, was ich einfach nicht glauben kann, bleibt er doch mein Bruder. Das verstehst du doch?»

Sie versuchte zu sprechen, brachte aber nur ein leises Murmeln hervor.

«Können wir nicht einfach alles vergessen und nochmal einen Neuanfang machen?» Er streckte ihr seine Hand entgegen. «Sind wir Freunde?»

Sie reichte ihm ihre gesunde Hand.

«Wie schade, dass du heute Abend nicht mit in die Filmvorführung kannst», lächelte er, «vielleicht nächste Woche, was?»

Das war es also. Es war Freitagabend und die Unruhe draußen hing mit den Vorbereitungen für den Umbau des Parnell-Saals in das *Stella*-Kino zusammen. Nora war ein bisschen enttäuscht, aber auch froh. In Wahrheit fühlte sie sich noch nicht bereit, sich wieder in die Außenwelt zu begeben, in der so viel Ungewisses auf sie wartete.

Gegen Abend, nachdem Molly ihr das Essen gebracht und das Haus verlassen hatte, um zu Peter in den Saal zu gehen, wurde es wieder ganz still. Die Zeit verstrich langsam und es gelang Nora nicht, einzuschlafen. Schließlich erhob sie sich mühsam vom Bett und tastete sich an der Wand entlang zu dem Fenster, das auf den Hinterhof führte.

Sie schob die Öllampe auf die Fensterbank und setzte sich daneben. Ein scharfer Schmerz durchzuckte ihren Ellbogen, als sie den Riegel hob, um das Fenster einen Spalt zu öffnen.

Die kalte Nachtluft ließ sie frösteln und sie zog den Schal enger um sich. Sie lauschte auf die Geräusche aus dem gegenüberliegenden Saal. Der Generator summte leise, Hurrarufe wurden laut. Vom Klavier ertönte ein schmetternder Lauf, gefolgt von einem Chor von atemlosen Seufzern.

Selbst aus der Entfernung erkannte sie, dass Alec Smithson, mochte er noch so verrückt sein, wirklich gut spielen konnte. Jetzt war es still drüben, nur eine sanfte, schwebende Melodie war zu hören. Nora wiegte sich in ihrem Rhythmus und ließ sich davontragen, in bessere, goldene Zeiten. Hätte sie ihrem Vater wohl seine grausame Gleichgültigkeit und sein Trinken vergeben können, wenn er so gut hätte spielen können?

Mit einmal hatte sie das unheimliche Gefühl, dass jemand sie beobachtete. Sie warf den Kopf herum und verzog bei dem jähen Schmerz in ihrem Arm das Gesicht. Im Zimmer war niemand, dessen war sie sicher. Sie lauschte angestrengt, aber im Haus herrschte Totenstille. Sie starrte in den dunklen Hof.

Da sah sie im schwachen Schimmer des Lichts aus dem Saal einen Mann, der mit dem Rücken an der Tür eines der Nebengebäude lehnte. Er starrte in Noras Richtung, als hätte er einen Geist gesehen.

Kapitel 8

Nora konnte nicht ahnen, welch seltsamen Anblick sie dem Mann unten im Hof bot. Ihr Gesicht, das die Öllampe von unten beleuchtete, schien von einer anderen Welt zu sein – umso mehr, als es vor Furcht erstarrt war.

Der Mann löste sich langsam aus seiner erschrockenen Starre und schien zögernd einen Schritt vorwärts machen zu wollen. Nora hielt den Atem an und zog sich ein wenig vom Fenster zurück. Sie hörte ihn über den Hof eilen, aber bevor sie einen Blick auf sein Gesicht werfen konnte, war er schon verschwunden. Erleichtert atmete sie auf, sie war sicher, dass die Gefahr vorbei sei.

Dann betrat jemand heftig polternd die unterste Treppenstufe. Fußtritte näherten sich und Nora rief: «Onkel Peter, bist du's?» und dann, «Bist du das, Molly?»

Es kam keine Antwort, und wer dieser Fremde auch war, er hatte jetzt den ersten Treppenabsatz erreicht. Noras Kehle war trocken.

Der Eindringling nahm die letzten Stufen. Nora tastete sich an der Wand entlang. Dabei zog sie den verletzten Fuß hoch. Im selben Moment, als sie die Tür erreichte, verlor sie das Gleichgewicht. Bei ihrem Sturz drückte sie die Tür ins Schloss. Sie glitt zu Boden und stemmte sich mit aller Kraft gegen das dünne Holz.

Jetzt konnte es sich nur noch um Sekunden handeln. Der schwere Schritt des Fremden kam immer näher, sie konnte bereits seinen Atem hören. Merkwürdigerweise erinnerte sie das an das mühsame Keuchen ihrer Mutter in ihren letzten Tagen. Es war der unmissverständliche Klang von Krankheit.

Der Türknauf drehte sich und sie flüsterte verzweifelt: «Bitte, lassen Sie mich in Ruhe!»

Trotz Noras Anstrengungen, die Tür zuzudrücken, wurde sie einen Spalt aufgeschoben. Dann folgte ein Augenblick des Zögerns, ein Augenblick voller Angst und Vorahnungen. Nora wusste, der Eindringling überlegte, was er nun tun sollte, und sie betete, dass er sich eines anderen besinnen würde. Ihr ganzer Körper schmerzte, als wollte er sie daran erinnern, wie hilflos sie war, sollte der Fremde versuchen die Tür weiter aufzustoßen.

«Bitte, lassen Sie mich in Ruhe!», rief sie laut.

Im selben Moment ließ der Druck nach. Der Fremde zog sich auf dem Treppenabsatz zurück, verharrte einen Moment, um sich darauf eilig nach unten zu entfernen. Nora kroch zum Fenster. Sie wollte unbedingt einen Blick auf den Fremden werfen, wenn er über den Hof lief. Sie konnte gerade noch sehen, wie er das Tor eines Nebengebäudes öffnete und hastig ein paar Dinge einsammelte. Als ob es verabredet worden sei, endete in diesem Moment die Vorstellung, Bravorufe ertönten, die Lichter flammten auf und erleuchteten den dunklen Hof.

Der Mann hatte sich bei dem Lärm aus dem Saal umgewandt und sein Gesicht geriet in den Schein der herausströmenden Helligkeit. Nora versucht angestrengt, die Züge zu erkennen. Zuerst sagten sie ihr nichts. Der Mann wandte sich rasch wieder um und eilte über den grasbewachsenen Weg davon. Als er noch einmal einen kurzen Blick zurück warf, war Nora einen Moment lang überzeugt, Peters Gesicht erkannt zu haben. Aber das konnte ja nicht sein, dachte sie, bis es ihr plötzlich wie Schuppen von den Augen fiel: Es musste sein Bruder sein, Jack, der bei den Irregulars war. Die Ähnlichkeit war unverkennbar.

Sie hörte ihre Tante unten im Hof jemandem zurufen: «War es nicht eine herrliche Vorstellung?»

«Zum Weinen schön», erwiderte eine Frau.

Als sie dieses alltägliche Geplänkel hörte, fühlte sich Nora wieder sicher. Sie hangelte sich zurück aufs Bett, legte sich nieder und lauschte auf die Geräusche, die von der dunklen Straße heraufdrangen.

Kinder lachten und riefen durcheinander und man hörte das Trappeln vieler Füße, die sich stampfend und trippelnd in die Dunkelheit entfernten. Und über all dem Lärm erhob sich die Stimme ihres Onkels: «Ist ’ne tolle kleine Maschine, unser Generator», sagte er stolz.

«Da hast du Recht, erwiderte Mick, der Mann aus der Werkstatt, «hast ein wirklich gutes Geschäft gemacht.»

Nora wusste nicht ein noch aus. Das Einfachste wäre es gewesen, Peter zu erzählen, dass sein Bruder sich im Nebengebäude versteckt hatte. Nachdem er ihr einen solchen Schrecken eingejagt hatte, gab es eigentlich keinen Grund für sie, ihn zu decken. Andrerseits hatte er sie ja in Ruhe gelassen, als sie ihn darum gebeten hatte, und sein Gesicht, dass sie kurz sehen konnte, hatte nicht bösartig ausgesehen. Irgendwie hatte sein Anblick an ihr Mitgefühl appelliert. Sie fühlte, dass sie beide auf ihre Weise Ausgestoßene waren.

Sie war über ihr eigenes Denken entsetzt und versuchte sich einzureden, dass Jack nichts weiter war als ein gewöhnlicher Verbrecher. Schließlich ließ alles, was sie über die Irregulars gehört hatte, darauf schließen. Ihre Mutter hatte sie gelehrt, Unehrlichkeit zu verachten, und doch hatte sie mitbekommen, wie die Mutter bestimmte Dinge vor ihrem Vater verbarg, um sich seinem Zorn zu entziehen. Ihr Verantwortungsgefühl wurde von nagenden Zweifeln bestürmt. Sollte sie Peter beruhigen, der sich so große Sorgen machte, weil er nicht wusste, wo sein Bruder war?

Und wenn sie ihm alles erzählte, konnte es nicht sein, dass Peter ein Treffen zwischen Jack und Colonel O’Brien herbeiführte, damit die beiden sich zusammensetzten und über den Frieden verhandeln konnten?

Doch was wäre, wenn Colonel O’Brien Jack nur eine Falle stellte? Woher sollte sie wissen, ob er tatsächlich mit ihm reden wollte?

Und Peter selbst, würde er Jack gar verraten, nur um ihn von den Kämpfen fernzuhalten?

Vielleicht wusste Peter ohnehin, wo Jack war? Vielleicht versteckte er ihn und seine Besorgnis war nur gespielt?

So überlegte sie immer noch, als ihre Tante leise an die Tür trat, weil sie dachte, Nora würde vielleicht schlafen.

«Hast du denn überhaupt nicht geschlafen?», fragte Molly, als sie durch den Türspalt hereinschaute und sah, dass Nora hell wach war.

«Doch», schwindelte Nora, «ein bisschen.»

Ihre Tante blickte auf die zerwühlten Decken und Laken, die zum Teil am Boden hingen, und wunderte sich. So eine Unordnung, und trotzdem lag Nora da, als hätte sie sich den ganzen Abend nicht gerührt.

«Du hast wohl einen schlimmen Traum gehabt!», scherzte Molly.

«Äh … ja …», stotterte Nora. «Aber ich – ich kann mich nicht mehr daran erinnern.»

«Magst du eine Tasse Tee?»

«Nein danke.» Sie zögerte und sprach dann weiter: «Ist Jack wirklich ein Bankräuber und ein Mörder?»

Mollys Augen verloren ihren Glanz und sie ließ sich schwerfällig auf dem Bett nieder.

«Ich glaube es nicht», sagte sie, «aber was er auch getan haben mag, er hat es nur getan, weil er glaubt, dass es richtig ist.»

«Aber die Irregulars tun doch schreckliche Dinge», beharrte Nora. «Mein Vater hat's mir erzählt und es steht auch in der Zeitung!»

«Ich weiß, ich weiß, aber die Freistaatler sind auch keine Engel», sagte Molly und barg den Kopf in ihren Händen. «Schau mich an, ich entschuldige das Morden und -»

Sie sah aus, als würde sie gleich in Tränen ausbrechen, und ohne recht nachzudenken legte Nora tröstend die Arme und ihre Tante.

«Eins ist sicher», murmelte Molly, «wir Frauen müssen dann die Scherben, die sie anrichten, aufsammeln.»

Nora erinnerte sich, dass ihre Mutter vor nicht allzu langer Zeit etwas Ähnliches gesagt hatte. Sie hatte das seltsame Gefühl, ihre Mutter sei im Zimmer und halte Wache über sie beide in all ihrer Verwirrung und Not. Molly putzte sich die Nase und fasste sich.

«Nora, es gibt Gutes auf beiden Seiten und Böses auf beiden Seiten, aber je länger es anhält, desto weniger Gutes wird für beide Seiten herauskommen», flüsterte sie. «Wenn du Jack kennen würdest, könntest du dir nicht vorstellen, dass er die gleichen Gräueltaten begeht wie diese Bande. Nein, du könntest es wirklich nicht.»

Sie hörten Peter von der Küche her rufen, und als er die Treppen hochkam, stopfte Molly die Bettlaken um Nora fest und löschte die Öllampe.

«Wenn er mich in diesem Zustand sieht, ist der arme Mann völlig verzweifelt», sagte sie, «er ist krank vor Kummer, aber heute Abend ist er glücklich, und das wollen wir ihm nicht verderben, oder?»

«Nein, lieber nicht», erwiderte Nora und hörte ihn pfeifend die Treppe herauf kommen.

«Gute Nacht, ihr beiden», rief er und dann flüsterte er ganz leise: «Oh, Verzeihung, schläft sie?»

«Nein, Peter, wir plaudern nur ein bisschen», sagte Molly ein wenig nervös.

«Ist alles in Ordnung?»

Molly antwortete nicht, und Nora hatte das Gefühl, dass es der Tante in diesem Moment einfach nicht möglich war.

«Ja, Onkel Peter», rief sie mit piepsiger Stimme.

«Fein», sagte er, «bis morgen dann.»

Sie fühlte sich Molly so nahe, wie sie es nie für möglich gehalten hatte. Daher glaubte sie, der Zeitpunkt sei günstig, noch eine Frage zu stellen, die ihr schon lange auf dem Herzen lag. Je sicherer sie war, dass Molly nichts von einem

Ungeheuer an sich hatte, desto mehr hatte diese Frage sie gequält.

«Molly», fragte sie, «warum ist Mam nie mehr hierher gekommen und wieso habt ihr uns nie in Inchicore besucht?»

«Das lassen wir alles am besten auf sich beruhen.»

«Aber ich muss es wissen.»

Molly überlegte eine ganze Weile, ob sie antworten sollte. Ihr Schweigen drohte das frische Vertrauensverhältnis wieder zu zerstören.

Schließlich sprach sie: «Unsere Eltern hatten das ganzes Leben deiner Mutter vorausgeplant. Was sie arbeiten, was für einen Mann sie heiraten sollte. Alles. So waren sie eben. Ihnen war es egal, wie sie dazu stand. Sie waren sehr hart zu ihr und sie lief weg, nach Dublin, um ihr eigenes Leben zu führen.»

Nora konnte sich kaum vorstellen, dass ein so willensstarkes Mädchen so enden konnte: als Sklavin von jemandem wie ihrem Vater.

«Sie war noch gar nicht lange in Dublin», fuhr Molly fort, «als beide Eltern krank wurden; das war während jener furchtbaren Grippeepidemie. Deine Mam machte sich sofort auf den Weg, aber ihre Mutter starb, bevor sie ankam.»

«Es tut mir Leid, Molly. Du musst nicht weiterreden.»

Ihre Tante war mit ihren Gedanken weit weg bei jenen elenden Tagen.

«Arme Annie», sagte sie dann schließlich kopfschüttelnd, «sie bat unseren Vater um Verzeihung, aber er jagte sie fort. Er wollte nichts von ihr wissen.»

«Aber du hättest uns doch besuchen können», warf Nora ein.

«Oh, ich bin ja auch hingefahren», seufzte Molly, «du warst noch ein Baby; aber sie war so verbittert und dein Vater geriet außer sich, als er sah, dass sie sich grämte! Sie sagten, ich solle nie mehr über ihre Schwelle treten. Ich schrieb öfters, bekam aber nie eine Antwort. Naja, und dann habe ich es eben aufgegeben und das werde ich mein Leben lang bereuen.»

Molly sprach es nicht aus, aber Nora war sicher, dass die

Tante sie zu sich genommen hatte, weil sie versuchen wollte, die Jahre des Schweigens wieder gut zu machen.

«Kurz vor ihrem Tod schrieb sie mir. Ich war so glücklich, als der Brief ankam … Ach Gott, was ich las, brach mir das Herz. Ich wollte sofort zu ihr, aber sie duldete es nicht. Sie sagte, es wäre zu schmerzlich für uns beide.»

Nora schien es, dass ihr eigenes Leben das der Mutter widerspiegelte: die Trennung von ihrer Familie, der grausame, unversöhnliche Vater, die Flucht an einen fremden Ort. Für ihre Mutter war dieser Zufluchtsort zum Gefängnis geworden. Das sollte ihr selbst nicht passieren. Als hätte sie Noras Gedanken gelesen, sagte Molly beruhigend: «Glaub nur nicht, dass wir dich gegen deinen Willen hier festhalten, Nora. Wenn es soweit kommt, dass du nach Dublin zurück möchtest, werden wir dir nicht im Wege stehen. Dein Vater muss dann damit zurecht kommen, so gut er kann.»

«Ich will nicht zurück», erklärte Nora. «Die Jungen werden bald fort sein. Und dann gibt es dort nichts mehr für mich.»

«Wir werden das Beste aus der Situation machen, Mädchen», sagte Molly abschließend, «vielleicht stellt sich ja zu guter Letzt heraus, dass alles nicht so schlimm ist.»

Als Nora allein in ihrem Zimmer war, quälte sie ihr Gewissen, dass sie sich Molly nicht anvertraut hatte. Sie war müde und zugleich innerlich aufgewühlt. Plötzlich kam ihr wieder die Melodie in den Sinn, die Alec Smithson zuvor im Parnell-Saal gespielt hatte. Schläfrig dachte sie, einmal würde die Zeit kommen, in der all ihr Kummer und alle Probleme behoben sein würden – ihre, die ihrer Brüder, die von Molly und Peter, und auch die von Jack. Wenn es soweit war, würde sie ihren Schwur, nie mehr Klavier zu spielen, brechen. Dann würde sie die Melodie von heute abend erklingen lassen, als eine Ouvertüre, als Auftakt zu ihrer aller Zukunft.

Kapitel 9

Am nächsten Tag beschloss Nora herauszufinden, ob Jack sich noch in der Nähe aufhielt – so gering die Chance auch sein mochte. Sie wusste zwar nicht, was sie tun würde, wenn er auftauchte, aber auf jeden Fall, wollte sie die Augen offen halten.

Ihr Hauptproblem war, vom Bett zum Fenster zu kommen. Sie fragte die Tante, ob man das Bett nicht hinüberschieben könnte.

«Da stand mein Bett zu Hause auch», erklärte sie, «neben dem Fenster. Wäre es sehr umständlich?»

«Aber gar nicht», antwortete Molly und kurz darauf hatte Peter das Bett an das Fenster geschoben.

Der Tag schien endlos und Nora wartete ungeduldig auf den Einbruch der Dunkelheit. Nicht einmal ein Buch aus dem Regal ihrer Mutter konnte sie ablenken. Noch schlimmer war, dass sie, als es dämmerte, einen unerwünschten Besucher bekam: Alec Smithson.

Frisch rasiert und in sauber gebürstetem Anzug kam er, um sich nach ihrem Wohlergehen zu erkundigen. Nora verdrehte die Augen himmelwärts, als er gut gelaunt in ihr Zimmer platzte. Ihre Reaktion brachte ihn etwas aus der Fassung, doch setzte er sich mit einem Lachen darüber hinweg.

«Freust dich, mich zu sehen, wie immer.»

«Sie würden wohl nie auf die Idee kommen zu klopfen, bevor Sie irgendwo reinplatzen, oder?»

«Verzeihung, Madame», sagte er und ging wieder hinaus.

Nach einem Weilchen klopfte er leicht an die halboffene Tür. Nora kochte inzwischen vor Wut, und sie fragte sich, wie Molly und Peter diesen Verrückten überhaupt in ihre Nähe lassen konnten. Das Klopfen hielt beharrlich an und sie musste sich beherrschen, um ihn nicht anzuschreien.

Andrerseits war ihr klar, dass sie Alec nur dann wieder loswerden würde, wenn sie ihn reinließ, damit er ihren Verband erneuern konnte und sie danach wieder sich selbst überließ.

«Herein!», rief sie und diesmal trat er wortlos ein. Er schien verlegen wegen seines forschen Auftritts kurz zuvor.

«Wenn ich dich beleidigt habe ...», begann er, aber sie winkte ab. Für launisches Gehabe war jetzt keine Zeit.

Als er den Verband löste und neu anlegte, zitterten seine behandschuhten Hände und wieder und wieder entschuldigte er sich für seine Ungeschicktheit.

«Ich fürchte, ich habe gestern Abend über den Durst getrunken», lachte er wenig überzeugend.

Das regte sie von neuem auf, und das Mitleid, das sie gerade eben für ihn empfunden hatte, nahm wieder ab.

«Warum tun Sie das? Wissen Sie nicht, welche Probleme das mit sich bringt?», fuhr sie ihn an.

«Ich schade niemandem außer mir selbst», sagte er.

«Was ist mit Ihren Eltern oder Ihrer Frau und Ihren Kindern?»

«Ich bin nicht verheirate, und meine Eltern haben mich schon seit langem aufgegeben.»

Sie wusste, dass sie zu weit gegangen war, aber es war schwer, an sich zu halten.»

«Und was ist mit Ihnen selbst? Sie bringen sich noch um!»

Wieder lächelte er und schüttelte matt den Kopf.

«Wäre kein großer Verlust für die Menschheit», erwiderte er und beschäftigte sich weiter mit dem Verbänden.

Dabei bemerkte sie zum ersten Mal, dass der Mittelfinger seiner linken Hand gestreckt blieb, während er herumhantierte. Beim genaueren Hinsehen wurde ihr klar, dass er ihn nicht bewegen konnte.

«Was ist mit Ihrem Finger passiert?», fragte sie in ihrer sachlichen, direkten Art.

«Gelähmt», antwortete er. «Glücklicherweise hat es nicht die ganze Hand erwischt.»

«Durch eine Schusswunde?»

«Nein. Ich … hör mal, würdest du bitte aufhören, auf meine Hände zu starren?», brach es aus ihm hervor.

«Entschuldigen Sie, dass es mich gibt», rief sie, doch plötzlich fiel ihr ein, wie wunderschön er jene Melodie gespielt hatte, und sie fuhr fort: «Aber wie schaffen Sie das mit dem Klavierspielen?»

«Es gibt immer einen Weg, wenn man weiß, dass man muss.»

Gerade wollte sie ihm sagen, wie vollendet sein Spiel in ihren Ohren geklungen hatte, da sprach er weiter, und seine Worte schienen die von Mrs. Teehan auf seltsame Weise zu wiederholen: «Manchmal ist die Musik alles, was einem bleibt.»

Er war fertig und stand auf, um zu gehen.

«So, jetzt bist du wieder für eine Weile versorgt», sagte er. «Und dass du nicht versuchst, zu viel herumzulaufen.»

«Wie lange wird es dauern, bis ich wieder runter kann?»

«Ich fürchte, du musst gute Miene zum bösen Spiel machen und noch ein paar Wochen durchhalten.»

«Was?», rief sie aus. «Können Sie nichts tun? Ich werd hier oben noch verrückt.»

«Tut mir Leid, Nora», lächelte er, doch dann legte er den steifen Finger an das Kinn und meinte: «Mal sehen. Es ist ein bisschen weit her geholt, aber man weiß ja nie.»

«Sagen Sie's. Was ist es?»

«In meiner Zeit in Paris», sagte Alec, «hatte ich einen afrikanischen Freund … und –»

«War er schwarz?», fragte sie mit aufgerissenen Augen.

«Schwarz wie die Nacht und ein echter Gentleman.»

«Sie haben überhaupt nie in Paris gelebt», sagte sie vorwurfsvoll.

«Aber ja doch», erwiderte er, «ich habe in Paris zwei Jahre

lang Musik studiert. Das war vor dem Krieg, nachdem ich die Medizin aufgegeben hatte. Und nach dem Krieg habe ich mich noch zwei weitere Jahre dort herumgetrieben.»

Er blickte sie streng an und legte den steifen Finger auf die Lippen, als sie Anstalten machte zu protestieren.

«Hör jetzt auf, mich zu unterbrechen. Du hast mich gebeten, etwas anderes zu versuchen, also lass mich auf meinen Freund zurückkommen. Weißt du, sein Vater war so etwas wie ein ‹Medizinmann› und der gab seine Zauberkünste an seinen Sohn weiter und der wiederum hat sie mir beigebracht.»

Nora wurde allmählich unsicher: Meinte er das alles ernst oder war er einfach verrückt? Er begann ein höchst seltsames Lied zu singen und schlug dabei mit den Armen, als seien es Flügel. Sie setzte sich auf und wollte ihn anschreien, er solle aufhören, dann sah sie aber, wie sich ein Grinsen über sein Gesicht ausbreitete. Und mit einmal brach er in ausgelassenstes, fast hysterisches Gelächter aus.

«Du hast mir geglaubt! Du hast mir wirklich geglaubt!» Er brüllte vor Lachen.

Sie packte ein Buch, in dem sie zuvor etwas herumgeblättert hatte, und schleuderte es nach ihm. Er duckte sich, stürzte zur Tür und hielt das Buch wie einen Schutzschild hoch, für den Fall, dass sie noch mit weiteren Gegenständen nach ihm werfen würde. Dabei rutschte ein zusammengefaltetes Papier aus den Seiten und flatterte zu Boden.

Sie starrten beide darauf und schienen unsicher, ob er es aufheben sollte. Nach einem kurzen Moment des Schweigens nahm Alec das Blatt vom Boden. Er faltete es auseinander, seine Blick glitt darüber hinweg und leuchtete langsam auf, bis er schließlich übermütig grinste.

«Nora! Du überraschst mich!», rief er.

Und dann begann er mit getragener, salbungsvoller Stimme zu lesen:

«An meinen Liebsten

Nach Templemore wir einmal zogen
An einem lichten Frühlingstag
Und lauschten dem Gesang der Vögel
Im grünen Morley-Hag …»

Mit schamerfülltem Blick erstarb sein Lächeln jäh, als er den plötzlichen Schmerz auf Noras Gesicht sah. Beide ahnten, dass es gewiss ein Gedicht war, das Noras Mutter vor langer Zeit geschrieben hatte. Alec faltete das Blatt zusammen und steckte es in das Buch zurück.

«Verzeih.»

«Gehen Sie», sagte sie mit brechender Stimme.

Er legte das Buch aufs Bett und ging. Nora wusste, dass er jetzt wahrscheinlich trinken würde, um sein schlechtes Gewissen zu betäuben, aber das war ihr gleichgültig. Er hatte nichts Besseres verdient.

Sie versuchte, an Jack zu denken und an die Erregung, die sie vorhin empfunden hatte, als sie beschlossen hatte, ihm aufzulauern. Doch die Vorstellung, dass ihre Mutter einmal jung und glücklich gewesen war, ließ sich nicht so leicht verdrängen.

Der Himmel draußen war ganz klar und der Mond schien hell genug, dass sie das Gedicht ihrer Mutter lesen konnte.

Sie schlug das Buch auf und fand das lose Blatt. Im Mondschein betrachtet war es jetzt nicht mehr alt und vergilbt, sondern so weiß wie an dem Tag, als es beschrieben worden war. Die Schrift war klar und deutlich, die Buchstaben säuberlich geformt. Sie las das Gedicht wieder und wieder. Es war einerlei, an wen die Worte gerichtet waren und wie peinlich sie ihr zunächst erschienen waren. Es zählte nur noch, dass es Verse waren, die ihre Mutter in glücklicheren Zeiten geschrieben hatte:

An meinen Liebsten

Nach Templemore wir einmal zogen
An einem lichten Frühlingstag
Und lauschten dem Gesang der Vögel
Im grünen Morley-Hag.

Dort fanden eine Hütte wir
An diesem grünen Frühlingstag
Und wollten unser Heim hier bauen
Im lichten Morley-Hag.

Nie wieder würde ihre Mutter auf diesen Wegen gehen, nie mehr die Vögel hören, nie sich zwischen jenen Bäumen ein Haus bauen. Stundenlang wartete Nora am Fenster auf Jack und las das Gedicht so oft, bis sie es auswendig konnte. Aber er kam nicht. Weder in dieser Nacht, noch in der darauffolgenden, und nach einer Woche gab sie auf und fragte sich, warum sie sich überhaupt die Mühe gemacht hatte auf ihn zu warten.

Außerdem genas sie viel schneller, als alle gedacht hatten. Bald würde sie die Treppe hinuntergehen und in die Welt zurückkehren, von der sie schon zu lange abgeschnitten gewesen war.

Kapitel 10

«Damit kannst du erst mal im Zimmer rumlaufen», sagte Alec Smithson.

Nora beäugte die Krücke skeptisch. Es war ein altes Ding aus Holz, und so abgenutzt, wie es aussah, hatte es wohl schon allzu viele während ihrer Krankheit gestützt. Alec merkte, dass sie nicht besonders beeindruckt war.

«Es tut mir Leid, aber eine bessere hab ich nicht gefunden», erklärte er. «Tatsache ist, es ist ein Erinnerungsstück aus dem Ersten Weltkrieg.»

Ganz offensichtlich war ihm sein dummes Verhalten wegen des Gedichts immer noch peinlich. Nora war bereit, seine Hilfe im Hinblick auf ihre Genesung anzunehmen, aber verzeihen wollte sie ihm nicht. Sie hatte beschlossen, nur dann mit ihm zu reden, wenn es nicht zu vermeiden war. Im Augenblick überging sie jedes seiner Worte, indem sie das blonde Haar verächtlich zurückwarf.

Gleich nach den ersten Versuchen mit der Krücke ließ sie sich wieder verzweifelt auf das Bett fallen. Sie kam sich lächerlich vor, ganz wie ein Hampelmann, der herumzappelt. Schließlich aber gelang es ihr sich aufzurichten und das Gleichgewicht zu halten.

Langsam und wacklig verließ sie den sicheren Bereich des Bettes, wie ein Schiff, das auf Jungfernfahrt durch tosende Wogen geht. Wenn sie schwankte, war Alec gleich an ihrer Seite, um sie zu halten. Das ärgerte sie so, dass ihre Ehrgeiz von Minute zu Minute wuchs.

«Fürs Erste ist es genug», sagte er schließlich, «du kannst es morgen wieder versuchen.»

Sie war froh, sich ausruhen zu können, aber auch glücklich über ihre Fortschritte. Und sie war überzeugt, dass es nur noch ein paar Tage dauern würde, bis sie wieder die steile Treppe hinuntersteigen könnte. Kaum zu glauben, dass sie nur wenige Wochen, nachdem sie so widerstrebend den Laden und die Küche betreten hatte, sich nun darauf freute, das alles wiederzusehen.

Nora gefiel der Gedanke, im Laden helfen und sich auch an der Hausarbeit beteiligen zu können. Daran war sie ja gewöhnt, und hier musste sie wenigstens nicht die ganze Verantwortung übernehmen, wie das während der Krankheit ihrer Mutter der Fall gewesen war.

«Du springst bald wieder herum», hatte Alec an jenem ersten Tag mit der Krücke prophezeit und es sollte sich rasch zeigen, dass er Recht hatte.

Als sie schließlich den Treppenabsatz betrat und die Stufen hinunter kam, freute sie sich wie eine Königin. Nicht nur Molly, auch Peter und Alec waren da. Selbst ein paar Kunden, die zufällig in den Laden gekommen waren, wurden aufgefordert mitzufeiern. Es gab Tee und einen Rosinenkuchen, den Molly gebacken hatte, und ringsum freundliche Gesichter.

Noras plötzliche Schüchternheit legte sich rasch, als sich alles um sie drehte. Es erinnerte sie an die Zeit bei Mrs. Teehan, wenn die Lehrerin nach dem Unterricht Tee und Gebäck angeboten hatte und sie sich unterhielten. Genaugenommen hörte Nora zu und Mrs. Teehan erzählte. Über ihre Lieblingskomponisten, über die großartigen Musiker und Sänger, die nach Dublin gekommen waren, als sie noch ein Kind war. Diese ganzen fremdartigen Namen sagten Nora zwar nichts, aber es war schön, so entspannt dazusitzen und einfach zuzuhören.

«Du bist ja so schweigsam», sagte Molly, nachdem auch der letzte Besucher gegangen war.

«Mir geht's gut», antwortete Nora, «der Kuchen war prima, alles war schön.»

«Das hast du auch verdient, nach allem, was du durchgemacht hast», meinte Peter. «So, ich denke, wir sollten den Laden wieder aufmachen. Magst du ein bisschen mitkommen?»

Nora traute ihm immer noch nicht so richtig, sie argwöhnte, dass er mehr über Jack und die Irregulars wusste, als er zugab. Aber das Bedürfnis nach ein wenig Abwechslung von der langweiligen Zeit in ihrem Zimmer siegte über alle Zweifel, die sie hatte.

So verbrachte sie den Nachmittag und fast alle darauffolgenden Tage und Wochen hinter dem Ladentisch. Sie mochte den heimeligen, sauberen Geruch des Geschäftes. Den verschiedenen Düften haftete eine gewisse Frische an. Jedesmal, wenn sie den Laden betrat, hatte sie das Gefühl, einen klaren Kopf zu bekommen. Es roch nach Brot mit knuspriger Rinde, nach Mehl und Haferflocken in reinen, weißen Leinensäcken; da war der stechend scharfe Geruch nach Paraffin und der üppige, sahnige Duft nach Milch und hausgemachter Butter.

Peter brachte ihr bei, mit der silberfarbenen Registrierkasse umzugehen, bis sie diese, weil sie den rechten Arm noch immer in der Schlinge trug, mit der Linken fehlerlos bedienen konnte. Und dann gab es die vielen kleinen Aufgaben, von denen man nichts ahnte, wenn man vor dem Ladentisch stand – das Überprüfen der Vorräte oder das rechtzeitige Nachbestellen dieser oder jener Ware. Die Preise musste man kennen: Sechs Pennies für einen Liter Milch, neun für eine Flasche Mayonnaise, zwei Shilling für eine Dose Lachs.

Eine besonders verantwortungsvolle Aufgabe war es, über die Einkäufe der Kunden Buch zu führen. Das machte man im sogenannten Kreditbuch. Manche Leute zahlten am Ende der Woche, andere erst, wenn sie eben Geld hatten. Im Verlauf der Wochen bemerkte Nora, dass eine ganze Reihe von Kunden ihre Rechnungen überhaupt nicht beglichen. Doch Peter wies nie jemanden zurück.

Nora hatte ja selbst Zeiten erlebt, wo nicht einmal für die paar notwendigsten Dinge Geld da war. Aber ihre Mutter hatte beinahe immer einen Weg gefunden, ihre Schulden zu bezahlen, und die Ladenbesitzer im Ort hatten ihr vertraut. Dennoch war es auch vorgekommen, dass selbst diejenigen, die ihr am meisten vertrauten, ihr nichts mehr gaben. Nora wusste noch gut, wie die Eisenbahner – nicht zum erstenmal – für gerechte Löhne gestreikt hatten. Am eigenen Leib hatte sie zu spüren bekommen, wie erniedrigend es war, wenn man im Laden um die Ecke nicht einmal mehr einen Laib Brot bekam. Selbst jetzt, nach so langer Zeit, wurde ihr beim bloßen Gedanken daran übel. Daher wusste sie mehr als die meisten zu würdigen, was es bedeutete, auf der anderen Seite des Ladentisches zu stehen, wenn die Vorräte wegen der schlechten Zeiten knapp waren.

Ihre Achtung vor dem Onkel wuchs, als sie sah, mit welcher Großzügigkeit er handelte – ohne Angst vor dem damit verbundenen Risiko. Sie erkannte auch, was es für seine Kunden bedeutete, seinen Laden nie mit leeren Händen verlassen zu müssen – nie mussten sie, wie Nora seinerzeit, das Gefühl haben, unerwünscht auf Erden zu sein.

Wenn es im Geschäft ruhig zuging, las sie zum Zeitvertreib Zeitungen. Die Nachrichten waren voll von Gräueln: Hinterhalte, Gefechte und Tote. Die Meldungen schienen zu bestätigen, dass Nora wohl Glück gehabt hatte, nicht mit Jack zusammenzutreffen. Aber diese Dinge passierten anderswo — in der Gegend von Cork oder Kerry. Selbst die nähergelegenen Orte sagten ihr wenig, da sie von den meisten Dörfern und Städten der Umgebung noch nie gehört hatte.

Wenn sie Peter bei seinen Gesprächen mit den Kunden zuhörte, gewann sie den beruhigenden Eindruck, dass die Stadt von Colonel O'Briens Freistaatlersoldaten sicher bewacht wurde. Besorgnis erregender hingegen war es, wenn die Rede auf die zahlreichen Überfälle in der Stadt kam, die trotz des starken Armeeaufgebots passierten. Natürlich hielten die meisten die Irregulars für die Schuldigen, es gab aber auch andere Stimmen.

«Wenn ihr mich fragt», sagte eine alte Frau, als sie ihr unbezahltes Brot in die Einkaufstasche stopfte, «es sind die Soldaten, die das machen.»

«Aber, Mrs. Larkin», erwiderte Peter, und lächelte freundlich, «Sie wissen doch genau wie ich, dass der Colonel das nie dulden würde.»

«Der kann doch nicht auf alle zur gleichen Zeit aufpassen, oder?»

Wenn sich Nora nicht weiter über all das beunruhigte, dann hing das damit zusammen, dass sie sich allmählich so wohl fühlte, wie sie es nie für möglich gehalten hätte. Sie war die Armschlinge los, und obwohl der Arm noch immer sehr steif war, konnte sie ihn schon besser bewegen. Auch die Krücke brauchte sie nicht mehr und sie konnte umherlaufen, wenngleich es sie schon ärgerte, dass sie immer noch langsam voran kam.

Ab und zu überließ der Onkel ihr den Laden, wenn er in der Stadt etwas zu erledigen hatte und ihre Tante in der Küche Butter machte oder backte. Noch war keine Rede davon, dass sie in die Schule gehen müsste. Außerdem diente das große graue Gebäude im Augenblick als Quartier einer neuen Truppe. Nora hatte gehört, wie Peter Molly insgeheim erzählte, dass auch dieser unverschämte Captain Doyle darunter sei.

Es machte ihr nichts, dass sie noch nicht hinauskonnte, um Gleichaltrige kennenzulernen. Es fiel sowieso schwer, Freundschaften zu schließen, wenn man wusste, wie leicht man sie wieder verlieren konnte.

Es gab auch noch andere Gründe, weshalb sie in ihrer neuen Umgebung zufrieden war. Immer wieder musste Nora an das Versprechen ihres Vaters denken, Geld für ihren Unterhalt beizusteuern. Irgendwie hatte sie das Gefühl, dass er sich nicht recht an dieses Versprechen halten würde, wenn sie auch das Gegenteil hoffte. Auch wenn er Peter und Molly nur wenig Geld zukommen lassen würde, sie würde sich doch etwas weniger als Bürde für Onkel und Tante empfinden. Ja, der Gedanke, dass für sie bezahlte wurde, konnte ihr vielleicht sogar ein gewisses Unabhängigkeitsgefühl geben.

Als sie eines Morgens die Zeitungen auf dem Ladentisch ordnete, betrat ein Mann mit der vertrauten Eisenbahnermütze auf dem Kopf das Geschäft. Er war etwa im Alter ihres Vaters und sein breiter Dubliner Akzent erinnerte sie schmerzlich an zu Hause, besonders an ihre Brüder.

«Du bist Nora Canavan, richtig?», fragte er.

«Ja», sagte sie, «und wer fragt danach?»

«Jimmer Casey», erwiderte er und bot ihr freundlich die Hand.

Erschrocken wich sie einen Schritt zurück und rief nach ihrer Tante, denn sie war sicher, dass er schlimme Nachrichten überbrachte.

«Nora!», rief er, «ich bring doch nur –»

«Es ist wegen der Jungen, ja?», murmelte sie, «sie sind weg. Oder was Schreckliches ist passiert.»

Molly kam hinter ihr durch die Tür geeilt. Ihr Gesicht war von der Hitze in der Küche gerötet.

«Was ist los, Mädchen?»

«Mrs. Delaney», lachte Jimmer unsicher, «sie hat mich zu Tode erschreckt!»

Molly legte den Arm um Noras Schulter.

«Was wollen Sie von uns?», fragte sie mit fester Stimme.

Er griff mit der Hand in seinen Mantel und zog einen Brief hervor.

«Jim Canavan hat mich gebeten, Ihnen das zu geben», sagte er.

«Für mich?», fragte Nora erleichtert.

«Es ist an Mrs. Delaney adressiert, bitte sehr.»

Nora verbarg ihre Enttäuschung, als ihre Tante den Brief öffnete. Molly überflog ihn, lächelte und steckte ihn dann in ihre Schürzentasche.

«Es sind nur ein paar Pfund für deinen Unterhalt, Nora», sagte sie, «und er fragt nach dir und schreibt, dass es den Jungen gut geht.»

Es war ihr unmöglich erschienen, dass ihr Vater sie jemals glücklich machen könnte, doch dieses eine Mal war es ihm gelungen. Molly hob den Deckel am Durchgang des Ladentischs und lud Jimmer auf einen Imbiss ein.

«Ist nicht nötig, Missus», sagte er, «Sie sind eine beschäftigte Frau, denk ich mal.»

«Nicht so beschäftigt, dass ich einen Mann mit leerem Magen den ganzen Weg nach Dublin zurückfahren lasse.»

Jimmers Besuche wurden bald zu einer wöchentlichen Einrichtung und Nora freute sich auf seine fröhlichen Erzählungen über die Ereignisse in der Gegend, wo sie gewohnt hatte. Immer wenn ein Name erwähnt wurde, erklärte sie der Tante, um wen es sich handelte, wie derjenige aussah, und an was sie sich sonst erinnern konnte.

Als Jimmer seine Besuche wegen eines Eisenbahnerstreiks für eine Weile unterbrach, legte sich ein Schatten auf Noras Gemüt. Sie machte sich Sorgen um die Jungen und wünschte sogar, dass die Schiffskarten für Amerika bald kämen. Sogar um ihren Vater machte sie sich Sorgen. Sie war überrascht und erleichtert, als Peter fünf Pfund zur Post brachte, um den Dreien über die schwierige Zeit hinwegzuhelfen.

Und nach wenigen Wochen kam Jimmer wieder. Trotz aller Probleme, die auch er sicher gehabt hatte, war er heiter wie immer.

Als diese Krise überstanden war, entdeckte Nora ein neues Vergnügen. Es überraschte sie wie ein Sonnenstrahl – oder wie ein aufblitzender Stern.

Trotz der neu geweckten Lebensfreude widerstrebte es ihr nach wie vor, ins Stella-Kino zu gehen. Sie erfand allerlei Ausreden, um sich selbst davon zu überzeugen, dass es ihr gewiss nicht gefallen würde. Die vielen Leute seien sicher unerträglich. Außerdem könnte ja jemand an ihren Ellbogen stoßen oder sie aus Versehen gegen den Knöchel treten.

Sie redete sich ein, dass die Filme wahrscheinlich nichts als romantischer Blödsinn oder albernes Zeug seien. In Wahrheit hatte sie Angst, dass sie Gefallen daran finden könnte und das machte ihr ein schlechtes Gewissen. Es erschien ihr nicht recht, so kurz nach dem Tod der Mutter zuzulassen, dass sie glücklich war. Vorerst genügte es, dass sie so zufrieden war.

Jedes Wochenende lauschte sie am Fenster auf den Beifall und die «Ahs» und «Ohs» von drüben. Am aufmerksamsten aber verfolgte sie Alec Smithsons Klavierspiel. Es fiel ihr immer schwerer, sich etwas vorzumachen. Sie vermutete, wenn sie nur eine einzige Vorstellung besuchen würde, könnte ihr klar werden, wie es wirklich war, und dann würde sie vielleicht nie mehr hingehen.

Sie beschloss, nur nachzugeben, wenn es sein musste – wenn etwas eintreten würde, das sie praktisch zur Teilnahme zwang.

Es war wieder Freitag. Jimmer war gekommen und gegangen. Molly saß in der Küche und nieste und fror ganz erbärmlich. Soweit es ihr möglich war, nahm Nora der Tante alle Arbeit ab; es blieb nicht einmal Zeit darüber nachzudenken, dass die Gelegenheit vielleicht gekommen war.

«Molly, du gehörst ins Bett», sagte Peter, als er durch die Küche eilte. Er war mit den üblichen Vorbereitungen für den Abend beschäftigt.

«Aber wer soll das Geld kassieren und dir hinterher beim Aufräumen helfen?»

«Ich», meldete sich Nora zu Wort.

Beide schauten sie wortlos an. Sie hatten sich an ihre Ausflüchte gewöhnt und es aufgegeben sie zum Mitkommen zu überreden. Wie bei allem anderen hielten sie es nicht für nötig sie zu zwingen, denn sie waren der Meinung, dass sich Nora irgendwann von selbst entscheiden würde, wenigstens einen Versuch zu wagen. Aber sie hatten nicht erwartet, dass das so bald eintreten würde.

«Ich kann das bestimmt, keine Sorge», sagte sie, denn sie fürchtete, das Schweigen könnte bedeuten, dass sie der Nichte diese Aufgabe nicht zutrauten.

«Davon bin ich überzeugt», meinte Peter schließlich, «aber ich weiß nicht, ob es dir gegenüber richtig ist. Es ist harte Arbeit.»

Nora blickte Molly flehend an, während Peter überlegte. Schließlich willigte er ein.

«Na ja, du hast ja im Laden genügend Erfahrung gesammelt, also nehme ich mal an …»

«Danke», rief Nora begeistert, «ich mach auch bestimmt keine Fehler.»

«Und wenn schon», schniefte Molly.

Nach dem Abendessen legte sich Molly ins Bett und Nora lief mit Peter über den Hinterhof zum Saal. Sie humpelte fast gar nicht mehr, und an der Tür zum Saal hatte sie ihre Behinderung bereits vergessen.

Peter brachte sie zu der kleinen Kabine am Eingang. Der Raum hatte ein kleines Schiebefenster, durch das die Leute ihre Münzen reichten und die Eintrittskarten bekamen. Er zeigte ihr die Geldschatulle mit den Fächern für das Kleingeld.

Dann gab es noch die Rollen mit den Eintrittskarten. Die kleine Rolle mit den rosafarbenen Karten war für die Empore. Zwei größere weiße Rollen mit dem Aufdruck «6 Pence» waren für die Erwachsenen im Hauptsaal. Und schließlich gab es noch die grüne Rolle für die Kinder in den vordersten Reihen, sie war mit einem auffallenden «3 Pence» versehen.

«Es kann sein, dass ein paar der älteren Burschen auf die grünen Karten aus sind», warnte Peter, «aber wenn es Probleme gibt, dann ruf nach Alec. Er steht am Eingang. Sie haben Angst vor ihm. Gott weiß warum.»

Er sah, dass sie blass wurde und dass ihre Hände etwas zitterten.

«Das Wichtigste ist», riet er ihr, «dass du dir Zeit lässt. Alec schließt die Tür, wenn er meint, dass genug Leute drin sind. Dann kannst du ausruhen und ich nehme das Geld mit mir nach hinten.»

Jetzt rückte sie sich in dem engen Raum den Stuhl zurecht, um eine Stellung zu finden, aus der sie das Fenster, das Peter hochgeschoben hatte, bequem erreichen konnte. Wieder und wieder spielte sie ihre bevorstehende Aufgabe in Gedanken durch. Und schon bald warf jemand die erste Münze auf das schmale Brett vor dem Fenster.

«Für drei Pennies!», rief eine kleine, quieksende Stimme.

Sie blickte auf, konnte aber kein Gesicht sehen. Eine Hand mit schwarzem Handschuh erschien im Fenster. Alec Smithson! Seine Alkoholfahne stieg ihr in die Nase und sie wich voller Abscheu zurück.

«Sie ekliger alter Säufer», fuhr sie auf, aber er war schon verschwunden.

Sie hörte, wie er sich an dem Tor zur Straße zu schaffen machte und rief: «Warten Sie gefälligst noch. Wir fangen erst in einer Stunde an.»

Bald war Nora viel zu sehr mit den verschiedenfarbigen Karten beschäftigt, um sich seinetwegen weiter den Kopf zu zerbrechen. Die Leute strömten herein und ab und zu kam Peter ihr zu Hilfe. Ihr rechter Arm schmerzte, aber der ganze Trubel war viel zu aufregend, daher beachtete sie den Schmerz nicht weiter. Was für ein Unterschied zu den ruhigen Tagen in ihrem Zimmer! Als Alec schließlich das Tor schloss, war sie wie betäubt.

Peter holte die Geldschatulle mit den Einnahmen und sie gingen in den Saal. Die Zuschauer warteten ungeduldig auf den Beginn der Vorstellung. Lautes Klatschen und Pfeifen empfing Peter, als er sich den Weg zur Bühne bahnte. Er hob die Hand und schon bald war es fast ganz still im Saal.

«Unsere zwei Filme heute Abend», verkündete er, «heißen ‹Die Herrin von Shenstone›, mit Pauline Frederick und ‹Schwarz ist Weiß›, mit Dorothy Watson.»

Das Gebrüll der Leute war ohrenbetäubend. Peter versuchte sie wohlwollend zu beruhigen, aber ohne Erfolg. Er verschränkte die Arme und wartete, bis Ruhe eintrat. Schließlich konnte er weiterreden.

«Und jetzt eine Warnung an euch, ihr Burschen da hinten! Es wird nicht mit Apfelbutzen geworfen!»

Es folgte wieder allgemeines lautes Stimmengewirr, dann konnte Peter weitersprechen.

«Und ihr Burschen hier vorne, keine Apfelbutzen auf Mr. Smithson!»

Alec erhob sich hinter dem niedrigen dreiteiligen Wandschirm, der sein Klavier umgab, und machte eine übertriebene Verbeugung. Er lüftete den weißen, breitkrempigen Hut vom Kopf und genau in diesem Augenblick traf ihn auch schon ein Apfelbutzen am Ohr. Böse blickte er zu den Reihen, wo die Kleinen saßen und warnte: «Noch ein Angriff auf meine Person und ich bin weg.»

Jemand rief von der Empore: «Ich hab den Kerl gesehen, der's getan hat, und wenn er's noch mal macht, dann hütet er mein Vieh nächste Woche auf dem Markt bestimmt nicht.»

Es dauerte noch eine Weile, bis wieder Ruhe eingekehrt war. Nora hatte den heimlichen Wunsch, sie selbst hätte Alec den Apfel an den Kopf geworfen.

«Geschieht ihm recht», dachte sie, als die Lichter ausgingen und der erste Film begann. Dann wurde sie von der Geschichte der «Herrin von Shenstone» mitgerissen. Sie durchlebte die Szenen von schweren Zeiten und gebrochenem Herzen und beklatschte mit allen andren die Erlösung der Heldin von ihrem Sklavendasein. Und obwohl Alec vor Beginn der Veranstaltung sicher getrunken hatte, spielte er die ganze Zeit mit fieberhafter Hingabe.

Während des zweiten Films schrie ein alter Mann, der sah, wie sich der Bösewicht an den Filmhelden heranschlich: «Schau hinter dich! Schau hinter dich!»

Das darauf folgende Gelächter steckte alle an. Es gab auch ruhigere Momente, wenn der Held und die Heldin in trautem Beisammensein waren. Nora verabscheute diese Szenen, auch wenn Alec sie wieder mit jener ergreifenden Melodie begleitete.

Ob sie so etwas wohl je könnte, auch wenn ihr Arm wieder in Ordnung war – genau wie all die anderen Melodien und Stücke, die er während der Vorstellung spielte? Schließlich konnte sie aber doch nicht das Gefühl loswerden, dass es nichts Gutes brächte, wenn sie das Klavierspiel wieder aufnehmen würde. Es hatte den Tod ihrer Mutter beschleunigt, der Vater hatte sie deswegen verflucht, die Familie war daran zerbrochen.

Ja, und auch Alec, der trotz seiner Verletzung so vollkommen spielte, war ein Opfer des Alkohols. Zeigte sein Schicksal nicht einmal mehr, wie sinnlos, ja hoffnungslos es war, musikalische Begabung zu besitzen? Das Zuhören mochte andere Leute glücklich machen, wie die Leute heute Abend und wie Mrs. Teehan mit ihren Erzählungen bewiesen hatten. Aber, dachte Nora, was war das für ein erbärmlicher Trost, verglichen mit dem Elend, das es über denjenigen brachte, der spielte. Und überhaupt schien es besser, sich zurückzulehnen und einem anderen die undankbare Aufgabe des Musikers zu überlassen.

Nachdem die Leute gegangen waren, musste aufgeräumt werden, und Noras Stimmung wurde wieder besser. Es war ein schöner Abend gewesen, und sie war jetzt überzeugt, dass sie von nun an jeder Vorstellung beiwohnen wollte.

Und so kam es auch. Der Freitagabend wurde zum Höhepunkt der Woche für sie. Jedesmal gab es etwas Neues, worüber sie lachen musste oder überrascht war. Bis zu dem Abend, als ihr freudiges Staunen in jähes Entsetzen umschlug und die sorglosen Tage von Tagen voller Gefahr und Todesangst abgelöst wurden.

Kapitel 11

Es war wieder einmal ein ziemlich turbulenter Abend im Stella-Kino gewesen. Wie immer hatten die Rüpel im Publikum Peters eindringliche Warnungen missachtet. Apfelbutzen waren geflogen und Alec hatte wieder damit gedroht, das Klavier zu schließen und zu gehen. Aber es herrschte eigentlich nur eine ausgelassene Stimmung, und Nora musste zugeben, dass Alec sich an diesem Abend selbst übertroffen hatte.

Noch nie hatte die Melodie, die sich ihr inzwischen fest eingeprägt hatte, süßer geklungen. Nora summte leise vor sich hin, während sie den Boden im Saal kehrte. Plötzlich verstand sie, warum die Melodie so vollkommen war. Sie passte sich völlig der jeweiligen Stimmung an, ob man nun traurig oder glücklich war. Das war wohl das Geheimnis, weshalb diese Musik sie so fesselte.

Um elf Uhr schloss Peter hinter ihnen den Saal ab und ging mit Alec und Nora zurück zum Haus. Das Licht des Vollmonds und ein leichter Frost überzogen die Pflastersteine im Hof mit einem zauberhaften Glitzern. Der wolkenlose Himmel war mit blinkenden Sternen übersät. Alec sah, wie Nora hinaufstarrte, und blickte auch nach oben.

«Auch wenn wir schon lange verschwunden sind, werden sie alle immer noch da sein», sagte er.

Peter zuckte die Achseln. «Es ist eine wunderbare Nacht», sagte er. «Das ist doch das Wichtigste.»

Nora fand, dass jeder auf seine Weise Recht hatte. Jedenfalls konnte nichts das warme Gefühl in ihr beeinträchtigen, nicht einmal die frostige Luft. Nur ungern ging sie ins Haus.

Sie setzten sich in die Küche und tranken den Tee, den Molly für sie gemacht hatte. Alec genoss Peters wiederholte Beteuerungen, wie gut er gewesen sei. Nach Peters Ansicht wurden die Filme durch Alec besser, als sie eigentlich waren. «Ich glaube, der erste Film heute war ein ziemlicher Reinfall», sagte er.

«‹Die Glocke, die nie ertönte›, das ist richtig», lachte Alec, «und sie hat auch heute Abend nicht getönt!»

Alle stimmten in sein Gelächter ein, nur Nora nicht, auch wenn es ihr schwer fiel. Sie konnte Alecs Taktlosigkeit nicht so leicht vergessen und dachte an die Sterne. Am liebsten wäre sie noch einmal hinausgegangen.

«Himmel nochmal!», rief Peter aus, «ich habe die Filmrollen im Saal liegen lassen!»

«Ich hole sie», bot Nora sich an und erhob sich rasch.

«Aber es ist zu spät für dich, allein rauszugehen», meinte Molly.

«Ach, das macht mir nichts, die Nacht ist so schön.»

«Aber nimm die Lampe mit», sagte Peter, «und pass auf, dass sie dir nicht runterfällt.»

Draußen war alles so hell vom Mond erleuchtet, dass man meinen konnte, es sei früh am Morgen und nicht Mitternacht. Rasch lief sie zum Saal hinüber und beeilte sich, die Filmrollen zu holen, damit sie auf dem Rückweg genug Zeit hätte, um die Sterne noch einmal zu betrachten. Als sie wieder auf den Weg zwischen Saal und Haus trat, blieb sie bei einem der Nebengebäude stehen. Sie konnte ihren warmen Atem zum Himmel steigen sehen und legte den Kopf ganz weit zurück, um so viele Sterne wie möglich auf einmal zu überblicken.

Plötzlich tauchte ein Gesicht hinter ihr auf und im gleichen Moment legte sich eine feuchte, kalte Hand über ihren Mund. Nora wurde rückwärts in das Nebengebäude hineingezogen, die Tür fiel ins Schloss und die Sterne waren verschwunden.

«Ich tu dir nichts», flüsterte die Stimme des Unbekannten.

Sie ruderte mit den Armen und versuchte gegen die Tür zu treten, aber er zog sie weg.

«Bitte, halt still, höre mir nur eine Minute zu.»

Das leichte Beben in seiner Stimme beruhigte sie etwas und sie hielt inne, um herauszufinden, was er sagen wollte.

«Ich bin Jack», sagte er, «Peters Bruder.»

Sie war zwar nicht überrascht, hatte aber immer noch Angst.

«Ich nehme jetzt meine Hand weg», fuhr er fort, «ich bitte dich nicht, nicht zu schreien. Du sollst selbst entscheiden, ob du's tust oder nicht.» Er zog seine Hand fort und Nora riss sich von ihm los.

«Was willst du von mir?», fragte sie furchtsam.

«Ich bin krank», erwiderte er, «ich muss mich hier eine Zeit lang verstecken. Kannst du mir helfen?»

Sie hörte, wie er an der Wand heruntерglitt und zu ihren Füßen im Stroh niedersank.

«Du bist ein Mörder», sagte sie unbewegt, «und ein Bankräuber, und hast du nicht auch versucht, in mein Zimmer einzudringen? Wieso sollte ich dir helfen?»

«Ja, es gibt wohl keinen einzigen Grund», sagte er matt, «aber ich bin weder das eine, noch das andere, ich kämpfe nur für das, was recht ist. Was ich für recht halte, zumindest.»

«Hatten wir nicht Frieden, bis solche Leute wie ihr wieder von vorne angefangen habt?»

Ihr wurde klar, dass er nicht die Kraft besaß, sie zurückzuhalten, wenn sie zu gehen beschloss. Nichts hielt sie auf. Nichts außer seiner offensichtlichen Schwäche und der Aufrichtigkeit, die aus seinen Beteuerungen sprach. Sie erinnerte sich auch an Mollys Worte: «Wenn du Jack kennen würdest, könntest du ihm derlei Dinge einfach nicht zutrauen.»

«Was kann ich tun –?», begann sie. Doch er bat sie zu schweigen.

«Du klingst wie deine Mutter», sagte er, «wenn man von dem komischen Dubliner Dialekt absieht.»

«Was soll sein mit meinem Dialekt?», fuhr sie ungehalten auf. Er hat vielleicht Nerven, dachte sie, bittet mich um einen Gefallen und im selben Atemzug beleidigt er mich.

«Nichts, nichts,», beteuerte er. «Ein paar Freunde von mir reden ja schließlich genauso.»

«Wieso fragst du dann die nicht, ob sie dir helfen?»

«Keiner außer dir weiß, dass ich hier bin. Ich will nur eine Decke und etwas zum Essen.»

«Und wenn sie dich schnappen, krieg ich den Ärger. Vielleicht sperrt man mich sogar ein.»

«Ich würde dich bestimmt nicht verraten», versprach er.

«Kannst du nicht einfach reingehen und deinen Bruder bitten? Wahrscheinlich steckt er sowieso mit euch unter einer Decke.»

«Ich will nichts mit ihm zu tun haben.» Seine Stimme zitterte. «Er sollte bei uns sein, uns anführen. Aber ich will nicht, dass er Schwierigkeiten bekommt, wegen Molly.»

«Aber mir würdest du welche machen.»

«Keiner wird dich verdächtigen.»

Sie spürte trotz der Dunkelheit, wie verzweifelt er war. Er gab einen langen, rasselnden, kränklichen Seufzer von sich und versuchte, so gut es ging, den quälenden Hustenanfall zu unterdrücken, der seinen Körper schüttelte.

«Es war nicht recht, dass ich dich gebeten habe», sagte er schließlich, «ich weiß nicht, was mir in den Sinn gekommen ist.»

In diesem Moment hörten sie eine Stimme aus dem Haus: «Nora!»

Es war Molly. Sie hatte zur Hintertür hinausgeschaut und erschrocken die Öllampe und die Filmrollen entdeckt, die Nora abgestellt hatte, als sie die Sterne anschaute.

«Verrat mich nicht», flehte Jack, als sie die Tür aufstieß und in den Hof trat. Molly war wieder ins Haus gegangen. Kaum hatte Nora die Tür hinter sich geschlossen, als Peter herausstürzte. «Wo bist du denn abgeblieben, um Himmels willen?», donnerte er los, «deine Tante ist schon ganz außer sich vor Sorge.»

«Eine Katze war auf dem Weg», schwindelte sie, voller Angst, dass er so reagieren könnte, wie ihr Vater es in ähnlichen Situationen getan hatte. «Ich hab versucht sie zu fangen, weil ich ihr ein bisschen Milch geben wollte – aber sie ist weggelaufen.»

«Sag Molly, dass es dir Leid tut», erwiderte er zu ihrer Erleichterung.

Sie gingen hinein und die Tante stand am Spülbecken und tat, als wäre sie beim Abwasch. Alec war gegangen.

«Ich weiß, ich bin immer gleich viel zu besorgt», sagte sie.

«Nein, es war meine Schuld», gab Nora zu, «es soll nicht wieder vorkommen.»

Der Vorfall wurde nicht mehr erwähnt. Nora wusste, sie hätte alles erklären können, wenn sie einfach die Wahrheit gesagt hätte, aber sie brauchte Zeit, um zu entscheiden, was sie tun sollte.

Es wurde eine lange, schlaflose Nacht, denn ihre Gedanken wanderten hin und her. Immer, wenn sie sich dazu durchgerungen hatte, Peter und Molly alles von Jack zu erzählen, tauchte sein Bild vor ihren Augen auf, wie er krank und hilflos da draußen in dem kalten Gebäude lag. Kaum hatte sie sich eingeredet, dass er ein bösartiger und gefährlicher Mann sei, da hörte sie wieder seine schwache Stimme, die voller Verzweiflung war.

Nach langen, qualvollen Stunden hatte sie immer noch keine Lösung für ihr Problem gefunden. Nur die Gewissheit, dass Peter nichts mit den Irregulars zu tun hatte, hellte ihre verzweifelte Stimmung etwas auf. Und mit diesem schwachen Trost fand sie endlich Schlaf.

Molly weckte sie am nächsten Mittag. Nora wünschte, sie könnte die Tante um Rat fragen. Sie vertraute ihr inzwischen und entdeckte in ihr immer mehr Ähnlichkeiten mit ihrer Mutter —, wie sie mit der gleichen Fröhlichkeit und Hingabe ihrer Arbeit in Haus und Laden nachging, wie sie immer vor sich hin summte, sich um Nora sorgte und ihrem Mann zugetan war. Nur, dass Peter ihre Liebe erwiderte. Und sie schienen ihre Pflichten gern zu teilen.

«Es hat gestern Abend wieder einen Überfall in der Stadt gegeben», berichtete Molly und Nora sank das Herz.

Die ganze Nacht hatte sie daran gedacht, wie Jack krank dort draußen lag. Dabei hatte er höchstwahrscheinlich nur auf eine günstige Gelegenheit gewartet, den nächsten Überfall vorzubereiten. Was für Gründe er auch haben mochte, sie fühlte sich hintergangen, denn trotz all ihrer Zweifel war im Lauf der langen Nacht ihre Sympathie für ihn gewachsen.

«Ich nehme an, es waren die Irregulars», sagte sie bitter, «und dieser Jack.»

Molly seufzte und nickte resigniert.

«Wie kann sich jemand nur so verändern?», fragte sie sich laut. «Jetzt ist er genauso ein übler Verbrecher wie all die anderen.»

Immer noch nicht erzählte ihr Nora von Jack, wenn auch nur aus dem einzigen Grund, weil sie nicht zugeben wollte, wie einfältig sie gewesen war, ihm seine Geschichte von seinem schlimmen Zustand zu glauben.

Den ganzen Nachmittag war sie im Laden beschäftigt. Sie widerstand der Versuchung, nach draußen zu gehen und einen Blick in das Nebengebäude zu werfen. Sicher war er inzwischen längst verschwunden. Es war lächerlich, sich etwas anderes vorzustellen.

Doch die Neugier hielt an. Als der Laden am Abend geschlossen wurde, fand sich Nora, fast gegen ihren Willen, plötzlich vor dem Nebengebäude wieder.

Als sie die Tür öffnete, fiel das Licht auf den strohbedeckten Boden. Der ekelhafte Geruch nach Erbrochenem, der ihr entgegenschlug, ließ sie taumeln. Schon wollte sie die Tür wieder zuschlagen, da sah sie ein in Lumpen gehülltes Bündel im Hintergrund – einen Körper. Sie hatte Mühe, in der stinkenden Luft zu sprechen.

«Ist alles in Ordnung?» Sie rang nach Atem.

«Ja», antwortete Jack leise.

Er hatte ihr nichts vorgemacht. Beim genaueren Hinsehen entdeckte sie, dass er am ganzen Körper zitterte und dass seine Stirn nass war vom Fieberschweiß.

«Du kannst nicht hierbleiben», flüsterte sie. «Du musst doch irgendwo hingehen können.»

«Glaub mir, ich wäre schon längst weg, wenn ich mich rühren könnte.»

«Aber Peter wird doch riechen wie schlecht es hier ...» begann sie, doch plötzlich kam ihr eine Idee. Sie erinnerte sich, dass es unter der Bühne im Kinosaal eine kleine Tür gab, die in einen Raum führte, der bis an die Rückwand reichte. Sie hatte einmal hineingeschaut und gesehen, dass er voll gestellt war mit zerbrochenem altem Mobiliar und zerrissenen Vorhängen. Kein Mensch schien ihn mehr zu benutzen. Es war bestimmt ein sichereres und wärmeres Versteck für Jack, überlegte sie.

«Ich weiß nicht», meinte er, als sie ihm von diesem Schlupfwinkel erzählte, «Peter ist doch ständig dort und außerdem sind da auch die Vorstellungen.»

«Vielleicht bist du bis Freitag ja wieder auf den Beinen.» Das konnte sie nur hoffen. «Und was anderes fällt mir nicht ein.»

Jack überlegte eine Weile und Nora wartete und blickte beunruhigt zum Haus hinüber.

«Du hast recht», stimmte er ihr zu, «noch eine Nacht in diesem Loch und es ist aus mit mir.»

«Wenn es dunkel wird, bring ich den Schlüssel und was zum Essen», sagte sie, «ich muss jetzt wieder reingehen. Sie werden sich schon wundern, wo ich bleibe.»

Er nahm ihre Hand und richtete seinen fiebrigen Blick auf ihr Gesicht. Sein kantiges Kinn war unrasiert, seine Haut wettergegerbt, wie bei einem, der zu lange im Freien hatte leben müssen. Wenn er jemals jung und sorglos gewesen sein sollte, dann zeugten nur noch seine Augen davon. Ihr fiel auf einmal auf, dass sie von einem so hellen und klaren Blau waren, wie sie es noch nie gesehen hatte. Ohne diese Augen hätte er wohl hässlich ausgesehen.

«Du bist das Abbild deiner Mutter», sagte er. «Als ich dich neulich Abend am Fenster entdeckt habe, bin ich richtig erschrocken.»

«Was denkst du, wie ich mich gefühlt habe?», erwiderte sie voller Unbehagen.

«Ich weiß nicht, was ich mir dabei gedacht habe, einfach die Treppen hinaufzutrampeln. Es tut mir Leid.»

«Das sollte es auch!»

«Es hat mir das Herz gebrochen, als ich hörte, dass sie nicht mehr lebt», flüsterte Jack. «Arme Annie.»

Sie zog ihre Hand weg. Ihre Wangen waren gerötet und Nora war nicht ganz sicher, weshalb.

«Ich muss jetzt wirklich gehen.»

«Danke, Mädchen. Ich hab' gewusst, dass du mich nicht im Stich lässt.»

Später, als es Abend wurde, schlich sie sich in die Küche, solange die Tante und der Onkel noch im Laden waren. Sie schnitt ein bisschen Rindfleisch und ein paar dicke Scheiben Brot auf. Dann fand sie einen Krug und füllte ihn mit Milch.

Im Flur nahm sie behutsam den Schlüssel zum Saal vom Haken am Garderobeständer und ging leise durch die Hintertür in den Hof.

Die Milch schwappte über den Krugrand auf ihre Kleidung, aber sie hatte keine Zeit sich damit aufzuhalten. Sie öffnete die Tür zum Nebengebäude und rief mit unterdrückter Stimme nach Jack. Er erhob sich mühsam und kam ihr mit zitternden Schritten entgegen. Er taumelte und sie musste das Essen in ihre Schürze stecken, damit sie den Arm um ihn legen und ihm helfen konnte. Er stützte sich auf ihre Schulter und entschuldigte sich, dass er ihr soviel Mühe machte und sie in Gefahr brachte. Sie führte ihn in den Saal und in das neue Versteck.

«Ich komme, wann immer ich kann», sagte sie, «hier ist etwas zu essen und ein bisschen Milch.»

Jack wickelte sich einen schweren Vorhang um die Schultern und lachte heiser: «Ich wollte immer auf einer Bühne stehen, aber ich hätte nie gedacht, dass ich mal unter einer landen würde.»

«Ich muss weg», sagte Nora, «hoffentlich sind sie noch im Laden.»

«Und ich verschwinde von hier, sobald ich wieder auf den Beinen bin. Dann werd ich dir auch nie mehr zur Last fallen», erwiderte Jack.

Sie zog die Tür zu und verschloss eilig den Saal. Vom Haus her hörte sie Molly und Peter in der Küche miteinander reden. Eilig hängte sie den Schlüssel zurück an den Haken und lief verstohlen die Treppe hinauf. Ihre Tante rief.

«Bist du das, Nora?»

Sie wandte sich um und ging durch den Flur zurück. Krampfhaft überlegte sie eine Ausrede. In der Küchentür blieb sie wie erstarrt stehen. Am Tisch saß zwischen Molly und Peter Colonel O'Brien, und als er aufblickte, war kein Lächeln auf seinem Gesicht.

Kapitel 12

Alles Blut wich aus Noras Gesicht. Sie griff nach der Anrichte, um sich zu stützen. Unter den Blicken der drei Augenpaare war sie sicher, dass ihr schuldiges Geheimnis offensichtlich war.

«Nora», sagte Molly, «du siehst aus, als sei dir ein Geist erschienen.»

Sie brachte kein Wort über die Lippen. Peter sprang auf und stand schon neben ihr. Sie wich zurück und hielt sich den Arm schützend über den Kopf. Peter starrte seine Nichte entsetzt an.

«Um Gottes willen», sagte er, «du denkst doch nicht etwa, dass ich dich schlagen will!»

«Entschuldige, ich bin so erschrocken.»

Colonel O'Brien rührte sich in seinem Stuhl und hustete verlegen.

«Vielleicht ist es die Uniform», sagte er, «es wundert mich nicht, dass sie Angst davor hat.»

Irgendwie hatte sich die Lage entspannt. Nora fand ihre Stimme wieder.

«Ich bin die Treppe runtergekommen und im Dunkeln fast gestolpert», berichtete sie. Die Lüge kam ihr leicht über die Lippen. «Ich dachte schon, gleich fall ich die ganze Stiege hinunter.»

«Komm, setz dich zu uns», sagte Peter, «ich gieß dir eine Tasse Tee ein. Das hilft bestimmt.»

Während die drei miteinander redeten, hörte sie zu und sagte selbst kaum ein Wort. Irgendetwas mit ihrer Unterhaltung stimmte nicht. Krampfhaft suchten sie sekunden-, manchmal sogar minutenlang nach Gesprächsstoff. Peter und Molly schienen etwas zu oft auf die Uhr über der Anrichte zu schauen.

Kein Zweifel, im Grunde mochten die Tante und der Onkel den Colonel wohl gerne und er erwiderte diese Gefühle, aber irgendetwas war zwischen ihre Freundschaft getreten. Es gab kaum einen Zweifel, dass Jack der Grund für diese Spannungen zwischen ihnen war.

Nach einer halben Stunde schickte sich der Colonel zum Gehen an und Molly und Peter brachten ihn zur Haustür. Nora stellte die Tassen und Teller zusammen und machte sich an den Abwasch. Als sie fertig war, hörte sie die drei leise miteinander sprechen. Sie ging zur Tür und lauschte.

«Schau, Peter», sagte der Colonel, «es ist sicher, dass er wieder in der Gegend ist. Ich behaupte nicht, dass er etwas mit den Raubüberfällen zu tun hat, aber ein paar von diesen Burschen sind auf jeden Fall beteiligt.»

«Das Letzte, was ich gehört habe, ist, dass er nach Limerick gekommen ist, aber das war vor etlichen Monaten», meinte Peter und seine Stimme zitterte vor Verzweiflung. «Nur, wie sollen sie denn in die Stadt reinkommen, wo ihr hier so viele Leute habt?»

«Ich weiß, ich weiß, es dürfte eigentlich nicht passieren», stimmte Colonel O'Brien ihm zu, «wenn du mich fragst, gibt es da viel zu viele offensichtliche Zufälle. Jedesmal, wenn sie zuschlagen, scheinen meine Leute gerade woanders zu sein, und daran ist einzig Captain Doyle schuld, so weit ich das sehen kann.»

«Man munkelt auch schon, deine eigenen Leute seien darin verwickelt», meinte Molly.

«Auch diese Möglichkeit muss ich in Betracht ziehen. Ich habe mich auch tatsächlich schon damit befasst, und unter uns gesagt, ich glaube allmählich, dass es wohl auf beiden Seiten ein paar schwarze Schafe gibt. Aber ich habe nur einen einzigen Anhaltspunkt, und das ist dieses Stück Brillenglas, aber es hat bisher nichts gebracht.»

«Um die Wahrheit zu sagen», begann Peter, «wenn es nur einen Überfall gegeben hätte, dann wäre ich überzeugt, dass es allein die Irregulars waren, schließlich brauchen sie Geld für die Gewehre und ihre Versorgung. Aber inzwischen hat es zu viele gegeben. Das ganze Geld fließt in die Taschen von irgendjemand, darauf wette ich.»

«Wenn ich nur mit Jack reden könnte», seufzte der Colonel, «ich habe gehört, dass es bald eine Amnestie geben soll. Sie müssen nur die Waffen abliefern und das Vergangene ist vergessen.»

«Du weißt, dass du mir vertrauen kannst», sagte Peter, «wenn ich auch nur eine Ahnung habe, wo er stecken kann, werde ich mein Bestes tun, um euch beide zusammen zu bringen.»

«Du bist ein anständiger Mensch, Peter», meinte der Colonel, «mehr kann ich von dir nicht verlangen. Sei um Himmels willen vorsichtig mit diesem Doyle. Ich kann nicht garantieren, dass er euch in Ruhe lässt, wenn ich nicht in der Stadt bin.»

Nora hörte, dass sie sich verabschiedeten, und beeilte sich, das blaugemusterte Geschirr abzutrocknen. Sie ging bald in ihr Zimmer, nachdem Molly und Peter wieder in der Küche waren. Seit der gedämpften Unterhaltung machte sie sich noch mehr Gedanken. Von ihrem Fenster aus starrte sie zum Saal hinüber und dachte an Jack, der sich hoffentlich gesund schlief und vom Besuch des Colonels nichts ahnte. Sie wollte versuchen, ihm das Amnestieangebot schmackhaft zu machen, wenn sie am nächsten Tag eine Gelegenheit bekam, zu ihm zu schleichen. Sie war sicher, dass man dem Colonel vertrauen konnte und Jack musste das auch wissen.

Auch Jack und Peter waren einmal so jung und unschuldig gewesen wie ihre Brüder. Sie fragte sich, ob es nicht doch das Beste war, dass die Jungen aus diesem gepeinigten Land fortkamen, einem Land, in dem es passieren konnte, dass Brüder auf verschiedenen Seiten standen und sich verachteten. Das machte den Gedanken an die Abreise der Zwillinge erträglich. Wie dem auch sein mochte, es blieb fast keine Zeit für traurige

Vermutungen. Das echte Abenteuer, auf das sie sich eingelassen hatte, bestätigte das nur zu sehr.

Der nächste Morgen brachte eine unerwartete Überraschung anderer Art. Noch bevor sie die Augen öffnete, hatte Nora das Gefühl, dass es eigenartig hell sei. Sie setzte sich auf und sah durch das Fenster, dass der Hof und die Nebengebäude und der Weg und der Kinosaal im Hintergrund, ja alles, so weit das Auge reichte, unter einer dicken Schneedecke lag.

Diese weiße Weite ließ die Welt sauber und rein erscheinen. Doch als sie dann an Jack dachte, wurde ihr die Grausamkeit der Kälte schauerlich bewusst. Sie sehnte sich zurück in ihre Kindheit, wo sie an Tagen wie diesem voll Freude und Begeisterung war. Im Augenblick hieß es, wertvolle Zeit zu verschwenden, wenn sie noch länger faul in die Landschaft hinausstarrte.

Zuerst musste sie sich eine Ausrede ausdenken, damit sie in den Saal gehen konnte. Dann brauchte sie ja auch wieder Lebensmittel und Getränke für Jack. Kalte Milch und Brot würden ihm nach einer solch eisigen Nacht wohl wenig nützen.

Als sie in die Küche kam, hatte sie sich bereits einen Plan zurechtgelegt. Auf Mollys Frage, was sie zum Frühstück wollte, erwiderte sie, keinen Hunger zu haben und aß nur eine Scheibe Brot zum Tee. Dann fragte sie ganz aufgeregt, ob sie in den Hinterhof gehen dürfe, um im Schnee zu spielen. Molly ließ sie gern gewähren. Ihr galt es als ein weiteres Zeichen, dass Nora sich wohler fühlte und den schlimmen Verlust allmählich bewältigte.

«Möchtest du nicht lieber auf der Straße spielen?», schlug Molly vor, «wer weiß, vielleicht findest du eine neue Freundin.»

«Nein», antwortete sie, «ich bleib lieber allein.»

Molly drängte sie nicht weiter. Nora ging und holte den Schlüssel und hoffte inständig, dass niemand sein Fehlen bemerken würde. Sie zog sich warm an und lief hinaus.

Ihre Schuhe versanken knöcheltief im eisigen Schnee. Erst, als sie den Hof bereits zur Hälfte überquert hatte, bemerkte sie, dass außer ihr noch niemand eine Spur hinterlassen hatte. Es war ein seltsam atemberaubendes Gefühl, die kleinen, dicht gesetzten Fußstapfen zu sehen, die dahin führten, wo sie jetzt stand und dann die unberührte weiße Fläche vor sich zu haben.

Seltsam, weil Nora sich einbildete, die Spur im Schnee stamme gar nicht von ihr. Atemberaubend, weil die weite, unberührte glänzende Fläche dahinter zu sagen schien, dass die ganze Welt vor ihr lag und dass sie ihre Spur hinterlassen würde, egal, wohin sie trat.

Sie rannte ans andere Ende des Hofes und fing an, Schnee aufzutürmen, als wollte sie einen Schneemann bauen. Dann eilte sie plötzlich zum Saal, schloss auf, ließ die Tür aber zu und lief zum Haus zurück. Sie erschrak, als sie sah, wie Peter am Garderobeständer die Taschen von seinem und Mollys Mantel durchwühlte. Der Gegenstand seiner Suche brannte noch in Noras Hand.

«Hast du den Schlüssel zum Saal gesehen, Nora?», fragte er und kratzte sich am Kopf. «Ich bin sicher, dass ich ihn an den Haken gehängt habe.»

Sie trat so ruhig wie möglich auf die Garderobe zu.

«Nein», log sie, «vielleicht ist er runtergefallen.»

«Ich glaub's nicht, da hab ich nämlich schon gesucht.»

Sie ließ sich auf Hände und Knie nieder und zwängte sich unter die Säume der schweren Mäntel.

«Wenn ich's dir doch sage, Nora», erklärte er, «da ist er nicht.»

«Hier ist er!», rief Nora aus, indem sie den Schlüssel aus ihrer Tasche zog.

Sie war so übereifrig, dass sie sich beim Aufstehen den Kopf an der Kante der Garderobe stieß.

«Meine Güte! Ich muss ja wohl blind sein», lachte Peter.

Ihr Kopf schmerzte, aber sie musste sofort herausfinden, weshalb er den Schlüssel brauchte.

«Gehst du in den Saal rüber?», fragte sie.

«Nein, ich hab nur bemerkt, dass der Schlüssel fehlte, als ich meinen Mantel aufhängte.»

Er ging mit den Zeitungspacken, die er gerade vom Bahnhof geholt hatte, in den Laden. Jetzt musste sie noch den restlichen Plan in die Tat umsetzen. Sie stieg nach oben, wo Molly die Schlafzimmer aufräumte.

«Brauchst du Hilfe?», fragte Nora.

«Nein, gar nicht. Geh nur raus und amüsier dich, es wird sowieso bald tauen.»

«Darf ich mir ein paar Würstchen braten?», fragte Nora ganz harmlos. «Ich bin am Verhungern.»

«Ich mach sie dir, Mädchen.»

«Ich möchte es gern selber tun. Darf ich?»

«Ich hab hier sowieso genug Arbeit. Aber pass auf und lass die Bratpfanne nicht zu heiß werden.»

Es dauerte nicht lange, bis die Würste gebraten waren. Schwieriger war es, eine alte Teekanne zu finden, die Molly nicht mehr benützte. Schließlich entdeckte Nora eine hinter den Töpfen unter der Anrichte. Sie machte Tee, wickelte die Würstchen mit ein paar Scheiben Brot in Butterbrotpapier, holte einen Becher vom Regal und schlich wieder durch den Flur.

Als sie verstohlen über den Hof lief, hoffte sie nur, dass Molly nicht gerade an einem der Fenster zum Hof vorbeikam und sie auf ihrem Weg zum Saal entdeckte. Die Fußspuren, die bereits dorthin führten, ließen es Nora nötig erscheinen, dass sie noch eine andere Ausrede parat haben musste, falls später jemand danach fragte.

An der Saaltüre wagte sie es, einen Blick auf das Haus zu werfen. Offensichtlich hatte sie niemand bemerkt. Sie schlüpfte hinein. Es war, als würde sie in eine Eishöhle treten, so viel kälter war es hier drinnen, als sie erwartet hatte. Weitaus kälter als draußen an der frischen Luft.

Sie stellte das Essen neben der kleinen Falltür ab und zog die Klappe hoch. Wenigstens stank es hier nicht nach Erbrochenem, wie draußen im Hinterhaus.

«Jack», flüsterte sie in die Dunkelheit, aber es kam keine Antwort.

«Jack», wiederholte sie besorgt, doch wieder gab es keine Reaktion.

Nora fühlte, wie sie wütend wurde. Wie konnte er, nachdem sie solch ein Risiko auf sich genommen hatte, ohne ein Wort des Dankes gehen? Sie kroch hinein, um sich zu vergewissern. Es war unglaublich finster und außer ihrem unsicheren Herumtasten zwischen den alten Stühlen war nichts zu hören.

Nochmal rief sie seinen Namen, aber es hatte wohl keinen Sinn mehr. Auf den Knien kroch sie auf den schwachen Lichtschein zu, der durch den Türspalt drang. Ungeduldig schob sie Stühle aus dem Weg, verlor das Gleichgewicht und kippte fast um. Ihre Finger berührten das weiche Bündel eines alten, zerrissenen Bühnenvorhangs.

Staub wirbelte auf und gleichzeitig erklang ein schwaches Krächzen, das an einen Tierlaut erinnerte. Entsetzt erwartete sie, gleich das unheimliche Trippeln von einem davonhuschenden Wesen zu hören. Doch es blieb still. Und plötzlich wusste Nora, dass es Jack gewesen war. Sie suchte mit der Hand herum und fand seine schweißnasse Stirn. Sie berührte seine eiskalten Wangen und tastete mit den Fingern nach seinem Mund: Er atmete nur noch ganz schwach.

«Jack!», schrie sie, «bitte wach auf! Bitte!»

Er rührte sich nicht. Aber es kam wieder das grauenhafte Stöhnen und dann noch einmal, als sie ihn völlig sinnloser Weise heftig schüttelte. Wie bekannt ihr das alles vorkam! Der Krankengeruch, das Fieber, der flache Atem. Und wieder einmal fühlte sie die große Leere, die der Tod ihrer Mutter hinterlassen hatte. Allein und verängstigt, wie sie war, wusste sie nicht mehr ein noch aus. Sie nahm seine Hand. Voller Verzweiflung saß sie da und lauschte, wie er sich mühte, aus dieser schalen Luft, die den Raum erfüllte, Lebenskraft zu schöpfen.

Kapitel 13

Nora hatte keine Ahnung, wie lange sie von Furcht gelähmt dagesessen hatte. Allmählich jedoch wurde ihr die Dringlichkeit der Lage bewusst und sie konnte wieder klar denken. Sie beschloss ihn zur Tür hinüberzuziehen, vielleicht würde ja die schneidend kalte Luft im Saal seine Lungen mit neuer Lebenskraft füllen.

Schwitzend und mit äußerster Kraftanstrengung zerrte sie Jack durch den voll gestellten Raum. Sein Körper war schwer wie eine Leiche. Ihr Ellbogen schmerzte und ihr Knöchel fühlte sich an, als habe die eisige Kälte sich direkt durch ihre Haut um die Knochen gelegt. Als sie einen Moment innehielt, um Luft zu schöpfen, dachte sie, dass Molly und Peter sie sicher bald entdecken würden. Aber das schien nicht mehr von Bedeutung. Sie musste das Versteckspiel jetzt aufgeben, wenn auch nur, um Jacks Leben zu retten.

Mit einem letzten, übermenschlichen Ruck schob sie ihn an die Tür. Sein Gesicht wirkte bei Licht grauenerregend. Unter seinen Augen waren tiefe, dunkle Ränder. Kalte Schweißperlen standen ihm auf der Stirn und rannen die tiefen Falten seiner hohlen Wangen entlang. Ohne sein strähniges, rotes Haar hätte man ihn leicht auf sechzig schätzen können.

Nora goss Tee in den mitgebrachten Becher und wartete, bis er etwas abgekühlt war, bevor sie den Becher an Jacks Lippen führte. Der Tee rann ihm über das Kinn wie schmutzige braune Tränen.

Zwischen den Stühlen fand sie noch einen schweren Samtvorhang, in den sie ihn gut einwickelte. Sie ließ die Tür leicht offen und trat benommen auf den Hof hinaus. So wackelig war sie, dass sie Mühe hatte, der geraden Linie ihrer eigenen Spur im Schnee zu folgen.

In Anbetracht von Jacks Zustand blieb ihr wohl keine andere Wahl. Nora musste ihr Wort brechen. Wenn sie es nicht tat, war das sein sicherer Tod. Peter würde einen Arzt für ihn besorgen, selbst wenn das zweifellos zugleich Jacks Verhaftung bedeutete. Immer noch besser, als in diesem gruftartigen Raum zu sterben. In Colonel O'Briens Händen war Jack bestimmt sicher – wenngleich Nora auch wieder Gründe fand, das zu bezweifeln.

Immer häufiger berichteten die Zeitungen, dass die Regierung Mitglieder der Irregulars hinrichten ließ. Früher war Nora stets von der Schuld der Aufständischen überzeugt gewesen, egal welche Taten ihnen nachgesagt wurden. Aber was war, wenn das stimmte, was manche Leute sagten, dass man an ihnen nur ein Exempel statuierte? Möglicherweise waren es solche Typen wie dieser Captain Doyle, dem nicht einmal der Colonel trauen konnte. Vielleicht würde er Rache üben, bevor Jack vor ein Gericht gestellt wurde.

«Ich muss einen Arzt holen», wiederholte sie matt, als sie sich der Hintertür näherte.

Aber dann schien ihr blitzartig eine andere Lösung einzufallen. Als sie selbst verletzt war, hatten Peter und Molly nicht nach einem Arzt gerufen. Hatte Molly nicht sogar gesagt, Alec sei besser als jeder Arzt? Er hatte sie selbst geheilt. Wenn es ihr gelang, ihn zu überzeugen, konnte er vielleicht das Gleiche für Jack tun. Sie musste mit ihm reden, trotz der Sache mit dem Gedicht; es gab Dinge, die wichtiger waren als Stolz. Es war natürlich möglich, dass er sich weigerte, einem Irregular zu helfen, und dass er zur Militärbehörde ginge. Aber dieses Risiko musste sie einfach eingehen.

Im Laden saß Peter hinter dem Verkaufstisch über seinen Büchern. Sie versuchte ihren Schmerz und ihre schlimmen Schuldgefühle zu verbergen.

«Na, ist es schön draußen?», lächelte er.

«Ja … es ist toll», sagte sie, und überlegte, wie sie herausfinden konnte, wo Alec wohnte. Es gab nur eine Möglichkeit. Die Situation drängte zu sehr, als dass man noch um den heißen Brei herumreden konnte.

«Wo wohnt eigentlich Alec?», fragte sie so beiläufig wie möglich.

«Alec?», sagte er überrascht, «wieso willst du denn das wissen?»

«Weiß nicht», murmelte sie, «ich hab einfach nie mitbekommen, wo er wohnt. Ich wollt's eben wissen.»

Peter legte seinen Federhalter hin und stützte das Kinn in die Hand.

«Armer alter Alec», begann er, «also, weißt du, er stammt nicht von hier. Er kommt aus der Gegend von Birr, und um die Wahrheit zu sagen, ich glaube nicht, dass seine Leute sich viel um ihn kümmern.»

«Aber wo wohnt er denn?»

«In der Church Street, er hat ein Zimmer bei Mrs. Roche», erklärte Peter, «das heißt, immer dann, wenn er nüchtern ist, und die Miete bezahlt hat. Aber er schläft auch manchmal im Freien. Wenn mich nicht alles täuscht, hat er neulich die Nacht in einem von unseren Nebengebäuden verbracht.»

Sie wandte sich rasch ab, damit er nicht sah, wie sie rot wurde. Als sie hörte, dass Alec die Schuld zugeschoben wurde, das Gebäude verschmutzt zu haben, tat es ihr noch mehr Leid, dass sie Peter die Wahrheit vorenthielt. Er würde seinen eigenen Bruder bestimmt nicht verraten, dachte sie. Schon wollte sie ihm alles sagen, da machten seine Worte ihren Entschluss zunichte.

«Weißt du, es ist schrecklich, so etwas zu sagen», seufzte er, «aber oft denke ich, dass Alec, trotz all seiner Fehler, mehr wie ein Bruder für mich ist, als Jack es jemals war. Wir sind zehn Jahre auseinander, und das ist ein großer Unterschied.»

Nora schüttelte ungläubig den Kopf. Ihre Brüder waren sechs Jahre jünger als sie. Aber das hatte ihre Gefühle für die beiden nie beeinträchtigt. Allerdings, wenn sie recht überlegte, war sie bis jetzt ganz gut ohne sie ausgekommen und fing sogar wieder an, das Leben zu genießen. Bis Jack aufgetaucht war.

«Verzeih, Nora», entschuldigte Peter sich, «aber manchmal scheint es eben so zu sein.»

Er machte sich wieder an seine Abrechnungen und Nora trat unruhig von einem Fuß auf den andren. Es kam ihr wie eine Ewigkeit vor, obwohl auf der Uhr nur fünf Minuten vergangen waren.

«Tante Molly hat gesagt, ich könnte auf der Straße spielen», begann sie schließlich, «darf ich?»

«Aber natürlich», erwiderte er, nun wieder ganz vergnügt, «bleib nur, solange du magst. Die Luft könnte nicht gesünder sein.»

Der Schnee verwandelte sich jetzt in der Mittagssonne zu Matsch. Sie ging die kurze Strecke zur Church Street. Dort erkundigte sie sich bei einem gut gekleideten jungen Mann nach Mrs. Roche. Er deutete verächtlich auf ein schmuddeliges, heruntergekommenes Haus, das sich zwischen zwei frisch gestrichene Gebäude duckte.

Sie lief hinüber und klopfte an die Tür, von der der uralte grüne Anstrich abblätterte. Die Tür wurde aufgerissen. Eine dicke, breitschultrige Frau, von deren Kinn ein paar fettige, graue Haarsträhnen herabhingen, grunzte sie an: «Was willst du?»

«Ich wollte fragen …» stotterte Nora, die von dieser Körpermasse überwältigt war.

«Sprich lauter, Mädchen», dröhnte die bärtige Frau, «ich kann kein Wort verstehen.»

«Ist Mr. Smithson zu Hause, Missus?», fragte Nora verängstigt.

«Aha, Mr. Delaney sucht ihn wohl. Kein anderer, der richtig im Kopf ist, würd' sich um den Taugenichts scheren!», dröhnte sie wieder sie los, so dass die ganze Straße es mithören konnte. Dann blickte sie argwöhnisch auf Nora hinunter und fragte: «Und wer bist du, wenn man fragen darf?»

«Ich bin … ich bin –»

«Heilige Jungfrau!» rief Mrs. Roche plötzlich, «du bist die Tochter von Annie, Gott segne dich!»

Schlagartig verwandelte sich ihr abweisender Blick in ein weinerliches, fast zärtliches Lächeln.

«Annie Hickeys Tochter. Das hätt ich doch merken müssen. Bist deiner Mutter ja wie aus dem Gesicht geschnitten.»

«Ist er da?», fragte Nora mit wachsender Ungeduld.

«Es gibt nur einen Ort, wo du solche wie ihn jetzt findest», antwortete die Frau, «und das is' da drüben in Donnellys Kneipe – und Mr. Delaney sollte soviel Grips haben, dass er weiß, dass man so ein junges, hübsches Ding wie dich nicht nach ihm suchen lässt.»

«Danke, Missus!», sagte Nora nicht mehr ganz so höflich. Sie stürzte davon und überließ Mrs. Roche ihrem unsinnigen Geschwätz.

Donnellys Kneipe war leer, als sie eintrat. Sie hoffte, dass niemand außer der bärtigen Frau sie hineingehen sah.

«Hallo …», rief sie.

Ihr wurde fast übel von der abgestandenen Kneipenluft, die in jede Faser ihrer Kleider zu dringen schien. Sie kam sich schmutzig vor. Ein kahler Kopf tauchte hinter dem Tresen auf, als hätte sich sein Besitzer darunter versteckt. Der Mann hatte einen schwarzen Schnurrbart, der in seinem kleinen Gesicht so überdimensional aussah, dass er unecht wirkte. Der Mann erinnerte Nora an einen der Filmschauspieler, den sie im Stella gesehen hatte.

Schuldbewusst unterdrückte sie ein Lachen und tat so, als müsse sie husten. Sie wartete darauf, dass er aufstehen würde, bis sie merkte, dass er längst stand.

«Kann ich dir helfen, Fräulein?», fragte der Glatzkopf mit einer so unerwartet tiefen Stimme, dass sie sich umdrehte und schaute, ob da jemand anders gesprochen hatte.

«Ich suche Mr. Smithson», erklärte sie.

«Er ist nicht hier», erwiderte der Wirt. «Er ist zwar hier gewesen, aber dann ist er gegangen und dann noch mal wieder reingekommen, aber ich bin in den Keller gegangen und dann war er wieder weg, deswegen glaub ich, dass er, dass er – irgendwoanders sein muss, denk ich mal.»

Nora starrte den Mann wütend an. Er verschwendete ihre Zeit. Und die von Jack. Sie wandte sich zum Gehen, doch da fing er wieder mit seinem Geschwafel an.

«Also, es kann sein, dass er im Hof ist oder wieder reinkommt, aber das glaub ich nich', weil, ich war im Hof, bevor ich unten im Keller war, und da war er nich' dort, aber vielleicht is' er dringewesen, als ich draußen war, und als ich wieder reingekommen bin, is' er vielleicht -»

Sein unsinniges Gerede wurde von einem Klopfen unterbrochen, das von einer Glastür zu ihrer Linken herkam.

«Warte mal», flüsterte der Mann verschwörerisch, «da ist jemand im Nebenraum.»

Er ging um den Tresen herum auf die andere Seite des Raums und verschwand hinter einer Trennwand. Nora hörte Gemurmel. Schon glaubte sie, ihr Plan sei ein großer Irrtum gewesen, als der Mann wieder auftauchte. Schweigend deutete er mit dem Daumen in die Richtung der Glastür.

Sie ging leise in das Nebenzimmer. Alec saß über einem kleinen Tisch gekauert da. In seiner zittrigen Hand hielt er ein halbvolles Bierglas. Er fixierte Nora mit einem Auge. Sein Kopf schwankte unter der Anstrengung, den Blick auf sie gerichtet zu halten.

Er kicherte hämisch und sie bekam eine Gänsehaut, denn ihr fiel ein, wie vollständig ein Mensch durch Alkohol verändert werden konnte. Auch wenn er in der Geschichte mit dem Gedicht recht taktlos gewesen war, so wusste sie doch, dass er trotzdem noch einigen Anstand in sich hatte. Jetzt aber war er genau wie ihr Vater in seinen schlimmsten Momenten. Es schien hoffnungslos, ihm zu erklären, was sie wollte. Dass dieses elende Wrack Jacks letzte, schwindende Hoffnung, sein Lebensretter, sein sollte, versetzte sie in rasende Wut.

Angetrieben von lang angestautem Hass, von der Verbitterung, die ihr seit Jahren das Herz zerriss, hob Nora die Faust und versetzte Alec einen Kinnhaken. Das Glas entglitt seiner behandschuhten Hand und er zuckte so heftig in seinem Stuhl zurück, dass dieser umkippte und er selbst auf dem Boden landete – ein betrunkenes, erbärmliches Häufchen Elend. Nora hielt sich den Ellbogen und stöhnte vor Schmerz. Der kleine Mann mit dem Schnurrbart erschien an der Bar.

«Was in aller Welt geht hier vor?», schnauzte er.

Nora, immer noch blass vor Wut und Scham, blickte ihn aufgebracht an. Da zog er sich zurück und wollte lieber gar nicht wissen, was los war. Als er außer Sichtweite war, keifte es aus dem Hintergrund: «Du wirst mir das Glas bezahlen, Smithson, oder du kriegst nie mehr eine Flasche Bier bei mir!»

«Hau doch ab und striegel deinen dämlichen Schnurrbart, Kahles Gewissen!», schimpfte Alec vom Boden her zurück.

Nora stand mit eingestemmten Händen über ihm. Wenn er so nüchtern war, dass er dem kleinen Mann Paroli bieten konnte, dachte sie, gab es vielleicht doch eine Chance. Unbarmherzig schaute sie auf ihn hinunter.

«Stehen Sie auf!», befahl sie und ihre Wut nahm ihr jede Furcht, dass er sich gegen sie wenden könnte.

«Wo hast du denn so boxen gelernt?», sagte er mit einem schiefen Lächeln und wischte sich etwas Blut von der Lippe. Der rote Strich, den es auf seinem Kinn hinterließ, machte ihn noch abstoßender als vorher.

«Ich brauche Ihre Hilfe», sagte sie mit fester Stimme.

«Und ich brauch deine», entgegnete er und streckte die Hand aus, «hilf mir hoch.»

«Sie wollen mich verprügeln.»

«Ich hab noch nie ein weibliches Wesen geschlagen», sagte er, «was für ein Nichtsnutz ich auch sein mag.»

Sie half ihm auf die Beine. Er hielt sich schwankend am Tisch fest.

«Einen Mann so zuzurichten!»

«Sie bezeichnen sich als Mann!», erwiderte sie empört. «Hocken mitten am Tag in der Kneipe und andere sterben … sterben wegen Ihnen!»

Er starrte sie fassungslos an.

«Wovon redest du, Mädchen?»

«Ich rede von –», rief sie aus, doch plötzlich wurde ihr bewusst, dass der kleine Mann bestimmt auf jedes Wort lauschen würde. Flüsternd fuhr sie fort: «Ich rede von Jack.»

«Jack? Wer zum Teufel ist Jack?»

«Sind Sie wohl leise», zischte sie, «Jack Delaney, Peters Bruder, der Freischärler.»

Sie rückte näher heran und hoffte, dass er nicht doch plötzlich ausholen würde.

«Er ist im Parnell-Saal und er atmet kaum noch. Ich weiß nicht, was ich tun soll.»

Alec schob sie in Richtung Ausgang, nahm ein paar Münzen aus der Hosentasche und knallte sie auf den Tresen.

«Hier ist das Geld für dein Drecksglas, du Geizkragen!», rief er und führte sie auf die Straße.

Die warme Sonne hatte die scharfe Kälte gemildert. Der Schnee schmolz und alles sah schon fast wieder wie üblich aus. Der Matsch tropfte in die Straßenrinnen. Auf dem Bürgersteig sahen sich die beiden an.

«Sie werden Jack jetzt wohl verraten», vermutete Nora.

«Ich helf jedem, der krank ist, Mädchen. Ich hab auch den Deutschen geholfen, als wir uns in den Schützengräben gegenseitig abgeschlachtet haben, wieso sollte ich es also nicht für einen Iren tun?»

«Es tut mir Leid», sagte sie reuevoll. Mochte ihr bisheriges Leben auch noch so schwer gewesen sein, mit den Gräueltaten, die er gesehen hatte, konnte man es einfach nicht vergleichen. «Ich hätte Sie nicht schlagen dürfen, ich weiß nicht, was in mich gefahren ist.»

«Mach dir nichts draus, ich hab schon härtere Schläge abbekommen. Und diesen hier habe ich vollkommen verdient.»

«Kommen Sie bitte mit zum Saal», flehte sie, «ich hab ihm was zu essen gebracht, aber er kommt nicht zu sich. Er stirbt, da bin ich sicher.»

«Hast du Peter nicht davon erzählt?»

«Ich kann nicht. Jack hat es mich gestern Abend versprechen lassen», rief sie unglücklich. «Ich weiß nicht, was Peter machen würde, wenn ich es ihm sagte. Vorhin erst hat er gesagt, dass Jack für ihn als Bruder so gut wie gestorben ist.»

«Peter würde seinen Bruder niemals ausliefern, egal was er behauptet hat.»

«Vielleicht nicht», meinte Nora unsicher, «aber dieser Captain Doyle hat ein Auge auf Peter. Colonel O'Brien hat das gesagt. Jemanden wie Sie oder mich würde er nicht verdächtigen.»

Alec sah nicht gerade überzeugt aus.

«Ist dir klar, Nora, was du von mir verlangst?», fragte er. «Diese Kerle haben schon öfter ehemalige Angehörige der Britischen Armee erschossen.»

Nora wusste aus der Zeitung, dass das stimmte. Sie fühlte, wie das unsichere Fundament ihres Plans ins Wanken geriet. Doch zu ihrem Erstaunen gab Alec nach. «Hatte er Fieber?», erkundigte er sich.

«Ja. Und als er im Hinterhaus war, musste er sich schrecklich übergeben.»

Trotz der warmen Sonne zitterte sie heftig und er legte den Arm auf ihre Schulter. Sie wich nicht zurück.

«Nun beruhige dich erst mal. Wir finden schon raus, was zu tun ist.»

Einen Augenblick dachte er nach. Sie war überrascht, wie nüchtern er mit einem Mal war und fragte sich, ob seine Trunkenheit manchmal nicht bloß vorgetäuscht war. Als er sie nach ihrem Sturz in der Halle behandelt hatte, war er nur wenige Stunden zuvor ja auch betrunken gewesen. Seine Ruhe flößte ihr Vertrauen ein.

«Gut», sagte er schließlich, «ich geh und hol ein paar Sachen in Brennans Apotheke. Er ist in Ordnung und stellt bestimmt keine Fragen.»

«Danke, Alec», platzte sie heraus, «ich meine, Mr. Smithson.»

«Alec ist mir persönlich lieber», lächelte er. «Es gibt allerdings noch ein anderes Problem.»

«Was denn?»

«Wir werden in den nächsten Tagen ziemlich oft in den Saal gehen müssen. Also brauchen wir eine vernünftige Ausrede.»

Daran hatte Nora noch gar nicht gedacht. Die Komplikationen, die dieser Jack verursachte, wuchsen ihr allmählich über den Kopf.

«Das Klavier», sagte Alec.

«Nein!», rief sie.

«Was anderes fällt mir nicht ein», beharrte er, «du musst behaupten, dass du mich gebeten hast, dir Klavierunterricht zu geben.»

«Ich kann's nicht. Ich hab ein Versprechen geleistet. Das Klavierspielen hat mir nur Probleme gebracht.»

«Wenn dir was Besseres einfällt, bevor wir zu Brennan kommen, soll's mir recht sein.»

Sie folgte ihm zur Apotheke am Marktplatz und wartete draußen, während er die Medikamente holte, die er brauchte. So sehr sie auch überlegte, es fiel ihr keine andere Ausrede ein. Das hieß, sie musste zwischen ihrem schmerzlichen Schwur und Jacks Wohlergehen entscheiden. Am Ende blieb ihr keine andere Wahl, als ihr Versprechen zu brechen.

Fünf Minuten später kam Alec aus dem Laden und warf ihr einen fragenden Blick zu.

«Ich bin einverstanden», sagte sie, «aber ich werde es bestimmt bereuen, das weiß ich.»

Kapitel 14

«Es stimmt», sagte Nora zu Molly und Peter, «ich will wirklich wieder Klavierunterricht nehmen.»

«Vielleicht wäre euch ein richtiger Lehrer lieber», meinte Alec.

Molly und Peter waren inzwischen daran gewöhnt, von ihrer Nichte das Unerwartete zu erwarten, aber diese neue Wende überraschte sie doch etwas. Schließlich fand Peter die Sprache wieder.

«Nein, Alec», stammelte er, «das … das ist es nicht.»

«Es ist ganz wunderbar!» Molly war begeistert. «Nora, bist du sicher, dass du das wirklich willst? Du sollst es nicht uns zuliebe tun.»

«Das Spielen fehlt mir», sagte Nora, was auch der Wahrheit entsprach. «Ich möchte wirklich wieder anfangen», fügte sie hinzu, was allerdings überhaupt nicht stimmte.

«Weißt du, Nora», wandte sich Peter an sie, «als deine Mutter uns von dir schrieb – mir kommt es vor, als sei das schon Jahre her – da ließ sie uns wissen, dass du nicht mehr in die Nähe eines Klaviers gehen würdest und dass es keinen Sinn hätte, dich zu zwingen, auch wenn du noch so gut gespielt hast.»

Es war Nora nicht recht, dass er ihre Mutter erwähnt hatte, und sie verbiss sich eine patzige Antwort. Peter fuhr fort: «Und weiter sagte sie, wenn die Zeit reif dafür sei, würdest du schon merken, dass du einfach nicht anders könntest. «

«Und wann willst du anfangen?», fragte Molly erfreut.

«Jetzt oder nie», antwortete Alec für Nora und sie nickte heftig mit dem Kopf.

«Meine Güte», sagte Peter, «das Mädchen hat es aber eilig.»

«Aber ihr beide werdet da drüben erfrieren», wandte Molly.

«Ach, das Wetter ist so schön geworden», meinte Nora, «außerdem … außerdem hab ich Angst, dass ich es mir wieder anders überlege, wenn ich nicht gleich anfange.»

Alec und Nora, denen mit einem Mal bewusst wurde, wie sehr die Zeit drängte, bewegten sich in Richtung Tür. Seit Noras schrecklicher Entdeckung war schon eine Stunde vergangen.

«Wartet einen Augenblick», sagte Peter. Nora spürte, wie sich ihr die Haare im Nacken sträubten.

Die beiden wandten sich langsam um wie Kinder, die bei einer Missetat ertappt worden waren.

«Ich kann doch nicht zulassen …» fuhr er fort.

«Onkel Peter!,» rief Nora verzweifelt.

«Keine Sorge, Mädchen», meinte er, «ich wollte nur sagen, dass ich nicht zulassen kann, dass Alec dich umsonst unterrichtet. Das wäre nicht recht.»

«Wenn du nicht wärst, Peter», sagte Alec, «dann würde ich keinen Pfennig besitzen. Es wird allmählich Zeit, dass ich mich erkenntlich zeige.»

«Wir werden etwas vereinbaren», beharrte Peter.

«Wenn sie mir Schwierigkeiten macht», lachte Alec, «lass ich mir vielleicht ein paar Pennies zahlen.»

Kurz darauf waren sie im Saal, und als sie die Tür unterhalb der Bühne öffneten, sah Nora, dass Jack sich keinen Zentimeter von der Stelle gerührt hatte, seit sie ihn verlassen hatte.

«Ist er tot?», flüsterte sie.

«Panik können wir jetzt am wenigsten brauchen», sagte Alec ungehalten, während er Jack untersuchte.

Als er sie damals verbunden hatte, war Nora die Tatsache, dass er die engen Handschuhe anbehalten hatte, nur seltsam vorgekommen. Jetzt war sie richtiggehend ungehalten.

«Alec, warum ziehst du die dämlichen Handschuhe nicht aus?», fuhr sie ihn an, «damit kann man doch nicht ordentlich arbeiten.»

Ohne seine Aufmerksamkeit von Jack abzuwenden, murmelte Alec mit fester Stimme: «Kümmer dich, verdammt nochmal, um deine eigenen Angelegenheiten. Geh lieber ins Haus und hol eine Schüssel heißes Wasser. Sag ihnen, ich will meine entzündeten Füße baden.»

«Das kann ich nicht sagen. Sie würden mir nie glauben.»

«Tu, was ich sage!»

Sie wusste, er würde nicht nachgeben. Der Vorschlag erschien ihr absurd. Bestimmt würde sie Argwohn damit erregen. Trotzdem lief sie hinüber, nur um festzustellen, dass sein Ansinnen gar nicht so verrückt war, wie es klang.

«Armer Alec», sagte Molly, «seine Füße plagen ihn mal wieder.»

Sie nahm den Kessel vom Herd, füllte eine Schüssel mit Wasser und bot sich an, sie hinüberzutragen.

«Nein, das mach ich schon.»

«Na, dann geh mal.» Molly war zu sehr beschäftigt, um Noras Unruhe bemerken.

Vorsichtig, damit ihr das dampfende Wasser nicht auf die Hände schwappte, lief sie über den Hof zurück. Unterdessen war es Alec irgendwie gelungen, Jack aus seinem Koma zu wecken. Nora kniete sich neben die beiden Männer und sah zu, wie Alec aus dem Inhalt eines gelben Töpfchens und einer kleinen Schachtel mit weißem Pulver einen Umschlag zubereitete.

«Wird er wieder gesund?», fragte sie.

«Hat er nicht den besten Beinah-Arzt, der sich um ihn kümmert?», scherzte Alec.

Jacks Augen waren blutunterlaufen, und die dunklen Ringe darunter sahen aus wie blaue Flecken nach einer Schlägerei. Offensichtlich hatte er Nora noch nicht wahrgenommen und er starrte wirr zur Saaldecke empor.

«Jack», flüsterte sie.

«Er hat noch kein Wort von sich gegeben», warnte Alec, «am besten, wir lassen ihn eine Weile in Ruhe. Geh ans Klavier und spiel was.»

Ihr war übel. War Jack dieses ungeheure Opfer wirklich wert? Viel lieber hätte sie eine Axt genommen und das Klavier zerhackt, statt darauf zu spielen. Ihre Hände zitterten und ein plötzlicher Schmerz durchzuckte ihren Ellbogen.

«Ich kann nicht», sagte sie, «mein Ellbogen tut auf einmal schrecklich weh.»

Alec wandte sich ungeduldig um und warf ihr einen finsteren Blick zu. «Du hast mich hier reingezogen», fuhr er sie an, «also trag jetzt auch dein Teil dazu bei. Wenn sie nicht bald Musik von hier hören, werden sie sich fragen, was los ist.»

«Ich pass auf Jack auf», schlug sie kleinlaut vor, «und du kannst spielen.»

«Hör auf, dich zu zieren. Wir alle müssen Dinge tun, die wir nicht mögen. Außerdem werden sie merken, dass nicht du spielst.»

«Du bildest dir wohl ein, besser zu sein als ich.» Ihr Stolz war verletzt.

«Das hast du gesagt, nicht ich.»

Wütend lief sie davon. Natürlich war sie der Meinung, dass er der bessere Musiker war, aber sie fand es nicht gerade nett, dass er es betonte. Das bewies ihr wieder einmal, dass er kein Gentleman war.

Sie hob den schäbigen Klavierdeckel, ließ sich schwer auf den Hocker fallen und starrte auf die Tasten. Sie waren gesplittert und abgenutzt und erinnerten sie an das höhnische, zahnlückenhafte Grinsen eines Betrunkenen. Sie ballte die Hände zu Fäusten, bis die Knöchel weiß hervortraten. Wieder packte sie jene rachsüchtige Wut von vorhin, als sie nach Alec ausgeholt hatte. Am liebsten hätte sie ihn nochmal geschlagen und ihren Vater auch und Jack ebenfalls, weil sie seinetwegen ihr Versprechen brechen musste, und sogar Peter, weil er so viel lieber zu ihr war, als ihr Vater es jemals gewesen war. Sie spreizte die Hände und betrachtete ihre plumpen Finger. Wie könnten diese lächerlichen Stummel wohl jemals etwas Schönes oder Gutes zustande bringen?

Die Tasten fühlten sich überraschend warm an, da die Sonnenstrahlen durch das hohe Fenster auf die Klaviatur fielen.

«Verzeih mir, Mam», flüsterte sie laut vor sich hin und ließ mit aller Macht ein zweifaches Arpeggio in C-dur erklingen.

Der volle Klang hallte durch den ganzen Saal und wieder zu ihr zurück.

«He!», rief Alec, «versuchst du das Ding kaputt zu schlagen, oder was?»

«Entschuldigung.»

Sie dachte an Mrs. Teehan, und stellte sich vor, wie sie entsetzt den Atem angehalten hätte, wenn jemand ihr geliebtes Instrument so misshandelt hätte. Der gebrochene Akkord hallte immer noch durch den leeren Saal.

«Gestalte jeden einzelnen Ton für sich», hörte sie Mrs. Teehan sagen wie so oft damals. «Lass jeden Ton klar erklingen.»

Sie versuchte es wieder, und diesmal spielte sie so gewissenhaft und sorgfältig, wie ihre Lehrerin es von ihr erwartet hätte.

«Horch nur», hörte Nora Mrs. Teehans Stimme, als stände sie neben ihr, «wie die klaren Töne sich aufschwingen und dahin gleiten wie Vögel im Frühling.»

Eine zweite Stimme kam ihr in den Sinn. Die ihrer Mutter. Jung und glücklich – wie sie ihr Gedicht aufsagte.

Nach Templemore wir einmal zogen
An einem lichten Frühlingstag
Und lauschten dem Gesang der Vögel
Im grünen Morley-Hag.

Die offensichtliche Beziehung zwischen den Worten ihrer Mutter und denen von Mrs. Teehan hellten Noras düstere Stimmung auf. Es war, als hätten beide ihr aufmunternd zugenickt, und nun wusste sie, dass sie das Richtige tat. Sie begann zu spielen.

Das letzte Stück, das sie bei Mrs. Teehan einstudiert hatte, war eine Etüde von Chopin. Sie hatte es so gut beherrscht, dass sie es oft ohne einen einzigen Blick auf die Noten gespielt hatte. Wenn eine Prüfung anstand, hatte Mrs. Teehan sie davor immer besonders gewarnt. Für die Prüfer grenzte diese Angewohnheit an eine Todsünde, selbst wenn man so exakt und vollkommen wie Nora spielte.

Zögernd ließ sie die ersten perlenden Töne mit der linken Hand erklingen.

Das Bild des gestrengen Prüfers tauchte vor ihr auf, mit seiner affigen Fliege um den Hals und dem Monokel, das an einem schmalen roten Band an seiner schwarzen Samtjacke befestigt war und ihm im zusammengekniffenen Auge klemmte, und sie war wild entschlossen, es gut zu machen. Wie damals sagte sie sich, dass die Angst verfliegen würde, sobald sie ganz in das Spiel eingetaucht war. Und wie damals versank alles ringsumher, so sehr war sie in die Musik vertieft.

Mrs. Teehan hatte ihrer Mutter einmal gesagt, dass dieser Zustand auf große Musikalität deutete. Je mehr man sich dem Geist der Musik hingab und alles Denken an andere Dinge ausschloss, desto großartiger wurde das Spiel. Während Nora rot vor Verlegenheit in dem warmen Musikzimmer gesessen hatte, teilte Mrs. Teehan ihrer Mutter weiterhin mit, dass sie nie zuvor bei einem Mädchen ihres Alters eine solche Konzentration erlebt hatte.

Jetzt perlten die sanft aneinandergereihten Töne so klar dahin, das auch die hintersten Winkel des Saales mithallten. Beim Einsatz der rechten Hand fühlte Nora eine solche Kraft in sich, dass sie davongetragen wurde, immer weiter, und die anschwellende Musik ringsum widerhallte. Es schien, als würde sogar die Zeit den Atem anhalten, um ihrem brillanten Spiel zu lauschen. Weiter und weiter, bis, bis …

Das Stück war zu Ende und Nora ließ die Hände sinken. Sie schlang die Arme um sich, als wollte sie die überwältigende Woge von Gefühlen, die sie zu zerreissen drohte, zurückhalten. Eine Hand berührte ihre Schulter, und wie gern hätte sie sich jetzt umgedreht und mit dem Kopf Schutz in den Armen eines andren gesucht. Selbst wenn es Alec war. Doch diese Anwandlung ging so schnell vorüber, wie die letzten widerhallenden Töne ihres Spiels.

«Mein Gott», sagte Alec, «so etwas habe ich noch nie zuvor in meinem Leben gehört.»

Mit abgewandtem Gesicht erhob sich Nora.

«Es ist doch bloß ein einfaches Stück», wehrte sie ab, «Du könntest es bestimmt mit geschlossenen Augen spielen.»

«Es gibt kein einfaches Stück, wenn es so gespielt wird», rief er, «und das in deinem Alter.»

Jetzt sah sie ihn direkt und ohne Verlegenheit an.

«Willst du damit sagen, dass ich ein Kind bin?»

«Du bist eine Musikerin», erwiderte er, «die geborene Musikerin.»

«Du weißt genau, dass du besser spielst als ich», sagte sie, «ich kann auf deine Schmeicheleien verzichten.»

«Nora, ich bin fünfunddreißig Jahre alt», sagte er und streckte die linke Hand aus, «und ich werde ein Arpeggio niemals so geschmeidig spielen können wie du. Nicht mit diesem nutzlosen Ding hier.»

«Wenn du spielst, kommt es mir überhaupt nicht nutzlos vor.»

«Jetzt schmeichelst du mir», grinste er und sie brachte ein schwaches Lächeln zustande.

Aus Jacks Versteck drang ein Stöhnen herüber, und sein verschleimtes Husten übertönte Alecs Gelächter. Rasch liefen sie beide zu ihm. Alec richtete ihn auf und bat Nora, ihn zu stützen. Er fing an, Jack ordentlich auf den Rücken zu klopfen. Nora war über die heftigen Schläge entsetzt.

«Es muss sein», keuchte Alec atemlos und schlug Jack noch einmal zwischen die Schultern. Plötzlich schoss Jacks Kopf nach vorn und er entglitt ihrem Griff. Ein dicker Schleimklumpen schoss aus seinem Mund und Nora wandte sich mit der Hand vor dem Mund ab.

«So, jetzt haben wir's», sagte Alec mit einem tiefen Seufzer der Erleichterung, «jetzt flößen wir ihm etwas von dem warmen Wasser ein und ein paar Tropfen hiervon.»

Er füllte die Tasse, die Nora am Morgen gebracht hatte, und

gab ein paar Tropfen der gelben Medizin hinein. Zuerst musste Jack würgen, aber dann brachte Alec ihn dazu, das Gebräu hinunterzuschlucken. Er ließ Jack wieder auf den Boden gleiten und wickelte ihn in den mottenzerfressenen Vorhang.

«Er wird sich bald erholen», erklärte Alec ihr, «wir müssen nur ein Auge auf ihn haben. Ich fürchte, das bedeutet eine weitere Klavierstunde gegen Abend.»

«Oh nein!», stöhnte Nora wenig überzeugend, «muss das sein?»

«In ein paar Stunden muss ich wieder nach ihm schauen», sagte er, «das ist jetzt die kritische Zeit.»

Jack war wieder in einen unruhigen Schlaf gefallen. Sein gepeinigtes Gesicht schien ein einziger Hilfeschrei zu sein. Nora wurde bewusst, dass es in diesen schrecklichen Zeiten noch viele andere gab, die Hilfe benötigten. Und nur allzu oft waren Männer wie Jack daran schuld.

«Ob er das alles auch wert ist?» fragte Nora.

«Der Mann ist krank, etwas anderes zählt jetzt nicht», gab Alec zurück, «und wenn er Peters Bruder ist, kann ich nicht glauben, dass er so schlecht ist, wie man behauptet.»

Kapitel 15

Nora saß etwas ungemütlich zwischen Peter und Molly am Küchentisch. Ob sie ihr Glück wohl zu sehr aufs Spiel setzte, wenn sie bat, schon wieder in den Saal gehen zu dürfen? Ihre Frage hing in der Luft, während Molly und Peter darüber nachdachten.

«Also, eine Stunde ist eigentlich genug für heute,» sagte Peter, «mit deinem Ellbogen, weißt du. Es kann dir nicht gut tun.»

«Aber ich muss so viel nachholen», bettelte Nora.

«Peter will doch nur dein Bestes», meinte Molly.

Es war gewiss der falsche Zeitpunkt, um ein Drama daraus zu machen, aber dann kam Nora eine Idee, mit der sie die beiden vielleicht überzeugen konnte.

«Ich möchte es für meine Mutter tun», rief sie kläglich, fühlte sich aber ziemlich schuldig dabei.

Da konnte Peter nur nachgeben.

«Gut, vielleicht eine halbe Stunde lang», sagte er, «aber mehr nicht, wohlgemerkt.»

Nachdem sich Noras Anspannung gelegt hatte, erzählte sie nun begeistert, wie holprig sie zunächst begonnen hatte, wie ihr dann aber wieder das ganze Stück von Chopin einfiel, als hätte sie es erst gestern einstudiert.

«Kein geringerer als Chopin», pfiff Peter durch die Zähne. «Das ist doch nicht etwa einer von den beiden Chopins vom ‹Two Mile Borris›, was?»

«Sei nicht dumm», sagte Nora grinsend, «er war aus Polen,

und Mrs. Teehan hat erzählt, dass man ihn den ‹Poet am Klavier› genannt hat.»

Bei der Erwähnung von Mrs. Teehans Namen blickte Peter Molly fragend an.

«Vielleicht solltest du es ihr jetzt sagen», meinte er geheimnisvoll.

Nora sah die beiden ängstlich an. Sie befürchtete, dass eine schlechte Nachricht über ihre Kräfte gehen würde, jetzt, wo sie ohnehin so viele Sorgen hatte.

«Wir haben vor zwei Wochen einen Brief von Mrs. Teehan bekommen und -» begann Molly.

«Ein Brief an euch? Wieso?», wunderte sich Nora laut.

«Sie wollte uns sagen, wie wichtig wir es nehmen sollten, dich wieder zum Klavierspiel zu ermutigen.»

«Wir dachten, es sei das Beste, die Sache eine Zeitlang auf sich beruhen zu lassen», fügte Peter hinzu, «das hat ja auch deine Mutter so gewollt.»

«Du könntest Mrs. Teehan ja einmal schreiben», schlug Molly vor.

Nora sah keinen Sinn darin. Sie würden sich ja ohnehin nie mehr sehen. Wenn sie ihr jetzt schriebe, wäre das nur traurig für sie beide.

«Wieso sollte ich?», fragte sie etwas zu abrupt.

«Weißt du, was sie gesagt hat?» fuhr Molly fort.

Nora erhob sich vom Tisch. Sie wollte es nicht hören und versuchte Molly am Weiterreden zu hindern.

«Ich … ich hab die Schüssel im Saal vergessen», stammelte sie.

«Sie sagte, sie sei seit dem Tod von ihrem Mann noch nie so einsam gewesen.»

«Ich kann doch nichts dafür!», rief Nora. «Ich bin auch einsam und keiner schreibt mir.»

Molly schlug sich die Hand vor den Mund und schüttelte den Kopf.

«Verzeih, ich hätte es nicht erzählen sollen.»

«Das stimmt», sagte Nora bitter.

«Wirklich, Nora», fuhr Peter dazwischen, «so darfst du aber nicht mit deiner Tante reden.»

«Lasst mich in Ruhe, alle beide!», weinte Nora und rannte aus der Küche und die Treppe hinauf in den sicheren Hafen ihres Zimmers. Aufgewühlt lief sie hin und her und kämpfte gegen die Müdigkeit an, die sich ihrer bemächtigte.

Das leise Klopfen an ihrer Tür hatte schon eine Weile angehalten, als sie schließlich ungeduldig antwortete. «Wer ist da?», rief sie.

«Alec. Kann ich reinkommen?»

«Meinetwegen», erwiderte sie matt.

Alec trat ein und stellte sich ans Fenster.

«Hör zu», sagte er, «ich schleich mich später in den Saal rüber. Du musst dich ausruhen.»

«Ich gehe mit», brauste sie auf, «es gibt schon genug Leute, die mir sagen, was gut für mich ist, fang du nicht auch noch damit an.»

«Schon gut», sagte er geduldig, «ist ja gut.»

Obwohl Noras Stimme fest entschlossen klang, fiel es ihr schwer, sich in Bewegung zu setzen. Sie wusste, dass Alec Recht hatte, sie brauchte wirklich Ruhe, aber sie fürchtete, wenn sie sich hinlegte, würde sie anfangen nachzudenken und wieder Mitleid mit sich selbst bekommen.

«Ich hab gehört, was unten los gewesen ist», erklärte Alec.

Nora war empört. «Natürlich mussten sie es dir sagen!»

«Sie machen sich Sorgen um dich, Nora, das ist alles, «erwiderte er, «es ist schwer für sie, wo sie selbst doch nie eigene Kinder gehabt haben. Sie denken, dass sie mit dir vielleicht nicht richtig umgehen können.»

Nora erstarrte.

«Ich weiß Bescheid», sagte sie, «sie wollen mich los werden.»

«Du weißt, dass das nicht wahr ist, sie würden alles tun, um dich glücklich zu machen.»

«Du kannst ihnen ausrichten, dass ich sobald wie möglich hier verschwinde.»

«Und wohin willst du gehen?» Er lächelte zu ihrer Verärgerung.

«Wage es ja nicht, über mich zu lachen», rief sie, «ich geh nach Dublin zurück und … find schon was …»

Aber noch während sie das sagte, war ihr schon klar, wie sinnlos ihre Worte waren. Sie konnte nirgendwo hin. Sie hatte keine andere Wahl, als zu bleiben.

«Ich weiß, wie du dich fühlst», sagte Alec und ließ sich auf dem Fenstersims nieder. «Wir sind beide allein. Und es spielt keine Rolle, wie nett die Leute zu uns sind, wir fühlen uns trotzdem von der Welt ausgeschlossen, zu der wir gehören wollen.»

«Aber du bist ein Mann», fuhr sie ungeduldig auf, «du kannst gehen, wohin du willst. Dir sind die Hände nicht gebunden wie mir.»

Alec blickte aus dem Fenster, und sie sah die Umrisse seines verbitterten Gesichts.

«Ich bin schon da draußen gewesen, in der großen Welt», sagte er, «aber es gibt nichts, wohin ich zurück möchte.»

Mit einem eindringlichen Blick wandte er sich ihr wieder zu und fuhr fort: «Nora, deine ganze Zukunft liegt vor dir und Molly und Peter wollen dir alles ermöglichen. Lass dir die Chance nicht entgehen, wie ich es getan hab.»

«Ich brauche von niemandem Almosen.»

«Jeder braucht Hilfe», sprach er, «denk doch nur an Jack da draußen. Bei ihm ist es offensichtlich, dass er krank ist, weil sein Körper von Fieber geschüttelt wird. Aber jeder von uns ist manchmal krank in seinem Herzen. Wenn uns niemand Hilfe anbietet, oder wenn wir die angebotene Hilfe ablehnen, breitet sich diese Krankheit in unseren Seelen aus und wir werden nie mehr gesund, finden nie Zufriedenheit.»

Abrupt brach er ab und stand auf.

«Wir sind nicht zum Plaudern hier», sagte er mit fester Stimme, und Nora folgte ihm die enge Treppe hinunter in das fahle Abendlicht. Jetzt war auch das letzte Restchen Schnee verschwunden, selbst dort, wo die Sonne nicht hingekommen war. Der Hof bot wieder sein langweiliges, sein gewohntes Bild. Ja, er war richtig düster.

Als sie sahen, dass Jack das Brot und das Corned Beef aß, das ihm Nora mittags gebracht hatte, besserte sich ihre Stimmung.

«Das hat ja nicht lange gedauert, bis du wieder Appetit bekommen hast», lachte Alec.

«Ich hab seit einer Woche nichts gegessen», erwiderte Jack, «hab schon gedacht, ich würde nie mehr essen.»

«Komm ja nicht auf die Idee, jetzt schon wieder abzuhauen», warnte Alec, «du musst noch ein paar Tage Kräfte sammeln.»

«Ich weiß nicht. Vielleicht morgen?»

«Vergiss es», sagte Alec, «dann liegst du im Handumdrehen wieder flach.»

«Wahrscheinlich hast du Recht. Übrigens, ich möchte euch beiden danken für das, was ihr getan habt.»

«Du musst dich bei Nora bedanken. Sie kann ganz schön hartnäckig sein, wenn sie sich durchsetzen will, das sag ich dir!»

Nora gefiel dieses zweideutige Kompliment gar nicht, und man sah es ihr an.

«Siehst du, was ich meine?», rief Alec, «Also, Nora, ein Kinnhaken am Tag reicht. Geh rüber und spiel was, bevor du in Versuchung kommst, mich wieder zu prügeln.»

Die beiden Männer grinsten über Noras sichtliches Unbehagen.

Ärgerlich stapfte sie davon und schlug den Klavierdeckel heftig auf. Schlimm genug, dass man sich in Jacks Anwesenheit über sie lustig machte. Aber dass Jack nicht einmal den Versuch gemacht hatte, sie zu verteidigen, war noch schlimmer.

«Was soll ich spielen?», rief sie Alec zu, «ich weiß nicht, was ich spielen soll.»

«Unten im Klavierschemel sind ein paar Notenblätter, du musst nur den Sitz aufklappen.»

Sie durchforstete die vergilbten Papierbögen nach einem

bekannten Stück, fand aber keines. Wahrscheinlich war jene Melodie, die Alec so oft spielte und die sie stets verfolgte, unter den Noten. Aber sie wollte Alec nicht den Triumph gönnen, zu hören, wie sie mit dem Stück zu kämpfen hatte. Wahrscheinlich würde er sich anbieten, es ihr beizubringen, aber nach der Unverschämtheit vorhin war es das Letzte, was sie wollte.

Schließlich entschied sie sich für einen Walzer mit dem Titel «Evening Shades». Es war ein wirklich einfaches Stück und es dauerte nicht lang, bis sie es beherrschte. Wenn ihr alle Stücke so leicht fielen wie dieses hier, dachte sie, könnte sie die Filme ebenso gut begleiten wie Alec.

Doch beim bloßen Gedanken daran begannen ihre Hände zu zittern und zweimal verspielte sie sich und traf trotz aller Anstrengung die falschen Tasten. Sie wollte sich beruhigen, indem sie sich einredete dass es sich hierbei ja nicht um richtig gute Musik handelte. Mrs. Teehan hatte ihr prophezeit, dass einmal eine Konzertpianistin aus ihr würde. Dann hatte sich Nora immer ein schweigendes Publikum gut gekleideter Damen und Herren vorgestellt, die hingerissen ihrem virtuosen Spiel lauschten und höflich klatschten, während sie sich zu dem artigen Beifall verneigte.

Die Wirklichkeit aber – die ärmlich gekleideten Zuschauer im Stella – bot einen so krassen Unterschied, dass Nora sich wunderte, wie sie auch nur einen Augenblick lang erwägen konnte, vor einem solchen Publikum zu spielen. Sie wusste, dass auch Alec sich das nicht so vorgestellt hatte.

«Lass mich mal spielen», rief dieser gerade und vor Schreck rutschte ihre linke Hand ab und endete in einem hässlichen Missakkord, «Jack will etwas mit dir besprechen.»

«Aber es ist schon spät.» Nora wurde plötzlich von Schüchternheit überwältigt. Sie selbst wollte ja auch mit Jack reden, wusste aber nicht so recht, wie sie es anstellen sollte.

«Nun geh schon», sagte Alec, «er frisst dich bestimmt nicht.»

Widerstrebend trat sie an Jacks Lager, doch bevor er überhaupt etwas sagen konnte, entfuhr es ihr: «Ich muss zurück.»

Seine tief blauen Augen waren nicht mehr so blutunterlaufen, und sie konnte nicht anders, sie musste sie einfach ansehen.

«Ich wollte nur wissen, wie es dir hier ergeht, seit du von Dublin hergekommen bist», lächelte er, «es ist sicher ein großer Unterschied zu Inchicore.»

«Inchicore ist ganz in Ordnung.»

«Natürlich», sagte Jack. «Du wirst doch gut behandelt, oder?»

«Ja, schon», murmelte sie.

«Du klingst nicht allzu überzeugt.»

«Ich bin doch bloß im Weg», sagte Nora,

«Das kann ich mir nicht denken, Nora.»

«Es stimmt aber», sagte Nora zitternd. «Ich hasse sie.»

«Das klingt entsetzlich.»

«Das sagst ausgerechnet du! Du hasst deinen Bruder doch auch!»

«Ganz bestimmt nicht!»

«Du vertraust ihm aber nicht», fuhr sie wütend fort. «Wenn du es tätest, würdest du ihn um Hilfe bitten, und nicht uns alle mit hineinziehen.»

«Ich möchte nicht, dass er und Molly in Schwierigkeiten geraten», sagte er unbehaglich.

«Aber es macht dir nichts aus, uns reinzuziehen.»

«Ich weiß, ich hätte dich nicht bitten dürfen. Es war nicht recht.»

Schweigend saßen beide da, während Alec dasselbe Stück spielte, das Nora gerade geübt hatte. Sie fand, dass es bei ihm so viel besser klang, als bei ihr, was sie nur noch wütender und ärgerlicher machte.

«Warum sprichst du nicht mit Colonel O'Brien? Er ist um eine friedliche Lösung bemüht. Oder traust du ihm auch nicht?»

«Man findet in ganz Irland keinen ehrenwerteren Mann», erwiderte Jack.

«Er sagt, dass es eine Amnestie geben soll», berichtete Nora weiter. «Er hat zu Peter gesagt, dass er dich deswegen sprechen will.»

Jack blickte verloren ins Leere.

«So einfach stehen die Dinge nicht», sagte er schließlich. «Ich könnte zwar morgen mit O'Brien reden. Aber wenn ich meine Männer nicht dazu bringe, dass sie damit einverstanden sind, ist es reine Zeitverschwendung. Abgesehen davon haben wir unsere eigenen Obersten und die würden das nicht dulden. Sie sind fest entschlossen weiter zu kämpfen, egal was kommt.»

«Und du selbst?»

«Ich weiß nicht», erwiderte er. «Amnestie ist nur ein anderes Wort für Kapitulation und das wollen sie nicht, meine Jungs. Ich weiß, die Zahlen sprechen gegen uns, aber es sind Dinge passiert, die man nicht vergessen kann. Ich denke, das ist auf beiden Seiten gleich. Je länger die Sache anhält, desto mehr geht es um Rache. Es wird nur noch gekämpft, um zurückzuzahlen, was die anderen uns angetan haben.»

«Aber das kann doch nicht richtig sein», sagte Nora verzweifelt, «so hört es ja nie auf.»

«Es ist so», fuhr Jack fort und sah sie mit seinem hypnotischen Blick an, «solange meine Leute mir gehorchen, kann ich die Dinge hier unter Kontrolle halten. Wir werden ein paar Brücken sprengen und die Straßen mit ein paar gefällten Bäumen blockieren, aber es wird nicht Mord und Totschlag geben. Wenn ich jetzt aufgebe, sind sofort andere da, die nur allzu gerne die Sache in die Hand nehmen, und dann wird es nur noch schlimmer kommen.»

«Warum könnt ihr die Leute nicht einfach in Frieden leben lassen?», rief sie und stürzte wütend davon.

Alec folgte ihr ins Freie und erkundigte sich, was passiert sei.

«Nichts ist los!», rief sie. «Nur dass dieser undankbare Mörder weiterkämpfen will, obwohl er weiß, dass sie nicht gewinnen können.»

«Beruhige dich, Nora», flehte Alec, «sie hören dich noch da drinnen.»

«Aus dem Weg, du Trunkenbold», sagte sie und ließ ihn im

Hof stehen. Verblüfft und belustigt über ihren Ausbruch kratze er sich am Kopf.

Wäre sie an diesem Abend nicht genauso wütend auf Molly und Peter gewesen, wie auf Jack, dann hätte Nora den beiden wohl die ganze Geschichte erzählt. Stattdessen ging sie gleich auf ihr Zimmer, und als Molly an die Tür kam, drehte sie sich zur Wand und beachtete ihr Rufen nicht.

Sie fand, dass Jack in seinem Undank gegen alles, was sie für ihn getan hatte, auch nicht besser sei als ihr Vater. Sie fragte sich, ob es überhaupt jemanden auf der Welt gab, der es wert war, dass man ihm half, jetzt, wo ihre Mutter nicht mehr am Leben war. Nicht mal ihre Brüder hatten sich die Mühe gemacht ihr zu schreiben, dachte sie. Doch dann kam sie sich gleich dumm vor. Immerhin waren die beiden ja noch Kinder. Die einzige Person, an die sie gerne dachte, war Rosie, die freundliche Nachbarin aus Inchicore. Nora sehnte sie herbei und wünschte sich, dass Rosie ihr raten würde, was sie tun sollte.

Je finsterer die Nacht wurde, desto heftiger zürnte sie schließlich Mrs. Teehan. Warum hatte sie nicht an Nora selbst schreiben können, statt an ihre Tante und ihren Onkel? Wenn Mrs. Teehan sich wirklich etwas aus ihr machen würde, hätte sie es auch getan!

Zu guter Letzt schwor sie sich, dass sie Jack nur noch für die Dauer seiner Krankheit betreuen wollte, danach aber wollte sie nichts mehr mit ihm zu tun haben. Wenn er nicht mehr da war, würde sie das Leben, zu dem sie hier in Tipperary gezwungen war, fortsetzen und so tun, als sei sie ihm nie begegnet.

Als ihr endlich die Augen zufielen, erschien ihr ihre Situation schon wieder erträglicher. Noch ein paar Tage, und die Krise würde vorbei sein.

Vorbei und vergessen.

Kapitel 16

Während der folgenden Tage legte sich ein Gefühl der Ruhe über Nora, trotz des ständigen Hin- und Herlaufens zwischen dem Saal und dem Haus, trotz des Übens von Musikstücken, die ihrer Meinung nach unter ihrer Würde waren. Und obwohl sie weiterhin ihre scheinheilige Haltung gegenüber der Tante und dem Onkel mühsam aufrecht hielt, blieb diese willkommene Stimmung.

Das half ihr, gegenüber Peter und Molly, ja selbst Alec gegenüber, liebenswürdiger zu sein. Es half ihr auch, ihren Unwillen gegenüber Jack zu verdrängen und so freundlich zu sein, wie es unter den gegebenen Umständen möglich war. Wenn es die Ruhe vor dem Sturm war, dann sie sah die dunklen Wolken am Horizont wenigstens nicht.

Nachrichten, die ihr vorher als Katastrophe erschienen wären, ließen sie unberührt. Als Molly ihr sagte, dass die Schule in drei Wochen wieder öffnen sollte, schien das nicht einmal halb so schlimm, wie es vielleicht vorher der Fall gewesen wäre.

Im *Tipperary Star* las sie von den Amnestiebedingungen, und die Drohung, die sich hinter den versöhnlichen Worten versteckte, ließ sie kalt. Scheinbar war das die letzte Chance, die man den Irregulars bot. Danach würden sie wohl auf wenig Gnade stoßen, wenn sie gefasst würden. Nora wußte jedoch, dass es sinnlos war, Jack den Artikel zu zeigen.

Am Freitag kam Jimmer mit dem vertrauten Umschlag ihres Vaters, und obwohl sie bemerkte, dass Molly nicht so herzlich wie sonst war, dachte sie sich nichts dabei. Als Jimmer in der

Küche saß und seinen Tee trank, erzählte er etwas, was ihr eigentlich das Herz hätte brechen müssen.

«Die Jungen sind auf dem Weg nach Amerika. Jim ist völlig am Boden zerstört. Tut mir Leid, Nora, dass ich dir diese Nachricht bringen muss», fügte Jimmer hinzu.

«Ist ja wohl das Beste», antwortete Nora tonlos.

Molly schob vor, beschäftigt zu sein und begleitete Jimmer eilig zur Tür. Als sie wiederkam, hielt Nora den Umschlag in der Hand. Sie wollte nicht über die Abreise der Brüder reden, aber sie wollte doch wissen, was ihr Vater dazu zu sagen hatte. Genaugenommen wollte sie nur den Beweis dafür, dass er die Jungen mehr vermisste, als er sie jemals vermisst hatte.

«Darf ich den Brief für dich aufmachen?», fragte sie. Als Molly ihr den Umschlag entriss, starrte Nora sie mit geöffnetem Mund an.

«Tu's nicht!», bat Molly, «es ist vielleicht besser, wenn du nicht siehst, was drin ist.»

«Es ist doch nur das Geld, oder?»

«Ja, aber … es ist auch ein Brief dabei, und … ich weiß nicht – er ist bestimmt traurig. Und das willst du doch nicht lesen.»

«Wahrscheinlich nicht.» Verbittert überlegte sie, dass Molly sie nicht vor der Kaltherzigkeit ihres Vaters zu beschützen brauchte.

Sie versuchte, an die Dinge zu denken, die jetzt dringender waren. Wo konnte sie für Jack die nächste Mahlzeit herbekommen? Wie lange würde es noch dauern, bis es ihm so gut ging, dass er gehen konnte? Hatte einer der Nachbarn womöglich das Hin und Her zwischen Saal und Haus bemerkt und Captain Doyle informiert?

Mit einer Sache hatten sie schon Glück gehabt. An diesem Freitag gab es keine Filmvorführung, weil anderswo in der Stadt abends ein Konzert gegeben wurde. Eine Sorge weniger. Aber Jack hatte sich nicht so schnell erholt, wie Alec erwartet hatte, und sie befürchtete, dass ihnen am kommenden Freitag das gleiche Problem bevorstehen würde.

Im Grunde waren all diese Sorgen eine willkommene Ablenkung für Nora, jetzt, wo ihre Familie endgültig auseinandergebrochen war. Sie ängstigten sie auch nicht übermäßig. Schließlich waren es doch nur kleine Probleme, die sich von selbst erledigen würden. – «Ist alles in Ordnung?», erkundigte sich Molly. «Du bist so still.»

«Alles bestens», beruhigte Nora ihre Tante.

«Du darfst nicht denken, dass es für deinen Vater schlimmer ist, die Jungen zu verlieren als dich.» Molly wunderte sich, wie gleichgültig Nora zu sein schien.

Nora nahm einen Schluck Tee und knabberte an ihrem Brot. Nichts, was irgendjemand sagte oder tat, sollte ihr etwas ausmachen. Ihr Herz kam ihr vor wie ein kleines Tier, das sich der kalten Welt durch eine langen Winterschlaf entzogen hat.

Auch Alec war über Noras neue Gelassenheit erstaunt. Noch verwunderlicher war die Tatsache, dass sie aufrichtige Anteilnahme und Sorge um ihn zu zeigen begann. Er konnte sich diesen plötzlichen Wandel nicht erklären.

«Weißt du», sagte sie zu ihm, «du könntest wirklich ein guter Arzt werden, wenn du wolltest.»

Wie immer hob er die Hand mit dem steifen Finger.

«Mit dieser Hand?», lachte er, aber sie ließ sich nicht beeindrucken.

«Das ist bloß eine Ausrede. Schließlich hast du Jack geheilt, oder?»

«Er ist noch nicht über den Berg.»

«Aber bald», sagte sie überzeugt, «du bist mir ein schlechtes Beispiel mit deinen lahmen Ausreden, ist dir das nicht klar?»

«Aber … aber …»

«Aber, aber, aber», äffte sie ihn nach, «was bist du eigentlich? Ein alter Ziegenbock oder was?»

Drüben im Saal schwankte ihre Laune so häufig und rasch zwischen stillem Brüten und ausgelassener Stimmung und umgekehrt, dass die beiden Männer fragende Blicke austauschten. Nora bemerkte nicht einmal das.

Nora und Jack unterhielten sich viel über ihre Vergangenheit. Nora erzählte von ihrem Leben in Dublin, sprach von den guten und den schlechten Zeiten. Beim Erzählen hatte sie das seltsame Gefühl, dass all das einer anderen widerfahren sei, während sie die Geschichte nur weitergab oder sie aus zweiter Hand gehört hatte. Nur wenn sie von ihrer Mutter erzählte, hatte das schmerzliche Ziehen in ihrer Brust nichts Unwirkliches an sich.

Jack hörte zu und schüttelte ungläubig den Kopf über die Härte und Gefühlslosigkeit ihres Vaters und darüber, wie schwer es ihre Mutter mit ihm gehabt hatte.

«Arme Annie», sagte er dann immer wieder.

«Hast du sie gut gekannt?», fragte Nora einmal, als sie ihre Neugier nicht zügeln konnte.

«Sie war das hübscheste Mädchen in der Stadt. Jeder kannte sie», antwortete er, fügte dann aber rasch hinzu: «Wenigstens haben wir geglaubt sie zu kennen.»

«Was meinst du damit?»

«Ach, wer weiß schon, was im Kopf einer Frau vor sich geht», sagte er und versuchte sein Unbehagen mit einem Lachen zu überspielen.

«Wenigstens sind ihre Köpfe nicht so hohl wie die von den Männern!», gab Nora zurück.

In solchen Augenblicken konnte man Jack keine Missetat zutrauen. Er lobte die Tapferkeit, mit der Nora den Zorn ihres Vaters ertragen hatte, obwohl sie darin nichts Mutiges erkennen konnte. Es war doch nur darum gegangen, für die Mutter und die Brüder das Beste aus einer unerträglichen Lage zu machen. Tief im Inneren kam sie sich sogar feige vor, weil sie sich nicht ein einziges Mal wirklich gegen ihren Vater gewehrt hatte.

Da war Jacks Geschichte doch unendlich aufregender. Er erzählte davon, wie Peter und er und einige andere Männer aus der Stadt – Colonel O'Brien zum Beispiel – im Unabhängigkeitskrieg gegen die Black'n'Tans gekämpft hatten. Er erzählte, wie einer seiner besten Freunde von ihnen gejagt und draußen auf dem Land erschossen worden war. Wie die Tans die Leiche hinten auf einen Lastwagen geworfen hatten, und auf dem ganzen Weg seine Beine von der Ladefläche baumelten. Vor dem Haus seiner Mutter hatten sie angehalten und lauthals Schmähworte gerufen und ihre entsetzten, verzweifelten Schreie verlacht.

Dann war da Jacks Leben auf der Flucht: Er suchte in den Bergen Schutz und gab zu, dass er auf der Suche nach Nahrung Lebensmitteltransporte, die von einer Stadt zur anderen fuhren, ausgeraubt hatte. Dabei beteuerte er, dass er und seine Männer nur das genommen hatten, was sie für sich selbst brauchten, gab aber zu, dass es auch solche gab, die mehr geholt hatten.

Mittlerweile lebte Jack schon drei Jahre ohne feste Bleibe. Er erzählte Nora, dass ihm immer weniger Freunde Unterschlupf gewährten, wenn er nach einem Versteck für die Nacht suchte. Man konnte sie deswegen kaum verurteilen, räumte er ein, denn es kursierten inzwischen die schrecklichsten Gerüchte über die Gräueltaten der Irregulars.

Doch vor weiteren Einzelheiten machte Jack immer Halt, wenn die Unterhaltung sich solchen Punkten näherte. Er lenkte gleich ab auf unverfänglichere Themen, um Streit zu vermeiden.

Im Verlauf der Tage schien immer weniger Zeit für das Klavierspiel zu bleiben, aber das störte Nora nicht. Dennoch übte sie während dieser Zeit sechs Stücke aus Alecs Notensammlung ein. Sie hatte sich vorgenommen, jedes Stück schneller als das vorherige zu lernen, und das spornte sie an.

Jeden Morgen freute sie sich beim Aufwachen auf Jack und darauf, durch das Spielen dieser einfachen Musikstücke wieder etwas Lebensfreude zu finden. Gleichzeitig war da aber immer die Gewissheit, dass Jack dunkle Geheimnisse hatte, ja, dass vielleicht sogar Blut an seinen Händen klebte, und das stand einer echten Freundschaft im Wege. Sie konnten miteinander lachen und reden, aber eine gewisse Distanz würde immer zwischen ihnen bestehen.

Außerdem wäre er ja bald fort, und sein Leben war so gefährlich, dass es jederzeit mit einem gewaltsamen Tod enden konnte. Auch wenn ihr diese Gedanken stets im Kopf herumgingen, konnten sie doch nie das erwartungsvolle Gefühl verdrängen, das jeder Morgen mit sich brachte.

Kurzum, Nora war ausreichend gut auf die Enttäuschung vorbereitet, die eintrat, als dieses glückliche Zwischenspiel zu Ende ging.

Die bevorstehende Veränderung deutete sich erstmals an einem regnerischen Morgen am Frühstückstisch an. In der Küche war es ungemütlich still, als Nora eintrat. Sie ahnte, dass sich hinter der aufgesetzten guten Laune, die Molly und Peter an den Tag legten, etwas Unangenehmes verbarg. Ungeduldig wartete sie auf die wohl unvermeidliche schlechte Nachricht. Als sie ihren Tee getrunken und ihr Brot gegessen hatte, wusste sie allerdings immer noch nicht, was los war.

«Irgendwas stimmt nicht», sagte sie unvermittelt.

Peters Gesicht nahm einen gequälten Ausdruck an, als er zu sprechen versuchte. Er schüttelte den Kopf und stand vom Tisch auf. Verloren starrte er über die anderen hinweg ins Leere und verließ wortlos die Küche.

Noras Misstrauen gegenüber Jack flammte wieder auf. Vielleicht war er ja nicht selbst an den Raubüberfällen beteiligt gewesen, aber hatte er womöglich doch gelogen, als er sagte, niemand sonst wisse, wo er sei? Nichts konnte ihn davon abhalten, Befehle weiterzugeben.

«Es geht über alles Vorstellbare hinaus», sagte Molly verzweifelt, «jemand ist in das Haus des Gemeindepriesters eingebrochen und hat sogar auf ihn geschossen, allerdings ohne zu treffen. Haben diese Leute denn jedes Gefühl für Anstand verloren?»

«In das Haus des Priester!» Nora konnte es kaum glauben.

«Denk doch nur, Nora, sie haben das Geld aus den Kollektenkästen gestohlen, das Geld der armen Leute!»

«Ich geh rüber zum Üben», sagte Nora benommen.

«Nora, wir brauchen dich heute im Laden», sagte Molly, «Peter ist zu durcheinander, um zu arbeiten.»

Schuldbewusst gestand sich Nora ein, dass sie in den letzten

Tagen nichts oder nur wenig im Haus und im Laden getan hatte. Sollte das wohl eine vorsichtige Andeutung gewesen sein? Deshalb versuchte sie so heiter wie möglich Mollys Bitte nachzukommen.

Die Stunden vergingen nur langsam. Als die Gelegenheit endlich günstig war, lief Nora zum Saal hinüber. Ihre Gefühle für Jack waren erkaltet. Entschlossen betrat sie den Saal und überhörte seinen Gruß, der herzlich war wie immer.

«Wo hast du das Geld versteckt?»

«Du weißt genau, dass ich mit dem Einbruch letzte Woche nichts zu tun habe», sagte er, «ich war doch flach gelegen, Himmel nochmal!»

«Aber nicht letzte Nacht.»

«Wovon redest du, Mädchen?»

In der Hoffnung, dass er an dem Verbrechen der letzten Nacht unbeteiligt war, ging sie aufs Ganze.

«Du oder einer von deinen feinen Freunden ist heute Nacht in das Haus vom Priester eingebrochen.»

Gedankenverloren rieb er sich das Kinn und beachtete ihren fragenden Blick nicht.

«Was hast du zu deiner Verteidigung zu sagen?», fragte sie aufgebracht.

«Hör mal, Nora, das trifft mich genauso unvorbereitet wie dich. Ich weiß nicht, was ich davon halten soll.»

«Du warst es also nicht», höhnte sie, «und ich nehme an, dass du auch sonst nichts getan hast. Bist du nicht ein echter Heiliger!»

Seine Augen verengten sich und ihr sanftes, klares Blau wirkte plötzlich dunkel und drohend. Diese Veränderung erschreckte sie und sie wich zurück.

«Ich habe vieles getan», begann er, «viele Dinge, die man nicht tun sollte. Aber ich schwöre dir, an diesen Überfällen war ich nicht beteiligt. An keinem einzigen davon!»

«Was für Dinge?», murmelte sie furchtsam.

«Ich habe getötet, Nora», sagte er so leise, dass sie es kaum hören konnte, «ich habe Feinde getötet, sogar Männer, die einmal meine Freunde waren. Wir befinden uns im Kriegszustand, verdammt nochmal, es bedeutete, ich oder sie.»

Er schien sie um Verständnis anzuflehen. Ihr war übel und bei seinen Worten wurde ihr schwindelig.

«Ich habe nie auf einen Mann geschossen, der nicht auch ein Gewehr in der Hand hatte», fuhr er fort.

Sie wollte fort, fort von hier, von diesem Mann, der andere Männer getötet und trauernde Familien zurückgelassen hatte. Aber ihre Beine gehorchten ihr nicht. Jacks Gesicht hatte sein gesundes Aussehen verloren und er sah jetzt schlimmer aus, als in der Nacht, in der sie ihn gefunden hatte. Sie hatte sich eine Weile genauso ausgestoßen gefühlt wie er. Doch mit einem Mal begriff sie, dass seine Lage viel aussichtsloser war, als die ihre jemals sein könnte.

«Selbst wenn ich das Ende dieses Krieges erlebe», sagte er, «werde ich nie mehr derselbe sein. Nie mehr werde ich eine Minute Frieden oder Ruhe finden.»

Nora sank auf die Knie. Sie fühlte sich vom ganzen Gewicht seiner Schuld und seines Elends erdrückt.

«Manchmal wünsche ich», fuhr er fort, «ich könnte im Kampf sterben. Dann muss ich mich nicht ertragen, wenn alles vorüber ist.»

«So etwas solltest du nicht sagen», flüsterte Nora. Sie verstand nicht, dass in ihr auch nur noch ein Funken Sympathie für ihn übrig war. «Tante Molly sagt, dass du ein guter Mensch bist. Und Colonel O'Brien auch.»

Sie versuchte sich selbst genauso zu überzeugen wie ihn.

«Vielleicht bin ich das einmal gewesen», sagte er, und was er möglicherweise noch hinzugefügt hatte, ging in einem gedämpften Rufen unter, das von der Tür herkam. Es war Alec.

«Nora, ist er noch da?»

«Ich bin hier», antwortete Jack.

«Gott sei's gedankt», sagte Alec erleichtert. «Du hast von heute Nacht gehört, Jack?»

«Das habe ich», erwiderte Jack verbissen. «Alec, kannst du noch eines für mich tun? Wenn nicht, dann versteh ich es auch.»

«Lass hören», sagte Alec beunruhigt.

«Ich muss weg von hier. Aber ich brauche Hilfe. Ich möchte dich bitten, eine Nachricht für mich weiterzuleiten, wenn du kannst.»

«Jack, das kann doch nicht dein Ernst sein!»

«Nichts weiter, als einen Besuch machen und etwas ausrichten.»

Nora warf Alec einen flehenden Blick zu.

«Also gut», meinte Alec schließlich. «Ich bin und bleibe eben ein Narr. Welche Adresse?»

«Kennst du die Maguires draußen in Ballyhack?»

«Tim Maguire?»

«Genau den», sagte Jack. «Teil ihm nur kurz mit, wo ich bin. Sie werden den Rest erledigen.»

«Heißt das, dass du uns morgen verlässt?», überlegte Nora laut.

«Ich würde noch heute Abend gehen, wenn ich könnte», erwiderte Jack, «und ich sag dir eins, wenn welche von meinen Burschen in diesen Diebstahl verwickelt sind, dann werd ich –»

«Sie töten!», rief Nora erschrocken.

«Nein, nein … ich werde nur dafür sorgen, dass es nie mehr passiert. Und noch eins, Nora.»

«Ja?», erwiderte sie schneidend.

«Kein Wort zu Peter. Kein einziges Wort.»

«Ich verspreche dir gar nichts, weder dir noch sonst einem.»

«Gut, das sei dir überlassen.»

«Geh zum Teufel», fuhr sie wütend auf.

«Mit großer Wahrscheinlichkeit», sagte er, «mit großer Wahrscheinlichkeit.»

Kurz darauf war Alec auf dem Weg nach Ballyhack und Nora kehrte ins Haus zurück. Sie verbrachte den Rest des Tages damit, nach Beschäftigung Ausschau zu halten. Mal suchte sie innerlich nach Entschuldigungen dafür, dass Jack Menschen umgebracht hatte, mal wurde sie von Abscheu und Grauen geschüttelt, wenn sie an solche Gewalttaten dachte.

Peter versuchte sie möglichst aus dem Weg zu gehen. Bald war es wahrscheinlich zu spät. Jacks verzweifelte Worte verfolgten sie den ganzen Tag. «Ich wünschte, ich könnte im Kampf sterben.»

Schließlich brachte sie es nicht über sich, gegen Jacks Wunsch zu handeln, und sie hielt, wenn auch widerstrebend, den Mund. Er würde ja sowieso verschwinden, und selbst, wenn er umkommen würde – es wäre nicht ihre Schuld.

Als sie in dieser Nacht in den Kissen lag, fand sie keinen richtigen Schlaf, vielmehr war es, als stürze sie kopfüber in einen dunklen Abgrund, der ohne jede Hoffnung oder Zufriedenheit schien.

Kurz nach zwei Uhr morgens wurde sie von einem Höllenspektakel aufgeschreckt. Noch halb schlafend stand sie auf, stolperte zum hinteren Fenster und sah hinaus.

Der Parnell-Saal war von Dutzenden von Freistaatlersoldaten umringt. Gerade als sie hinausblickte, fiel der Schein einer Lampe auf eine spitzes, frettchenartiges Gesicht. Sie hatte den Mann nie zuvor gesehen, aber etwas sagte ihr, dass dies Captain Doyle sein musste.

Er stand mit gezückter Pistole am Eingang. Sie öffnete das Fenster einen Spalt und hörte seinen heiseren, höhnischen Ruf: «Komm raus, Delaney! Oder du bist ein toter Mann.»

Kapitel 17

Nora riss einen Mantel aus dem Schrank ihrer Mutter und rannte nach unten. Die Nachtluft war von lauten Befehlen und dem Stampfen schwerer Stiefel erfüllt. Und über diesen Lärm hinweg tönte Captain Doyles laute Stimme: «Ergib dich, dann wird nicht geschossen.»

Irgendwo oben hörte sie Peter.

«Ich warne dich, Doyle, wenn du ihn erschießt ...», schrie er.

«Was ist dann?», rief Doyle höhnisch zurück.

Nora fühlte einen Arm um sich und wollte sich freimachen.

«Schon gut», sagte Molly, «ich bin's nur.»

«Was werden sie mit ihm machen, Molly?», fragte Nora, die inzwischen nicht mehr sicher war, dass es ihr gar nichts ausmachen würde.

«Jack käme doch nie auf die Wahnsinnsidee, sich da drinnen zu verstecken», beruhigte sie Molly.

«Aber, wenn er nicht anders konnte?», rutschte es Nora heraus, «Wenn er krank oder verletzt war?»

Nora merkte, dass sie zu weit gegangen war, denn Molly wandte sich um und blickte ihr direkt ins Gesicht. Sie wollte gerade etwas sagen, als ihre und Noras Aufmerksamkeit durch ein lautes Krachen auf die Saaltüren abgelenkt wurde. Sie fuhren beide herum und sahen, dass Captain Doyle die Tür mit dem Stiefel eintrat. Ringsum wurde geschossen und Nora schrie und klammerte sich an Molly.

Ein junger Soldat rannte auf sie zu.

«Um Gottes Willen, Mrs. Delaney, gehen Sie bitte mit dem Mädchen ins Haus.»

«Das werd ich nicht tun. Außerdem wissen Sie genauso gut wie wir, dass er nicht drin ist.»

«Er ist eben doch drin, Missus», erwiderte der Soldat, «wir haben einen Tip gekriegt. Er hat sich unter der Bühne versteckt.»

Nora erstarrte. Es gab nur einen Menschen außer ihr selbst, der wusste, wo Jack sich aufhielt. Offensichtlich war Alec direkt zu Captain Doyle marschiert statt zu den Maguires draußen in Ballyhack. Sie war entsetzt und konnte nur annehmen, dass er es um Geld für seine Trinkerei getan hatte. Einen schrecklichen Augenblick lang verstand Nora, dass man jemanden so sehr hasste, dass man ihn am liebsten umbringen wollte.

Im Hof und im Saal war es plötzlich still. Molly und Nora schoben sich näher an die Tür. Rechts und links davon standen zwei Soldaten und hatten die Gewehre auf das angespannte, dunkle Schweigen dort drinnen gerichtet. Auch Captain Doyle war da und wartete ungeduldig darauf, dass Jack irgendwie seine Aufgabe andeutete.

«Delaney!», brüllte er, «wenn es sein muss, zünden wir alles an, dann wirst du schon rauskommen.»

Kein Laut kam aus dem höhlenartigen Dunkel. Captain Doyle rief ein paar Soldaten zusammen. Nora konnte nicht verstehen, was er sagte, aber es war offensichtlich, dass sie angreifen wollten. Doyle deutete auf die beiden hohen Fenster über der Tür und zwei Männern kletterten mit Hilfe einiger Kameraden auf die breiten Simse davor. Mit ohrenbetäubendem Krachen gingen die Scheiben zu Bruch, als die zwei Soldaten die Gewehrläufe durch das Glas stießen.

Die beiden Soldaten unten an der Tür zündeten Öllampen an und stellten sie vorsichtig ins Innere des Saales, so dass man sie von außen nicht mehr sehen konnte. Ein unheimliches, graues Licht fiel auf die Stühle und Bänke. Von ihrem Standort aus konnten Nora und Molly den schwachen Umriss der Bühne erkennen. Nora konnte den Blick nicht von der kleinen Falltür abwenden, denn sie wusste ja besser als alle Übrigen, dass Jack sich dahinter verbarg. Ob er wohl froh darüber war, nun, da er die Chance hatte, *im Kampf zu sterben*?

Mittlerweile stand Captain Doyle mit entsichertem Revolver hinter fünf oder sechs Soldaten. Nora hörte ihn leise zählen. Eins: Die Männer gingen in Angriffsstellung. Zwei: Captain Doyle hob den linken Arm. Drei: Stiefel polterten über den Holzboden, und mit aufblitzenden Gewehrsalven stürmten sie durch das Tor und gingen hinter Stühlen und allen anderen möglichen Gegenständen in Deckung. Molly zog scharf die Luft ein und versuchte, Nora die Augen zuzuhalten. Aber mochte es noch so entsetzlich sein, Nora wollte zuschauen, wollte alles sehen.

Das Schießen brach ab und Nora konnte das Türchen jetzt deutlicher sehen. Es war von Gewehrkugeln durchlöchert. Jack konnte diesen Angriff unmöglich überlebt haben.

Die Soldaten im Saal robbten sich jetzt an ihr Ziel heran, doch plötzlich hielten sie inne und blieben reglos wie umgestürzte Stauten liegen. Eine undeutliche Stimme war aus dem Raum unter der Bühne gedrungen. Nora machte einen Schritt nach vorn, aber Molly hielt sie zurück.

Wieder ertönte die Stimme und dann vernahm Molly ein Flüstern, das von einem Soldaten zum nächsten lief. Einer der Männer, die am Eingang kauerten, rief Captain Doyle, der zu Beginn der Schießerei das Freie gesucht hatte, etwas zu.

«Er kommt raus.»

«Sag den Burschen, sie sollen schießen, sobald sie ihn sehen.»

«Aber wenn er nicht bewaffnet ist?», fragte der Soldat.

«Dann schießt ihr trotzdem», knurrte Doyle, «er würde es genauso machen.»

Molly ließ Nora stehen und lief zu dem Hauptmann mit dem verschlagenen Gesicht hinüber. Sie packte ihn beim Arm.

«Das dürfen Sie nicht tun», flehte sie, «der Mann ergibt sich doch.»

Er stieß sie weg und richtete seine Pistole auf sie. Aus dem

Dunkel trat Peter dazwischen. Mit schraubstockartigem Griff packte er Captain Doyle am Handgelenk. Doyles Gesicht verzog sich vor Hass und Schmerz.

«Ich lass' Sie erschießen», stammelte er, «Sie und Ihren Mörderbruder.»

«Wenn du noch ein einziges Mal die Hand gegen meine Frau erhebst, mache ich Hackfleisch aus dir.»

«Ich bin Hauptmann der Freistaatlerarmee, was bilden Sie sich ein, so mit mir zu reden?»

«Du bist nichts als ein elender Halunke, Doyle!», stieß Peter darauf hervor und schon lag der kalte Lauf eines Gewehrs an seiner Schläfe.

«Lass ihn los», befahl der Soldat.

Nora meinte sehen zu können, dass der Soldat nicht glücklich darüber war, Peter so drohen zu müssen.

«Nimm das Gewehr von meinem Kopf weg, John.» Peter klang ganz ruhig, «Dann werde ich die Ratte aus ihrer Falle rauslassen.»

Der Soldat senkte die Waffe und Peter ließ Captain Doyle los.

«Jetzt mach ich Ihrem Bruder den Garaus, Delaney.» Doyle blickte Peter aus zusammengekniffenen Augen tückisch an. «Und eines Tages krieg ich Sie auch noch.»

Peter trat drohend auf ihn zu, aber der Soldat hielt ihn zurück.

«Vergiss es», sagte er, als der Captain davoneilte, «er ist es nicht wert. Wenn Jack unbewaffnet ist, wird nicht geschossen.»

Peter wandte sich ab und blickte verzweifelt zu dem grauschwarzen, sternenlosen Himmel auf. Nora spähte wieder zu der durchlöcherten Tür hinüber, die sich jetzt langsam, Zentimeter um Zentimeter öffnete.

«Halt die Hände so, dass wir sie sehen können!», befahl Doyle.

Ein leises Murmeln drang aus der halbgeöffneten Tür. Nora konnte immer noch nichts verstehen. Captain Doyle, der im Saaleingang stand, konnte aber offensichtlich hören, was gesagt wurde.

«Natürlich schießen wir nicht!», schrie er, «streck endlich die Hände raus!»

Die Finger einer Hand tauchten auf und klammerten sich an dem Rahmen der Falltür fest. In dem fahlen Licht sahen sie eigenartig dunkel aus, wie die Finger von einem Bergwerksarbeiter, der aus der staubigen Mine hochkommt. Nun tastete sich auch die andere Hand wie eine riesige Spinne hervor. Noras Herz setzte einen Schlag aus, als Captain Doyle mit der Pistole darauf zielte.

Genau in diesem Augenblick ging der Soldat, der John hieß, zwischen Doyle und der kleinen Tür hindurch.

«Aus dem Weg!», brüllte der Captain, aber schon hatte der Soldat die Tür erreicht und trat sie auf.

Er langte nach innen und zerrte den Gefangenen dahin, wo man ihn sehen konnte. Nora brachte es nicht fertig, in seine Richtung zu blicken, aber sie sah den verdutzten Gesichtsausdruck von Captain Doyle. Langsam folgte sie seinem erstarrten Blick, bis sie den Gegenstand seiner Verwirrung erkannte. Der sich da nämlich unter dem Gewehr des Soldaten duckte, war Alec.

Nie zuvor war sie so froh gewesen, ihn zu sehen. Sie lächelte erleichtert und machte sich gleichzeitig Vorwürfe, dass sie so voreilig über ihn geurteilt hatte.

Inzwischen war Doyles Gesicht eigenartig blaurot angelaufen und eine dicke, schlangenartige Ader trat pulsierend an seinem gereckten Hals hervor. Die Waffe in seiner Hand begann unkontrolliert zu zittern. Wie besessen rannte er auf Alec zu und trat mit dem Stiefel nach dem zusammengekauerten Körper. Peter versuchte die Reihe der Soldaten, die den Saal bewachten, zu durchbrechen, aber sie ließen ihn nicht durch.

Der Tritt erwischte Alec an der Schulter. Er rollte zur Seite.

«Wo ist Jack Delaney?», schrie Captain Doyle.

Alec hob den Kopf.

«Ich weiß nichts von ihm», lallte er.

Captain Doyle machte einen drohenden Schritt nach vorn, aber der Soldat trat ihm wieder in den Weg.

«Vielleicht ist er noch drinnen», sagte er und deutete unter die Bühne.

«Zurück!», befahl Doyle.

Er zielte mit dem Revolver auf die offene Tür und feuerte drei Schüsse ab und jedesmal erwartete Nora einen Schmerzensschrei. Doch es blieb still bis auf das Echo der Schüsse. Doyle warf die Waffe auf den Boden und riss Alec grob hoch.

«Wo ist er hin?», bellte er.

«Ich hab Ihnen doch gesagt», erwiderte Alec, «ich weiß nichts von ihm.»

«Wir wissen, dass er hier war.»

«Also, ich hab ihn nicht gesehen, und ich bin hier, seit die Wirtschaft zu ist.»

Captain Doyle ließ ihn wieder fallen und wandte sich um. Als er sich nach seiner Pistole bückte, sprach Alec.

«Ich kenn Sie doch», sagte er unbewegt, «Sie sind von Mullingar, stimmt's?»

Der Captain beäugte ihn misstrauisch, da er nicht wusste, was noch folgen würde. «Was geht es dich an, wo ich her bin?»

«Meine Mutter ist aus Mullingar. Wir haben früher im Sommer immer unsere Verwandten dort besucht.»

«Deine Mutter interessiert mich nicht, also -»

«Sie stammt von den Dempseys im Herrenhaus Laun.» Alec lächelte boshaft. «Ihre Mutter hat doch dort in der Küche gearbeitet.»

Captain Doyle sah seine Leute scharf an, um zu sehen, ob sich bei einem von ihnen vielleicht ein Grinsen breitmachte.

Doch sie waren eher überrascht als belustigt von der Tatsache, dass ihr gefürchteter Hauptmann so von oben herab behandelt wurde.

«Ich bin nicht hier, um einen Schwatz abzuhalten», sagte er, aber Alec machte keine Anstalten aufzuhören.

«Du bist einer von den Klauer-Doyles, was?», lachte er.

Ein ersticktes Husten war aus der Kehle des Captains zu hören.

«Klauen einem die Milch aus dem Tee, haben die Leute immer gesagt», erzählte Alec den verstummten Zuhörern.

Captain Doyles richtete den Revolver auf ihn. Seine Hand zitterte immer noch, und jetzt hatte sich seine Verwirrung in Wut verwandelt.

«Noch ein Wort von dir und ich blas dir den Kopf weg!»

Alec hob die behandschuhten Hände mit einer spöttischen Geste.

«Ich versuch nur nett zu sein», lächelte er, «nach unsrem kleinen Missverständnis vorhin.»

Nora war außer sich, mit welcher Kühnheit sich Alec über den Captain lustig machte. Sie konnte nicht verstehen, warum er so viel riskierte. Es bestand kein Zweifel, dass Doyle ein skrupelloser Mensch war, und es war Wahnsinn so mit ihm zu reden. Noch überraschter war sie allerdings, als der Captain seinen Leuten plötzlich zurief: «Wir verschwenden hier unsre Zeit.»

«Sollen wir nicht noch die Nebengebäude durchsuchen?», fragte der Soldat, der Alec gerade eben das Leben gerettet hatte.

«Der ist doch längst weg», knurrte Doyle. Dann wandte er sich nochmal zu Alec um und deutete mit dem Finger auf ihn. «Und dir geb ich noch einen guten Rat: Fang schon mal zu beten an.»

Diesmal war Alec klug genug, den Mund zu halten. Der Saal leerte sich rasch, und nur Nora, ihre Tante, ihr Onkel und Alec blieben zurück. Verbissen betrachteten sie das Chaos ringsum. Umgeworfene Stühle und Bänke, Einschusslöcher entlang der ganzen Bühne und in den Wänden daneben, Gipsbrocken, die vom Einschlag der Kugeln aus den Wänden gesplittert waren. Und überall traten sie auf herumliegende Glasscherben.

«Wie sind sie bloß auf die Idee gekommen, dass er hier sein könnte?», fragte Peter ratlos.

Die Blicke von Nora und Alec trafen sich und glitten sofort wieder auseinander, als könnte keiner entscheiden, ob man nun mit der Wahrheit herausrücken sollte oder nicht.

«Doyle hat's auf dich abgesehen», lautete schließlich Alecs Ausrede, «er brauchte nur einen Vorwand, um dir eins auszuwischen.»

«Aber sie hätten dich töten können, Alec», sagte Peter und sah sich verzweifelt um, als könne er woanders eine Antwort finden. «Vor morgen hat es keinen Sinn, das Chaos hier zu lichten.»

Nora konnte es kaum erwarten, Alec zu fragen, wo sich Jack befand. War er schon fort gewesen, als die Soldaten kamen? Oder befand er sich etwa noch irgendwo in der Nähe?

In der Küche sah Molly, dass Alec totenblass war. Seine Hände zitterten so sehr, dass er die Teetasse unberührt stehen lassen musste. Er versuchte zu lächeln, aber sein Gesicht verzog sich nur zu einer irren Grimasse. Er schloss die Augen und runzelte die Stirn.

«Morgen», sprach Peter, «such ich als erstes Colonel O'Brien auf. Er muss diesem Kerl Doyle Einhalt gebieten.»

Molly war damit nicht einverstanden.

«Wir wollen doch nicht noch mehr Probleme bekommen», sagte sie. «Vielleicht lässt er uns in Ruhe, wenn er weiß, dass wir nichts zu verbergen haben.»

«Solange er Jack nicht gefunden hat, bestimmt nicht», erwiderte Peter und wandte sich an Alec. «Du bleibst heute Nacht lieber bei uns.»

«Ich richte das Zimmer her», erklärte sich Nora bereit, denn sie hoffte, noch mit Alec reden zu können.

Sie ging zum Wäscheschrank und holte frische Laken. Als sie das Bett machte, ertappte sie sich dabei, dass sie hoffte, wenn die ganzen Kämpfe vorüber seien, würde dies eines Tages Jacks Zimmer werden. Dann würden sie alle in Frieden leben und keine Geheimnisse voreinander haben und all das Schreckliche, das hinter ihnen lag, alsbald vergessen. Dann fiel ihr ein, dass eben dieses Haus genauso auf die Rückkehr ihrer Mutter gewartet hatte. Sie erinnerte sich daran, dass sie anfangs das Gefühl gehabt hatte, das Zimmer ihrer Mutter sähe aus, als ob sie es nur für kurze Zeit verlassen hätte. Aber sie war nie mehr zurückgekehrt, und Nora fragte sich, ob ihr eigener Wunsch jetzt auch unerfüllt bleiben würde.

Sie lauschte den schleppenden Fußtritten auf der Treppe und wusste, dass es Alec war. Kaum war er im Raum, konnte sie seine Whiskyfahne riechen. Sie sagte nichts, aber er hob trotzdem seine Hand wie zur Verteidigung. «Ich hab nur einen getrunken», sagte er, «um meine Nerven zu beruhigen.»

«Das war bestimmt nötig», erwiderte sie. «Wo ist Jack?»

«Ich weiß nicht», antwortete er, «aber je weiter weg, desto besser.»

«Aber was ist passiert? Woher wussten die, dass er hier ist?»

«Das weiß Gott allein», sagte er und setzte sich auf das Bett. Dann senkte er die Stimme und fuhr fort: «Aber ich hab einen Verdacht.»

«Was meinst du damit, einen Verdacht?»

«Hör zu. Ich bin zu den Maguires gegangen, wie er es gewollt hat, und habe die Nachricht weitergegeben», flüsterte er jetzt, «und als ich gerade auf dem Rückweg war, sah ich aus dem Augenwinkel eine Gestalt an einem der Fenster. Das war keiner von den Maguires, da bin ich ganz sicher.»

Ein kalter Schauer durchfuhr ihn.

«Ich hab förmlich gespürt, wie sich diese Augen in meinen Rücken brannten. Ich sag dir, ich dachte schon, ich würde nicht schnell genug wegkommen.»

«Und du glaubst, das war der, der es Captain Doyle verraten hat?»

«Keine Ahnung. Vielleicht waren es auch die Maguires, wer weiß?»

«Der Kerl, den du gesehen hast –», Plötzlich hatte sie Angst. «– vielleicht war das einer von Jacks Leuten. Wer sollte sich denn sonst in dem Haus verstecken?»

«Mag sein.»

«Und vielleicht hat der auch die Überfälle begangen», rief sie. «Wie sah er aus?»

«Also Nora, jetzt bist du aber voreilig. Außerdem hab ich sein Gesicht nicht erkennen können und abgesehen davon wollte ich es auch gar nicht.»

«Aber wenn's einer von seinen eigenen Leuten ist, müssen wir ihn warnen.»

«Er ist weg, Nora, wir können ihm nicht mehr helfen. Deshalb hab ich Doyle auch hingehalten, damit Jack einen Vorsprung bekommt.»

Es war sinnlos, weiter zu diskutieren. Sie wusste, Alec hatte getan, was er konnte. Er hätte sogar an Jacks Stelle umkommen können, wenn dieser Soldat John nicht gewesen wäre. Als sie jetzt in Ruhe über Alec nachdachte, war sie wütend auf Jack, dass er weggelaufen war und Alec sein Leben für sich riskieren ließ.

«Warum ist er einfach abgehauen», fragte sie bitter, «und hat zugelassen, dass du stattdessen dageblieben bist?»

«Es war nicht seine Idee», erwiderte er, «Jack wollte sich eigentlich ergeben.»

«Und warum hat er es nicht getan?»

«Ich hab ihm gesagt, was jeder weiß. Doyle würde ihn töten, bevor er vor ein Gericht gestellt würde. Selbst wenn es soweit kommen würde, hätte er so gut wie keine Chance.»

«Vielleicht verdient er es nicht besser.»

«Der Mann tut sein Bestes, um seine Leute unter Kontrolle zu halten. Das glaube ich ihm. Und ich glaube auch, dass es nicht mehr allzu lange dauert, bis er mit Colonel O'Brien Kontakt aufnimmt.»

«Sie hätten dich erschießen können», rief Nora.

«Wäre das ein großer Verlust?» sagte er müde.

«Red nicht so!», rief sie aus.

«In dem Loch dort unter der Bühne bin ich mir vorgekommen wie damals im Schützengraben», sagte er. «Die Vergangenheit holt einen immer wieder ein, findest du nicht auch, Mädchen? Sie wartet nur darauf, dich runterzuziehen.»

«Das muss aber nicht so sein», sagte sie und war von ihrem

eigenen Gedanken überrascht, «nicht die Vergangenheit selbst ist wichtig, sondern wie du sie betrachtest.»

Sie wusste nicht, wie sie zu dieser Ansicht gekommen war, aber sie schien ihr richtig. Wenn man immer bei den Schrecken der Vergangenheit bleibt, dachte sie, dann weicht der Schrecken nie von einem. Das war gerade so wie der quälende Schmerz, der auf ihren Sturz gefolgt war. So furchtbar es gewesen war, mit der Zeit hatte er nachgelassen. Ab und zu erinnerte sie sich noch an diese Schmerzen, aber meistens gelang es ihr zu vergessen, dass der Unfall überhaupt passiert war. Das musste doch mit schlimmen Erinnerungen genauso möglich sein. Sie schmerzten einen auch weiterhin, aber mit der Zeit verebbten sie doch mehr und mehr.

Nora hätte Alec diese Gedanken gern deutlich gemacht, doch er schien ihre Anwesenheit im Augenblick kaum wahrzunehmen. Noch nie hatte sie ihn so verzweifelt, so gebrochen gesehen, nicht einmal, wenn er vom vielen Trinken ganz von Sinnen war.

«Du musst schlafen», sagte sie schließlich.

«Ich weiß nicht, ob ich jemals wieder schlafen kann», murmelte er, aber er legte sich hin und schloss die Augen, ohne dass die Lider einmal zuckten.

Als sie wieder in ihrem Zimmer war, lief sie ruhelos auf und ab, und ihre Beine waren so taub, dass sie die Kälte der Nacht gar nicht spürte. Irgendwo da draußen war Jack auf dem Weg zu seinen Leuten. Er wusste nicht, dass einer von ihnen vielleicht ein Verräter war. Und wenn dieser Mann schon fähig war, ihn zu verraten, was würde er erst mit Jack machen, wenn dieser wieder bei den anderen auftauchte? Sie sah Jack vor sich, wie er mit abgewandtem Rücken da stand und wie jemand ein Gewehr auf seinen Kopf richtete. Überwältigt von ihrer Hilflosigkeit sank sie auf das Bett.

Etwas pochte an ihr Fenster. Sie setzte sich auf. Ein Steinchen traf das Sims und fiel ins Zimmer. Während es über den Boden kollerte, prallte ein zweiter Kiesel an die Scheibe. Sie blickte in den Hof hinunter.

Unten winkte Jack ihr von dem Nebengebäude aus zu, wo sie ihn eine Woche zuvor gefunden hatte. Sie wusste, dass sie so lange warten musste, bis es im Haus wieder still war. Und selbst dann, dachte sie, würden die Tante und der Onkel möglicherweise noch wach liegen. Wie hätten die beiden nach solch einem Abend auch schlafen können? Ihr selbst gelang es ja ebenfalls nicht.

Aber sie musste diese Gelegenheit wahrnehmen. Eine innere Stimme sagte ihr, wenn sie jetzt nicht ginge, würde sie ihn vielleicht nie mehr sehen. Jedenfalls nicht lebend.

Kapitel 18

Mit den Schuhen in der Hand stieg Nora übervorsichtig Stufe um Stufe die Treppe hinunter. Es fiel ihr schwer, nicht loszurennen. Bald würde es hell und Jack musste verschwinden, bevor ein Frühaufsteher ihn entdeckte. Als sie die Tür zum Hof erreichte, war sie sicher, dass er längst aufgegeben hatte, auf sie zu warten.

Die Tür quietschte in den Angeln und Nora hielt eine Ewigkeit lang den Atem an. Als sie draußen war, schlüpfte sie in ihre Schuhe und rannte hinüber zu dem Nebengebäude. Sie wollte gerade die Tür öffnen, als sie Jack vom dem dahinterliegenden Weg flüstern hörte: «Nora! Hierher!»

Sie fand ihn zusammengekauert hinter der Außenmauer des Hofes. Er sah schlecht aus und verbreitete wieder einen Geruch nach Krankheit.

«Es tut mir Leid, dass ich dich in die Kälte geholt habe», wisperte er, «aber ich muss wissen, ob es Alec gut geht.»

«Sie hätten ihn fast umgelegt.»

«Ich hätte nicht zulassen dürfen, dass er dort bleibt, aber er wollte nicht auf mich hören.»

«Es gibt etwas, das du unbedingt wissen musst», sagte sie rasch, denn ihr wurde klar, dass für Vorwürfe jetzt keine Zeit war. «Als Alec deine Botschaft überbracht hat, hat er bemerkt, dass ihn jemand vom Haus aus beobachtet hat, und zwar keiner von den Maguires.»

Jack wurde noch blasser.

«Hat er ihn dir beschrieben?»

«Nein, er hat ihn nur kurz gesehen», erwiderte sie. «Kannst

du dir vorstellen, dass das etwas mit den Ereignissen von gestern Abend zu tun hatte?

«Schon möglich.»

«Und wenn es nun einer von deinen Leuten war?»

Im zunehmenden Morgenlicht konnte sie seinem Gesicht ansehen, dass er das Gleiche dachte. Auch war es offensichtlich, wie schmerzlich diese Möglichkeit für ihn war.

«Ich glaube, es ist Zeit», sagte er schließlich, «mit Colonel O'Brien zu sprechen.»

«Onkel Peter geht heute Morgen zu ihm.» Nora wurde ganz aufgeregt. «Ich könnte ihm ausrichten, dass du Colonel O'Brien sehen willst.»

«Nein! Halte Peter da raus», antwortete Jack scharf, «wir organisieren diese Dinge auf unsere Weise.»

«Aber –»

«Du kannst etwas tun», sagte er. «Ich würde dich nicht darum bitten, nur bin ich, um ehrlich zu sein, nicht mehr sicher, wem ich jetzt noch trauen kann.»

«Ich tu, was du willst.»

«Es gibt am Marktplatz eine Eisenwarenhandlung. Foleys. Geh dorthin und frage nach Vincent Ryan. Kannst du dir das merken?»

«Foleys. Vincent Ryan. Ja, und weiter?»

«Sag ihm, er soll morgen den Roten Setter zum Schlagbaum bringen.»

Mühsam erhob er sich, als koste ihn jede Bewegung seines Körpers ungeheure Kraft.

«Es wird hell», sagte er mit einem Lächeln, «ich muss mich verdrücken.»

«Wird denn jetzt bald Frieden?», fragte sie.

«Zuerst müssen wir die Überfälle aufklären, Nora, dann reden wir über das Weitere.»

«Wohin gehst du?»

«Nicht sehr weit von hier haben wir ein sicheres Haus. Im Urwald könnte man kein besseres Versteck finden!»

«Aber wenn der Kerl versucht –»

«Nora», erwiderte er, «vielleicht hat Alec sich nur eingebildet, bei den Maguires etwas gesehen zu haben, aber selbst wenn es stimmt, verrate ich dir ein Geheimnis.»

Sie blickte ihn zweifelnd an.

«Ich habe in dem geheimen Haus mein eigenes Versteck, das kein anderer kennt», flüsterte er.

«Ich versteh nicht.»

«Du kennst doch die großen offenen Kamine in den Landhäusern? Sie sind so groß wie eine Doppeltür.»

«Ja, ich glaub schon», sagte sie zögernd.

«Also, in unserem Haus dort im Wald gibt es an der Innenseite des Kamins eine Geheimtür, die man nicht sehen kann. Dahinter befindet sich ein winziger Raum, der so eng ist, dass zwei Leute stehen müssten, und sie würden sich trotzdem noch berühren.»

Die Vorstellung schien abwegig. Jack musste die Geschichte erfunden haben, um sie zu beruhigen, dachte Nora.

«Ich bin kein Kind mehr», fuhr sie ihn an, «du musst mir keine Märchen erzählen, um mich zu schonen.»

«Aber es stimmt», lachte er, verstummte jedoch gleich wieder, als ob er das Gefühl hatte, dass dies nicht der richtige Zeitpunkt zum Lachen sei.

«Bevor ich gehe», sagte er, «möchte ich dir noch einmal danken. Ich hoffe, ich kann dir eines Tages zurückzahlen, dass du mein Leben gerettet hast.»

«Das war doch Alec.»

«Ja, Alec auch. Aber ohne dich hätte er es nicht getan.»

Es wurde ihr unangenehm heiß, trotz der feuchten Kälte.

«Das Schlimme ist, wenn man für eine Sache kämpft, zieht man immer andere Leute mit hinein. Ich hab genug davon. Meine Bitte an dich soll die letzte sein, die ich jemals ausspreche. Das versprech ich dir.»

«Ich geh zu Foleys», sagte sie, «keine Sorge.»

Trotz des Risikos, das sie auf sich genommen hatte, um ihm

zu helfen, und trotz seines Geständnisses, andere Menschen getötet zu haben, konnte sie es nicht ertragen, ihn fortgehen zu sehen. Jetzt war sie überzeugt, dass Molly und der Colonel, ja sogar Alec Recht hatten: Jack war ein aufrechter Mensch, der in eine missliche Lage geraten war, und der nicht einfach um des Kämpfens willen kämpfte, sondern wegen einer Sache, an die er glaubte.

Auch auf der anderen Seite gab es aufrichtige Männer wie Colonel O'Brien, sie glaubten nur eben an den gegenteiligen Standpunkt. Und gleichzeitig gab es auf beiden Seiten schlechte Männer, die den Frieden nie wollten.

Wenn Jack Colonel O'Brien tatsächlich aufsuchen würde, änderten sich die Dinge vielleicht bald. Natürlich nicht überall zugleich und nicht bis in jeden Winkel eines jeden Distrikts. Aber vielleicht hier, in der kleinen Stadt Tipperary, vielleicht könnte sich der Funke des Friedens hier entzünden, wenn zwei anständige, ehrenwerte Männer vernünftig miteinander umgehen konnten. Diese Hoffnung erleichterte Nora den Abschiedsschmerz etwas.

Jack schüttelte ihr die Hand. Und während die Morgendämmerung die düstere Silhouette des Saals langsam enthüllte, machte er sich auf und verschwand mit einem letzten Winken um die Ecke. Er war fort. Nora war so in Gedanken, dass sie beim Öffnen der Haustür das übliche Quietschen völlig vergaß.

Das Geräusch war laut genug, um auch den tiefsten Schläfer zu wecken. Sie hörte von oben rufen. Wie gelähmt stand sie da, als jemand schweren Schritts die Treppe herunterkam. Sie hoffte, es wäre Alec, doch selbst wenn er es war, die anderen würden sicher bald folgen. Es würde Fragen geben und Vermutungen und gerade jetzt fühlte sie sich außerstande, damit fertig zu werden. Sie konnte nichts tun, außer die Augen zu schließen, als ob sie damit alle vertreiben könnte.

«Nora, was machst du denn, um Himmels willen?»

Es war Peters Stimme. Sie brachte es nicht fertig, die Augen zu öffnen und ihn anzuschauen.

«Schrei sie nicht an», flüsterte Molly ruhig, «sie schlafwandelt.»

Das kam als Ausrede wie gerufen und Nora machte das Beste daraus. Sie schritt langsam auf die beiden zu und murmelte beim Gehen vor sich hin.

«Ich bring sie nach oben.» Nora fühlte, wie sich Mollys Arme um ihre Schultern legten und sie Schritt für Schritt nach oben geleiteten.

Von unten hörte sie die Stimmen von Peter und Alec.

«Das arme unglückliche Ding», sagte Peter, «in ihrem ganzen Leben hat sie nur Schlimmes erlebt, und Gott weiß, hier unten ist es für sie auch nicht besser. Manchmal frag ich mich, ob sie in Dublin nicht sicherer wäre.»

«Aber da hat sie doch keine Zukunft gehabt», beschwichtigte Alec, «und die Sache hier kann ja nicht ewig dauern.»

Sie unterhielten sich weiter, aber inzwischen hatte Molly Nora an ihr Bett gebracht. Das Mädchen fühlte, wie die Tante ihr die zitternde Hand auf die Stirn legte und nahm an, dass das freundliche Gesicht der Tante kummervoll war. Schon wollte sie die Augen öffnen, Molly beruhigen und ihr sagen, wie dankbar sie sei für alle Sorge und Mühe. Dass sie die Augen jedoch nicht aufschlug, hatte nun nichts mehr mit Verstellung zu tun, vielmehr war es ein schreckliches Gefühl der Scham.

Wie leicht fiel es ihr inzwischen zu lügen und zu täuschen! Es schien immer einen Weg zu geben, die Wahrheit zu umgehen, und sie fragte sich, ob sie überhaupt jemals wieder aufrichtig sein könnte. Aber all diese Lügen, die ganzen Ausreden hatten ja einen triftigen Grund: Jack zu helfen und ihn zu beschützen. Ja, es kam Nora auch tatsächlich so vor, als sei die Schuld, die sie empfand, der Schuld sehr ähnlich, die auf Jack lastete. Er hatte getötet, weil er an eine Sache glaubte, er hatte das Falsche getan, weil er es für richtig hielt.

Wie leichtfertig hatte sie akzeptiert, dass er ein Mörder war und hatte ihm stets geholfen. Wäre es nicht anders gewesen, dachte sie, wenn sie die Leute gekannt hätte, die Jack so unbestimmt «andere Männer» nannte? Zum Beispiel Peter oder Alec oder Colonel O'Brien?

Immerhin hatten diese «anderen Männer» auch Familien, junge Ehefrauen, vielleicht sogar Kinder. Beim bloßen Gedanken daran wurde ihr übel, aber die Tatsache, dass Jack nun den Versuch machte, die Dinge zu ändern, tröstete sie.

Es war sinnlos, jetzt Schlaf zu suchen. Mit wachsender Ungeduld wartete Nora darauf, ihr Rolle in Jacks Plan zu übernehmen.

Den ganzen Morgen benötigte man sie im Laden. Peter war von einem Lieferwagen nach Roscrea mitgenommen worden, denn er hatte gehört, dass sich Colonel O'Brien am Vortag dorthin begeben hatte.

«Bist du sicher, dass das eine gute Idee ist?», hatte Molly ihn vor seiner Abfahrt noch einmal gefragt.

«Wenn man uns nicht in Frieden lässt, muss ich doch etwas dagegen unternehmen», war seine Antwort gewesen.

An der Küchentür hatte er sich noch einmal nach ihnen umgedreht und gesagt: «Leute wie Doyle zwingen einen einfach dazu, Partei zu ergreifen, selbst wenn man es gar nicht will.»

Es war bereits Spätnachmittag und Nora verzweifelte allmählich, weil sie wohl nie zu Foleys Laden am Marktplatz würde gehen können. Da fragte Molly sie, ob sie sich nicht ein wenig ausruhen wollte. Sie habe doch eine lange Nacht hinter sich und sei den ganzen Tag beschäftigt gewesen. Eigentlich hatte Nora erwartet, dass Molly ihr Schlafwandeln erwähnen würde, aber sie hatte nichts gesagt. Das war typisch für ihre Tante: Sie wollte ihre Nichte nicht beunruhigen. Und wieder einmal stellte Nora fest, dass die Tante hinter ihren dicken Brillengläsern doch eine große Ähnlichkeit mit ihrer Mutter hatte. Sie fühlte sich Molly sehr nahe und bedauerte, dass sie schon wieder lügen musste.

«Ich möchte mich nicht hinlegen», sagte sie, «ich geh lieber an die frische Luft.»

«Du hast ganz Recht», stimmte Molly ihr zu, «das ist das Allerbeste für dich.»

«Ich geh ein bisschen in die Stadt», sagte Nora.

«Also, dann lauf zu, aber bleib nicht zu lange. Ich mache bald Abendessen für deinen Onkel.»

Nora lief rasch die Church Street hinunter. Als sie an Mrs. Roches heruntergekommenem Haus vorbei eilte, hoffte sie, Alec nicht in die Arme zu laufen. Wenn es doch passieren sollte, wollte sie ihm nicht sagen, wohin sie ging. Er hatte schon genug für Jack getan, außerdem hatte sie Angst, er würde sie nach allem, was ihm widerfahren war, daran hindern, die Botschaft auszurichten.

Bald erreichte sie den Marktplatz und fand schließlich auch Foleys Eisenwarenhandlung. Die hölzerne Fassade war in glänzendem Dunkelblau gestrichen. Der Name über dem Eingang war in schmutzigem Gelb aufgemalt, die Buchstaben rot umrandet. Der Ladenraum war größer, als sie erwartet hatte. Es waren nur wenige Kunden da. Ja, hinter den einzelnen Ladentischen gab es mehr Verkäufer als Kunden im Laden. Auf einen Blick sah sie, dass es mindestens fünf sein mussten.

Nora schlenderte ein Weilchen herum und besah sich eine Schachtel Wachskerzen. Währenddessen versuchte sie herauszufinden, wer wohl am vertrauenswürdigsten aussah. Gerade hatte sie sich gegen einen jungen Mann mit pockennarbigem Gesicht, fettigem schwarzem Haar und genauso dunklen Augen entschieden, da hörte sie hinter sich eine Stimme rufen:

«Vincent, ich brauche Hilfe beim Abladen der Hafersäcke.»

Der Mann, von dem sie fürchtete, dass er ihr Kontaktmann sei, setzte sich lässig in Bewegung. Als er seinen bösartigen, schmalen Mund öffnete, hielt sie den Atem an.

«Vincent, bist du taub, oder was?», brüllte er.

Vom anderen Ende des Ladens tauchte ein sehr kleiner, fröhlich aussehender Mann auf. Sein rotgesichtiges Lächeln aber wirkte gezwungen, und er schien zu den Leuten zu gehören, die es gewohnt sind, von anderen herumgestoßen zu werden.

«Immer mit der Ruhe», kicherte er, warf aber einen raschen

Blick über die Schulter, wie ein Kind, das damit rechnet, eins hinter die Ohren zu kriegen.

Er kam dicht an Nora vorüber.

«Gegenüber bekommst du die Kerzen billiger», raunte er betont heiter.

«Sind Sie Vincent Ryan?», fragte sie eilig.

«Der bin ich. Und wer bist du?»

Sie wollte ihm gerade ihren Namen sagen, besann sich aber eines Besseren.

«Das spielt keine Rolle», sagte sie. «Ich habe eine Nachricht für Sie, es ist wichtig.»

«Hör auf zu schwätzen», rief der schmierige junge Mann, «und tu, wofür du bezahlt wirst.»

«Warum macht er's nicht selber?» fragte Nora.

«Der Laden gehört seinem Vater», erklärte ihr Vincent Ryan. Dann machte er eine Kopfbewegung zur Tür hin und sie traten hinaus auf die Straße.

«Ich bin in einer Minute bei dir, Jamesy», rief er einem Mann zu, der draußen hinter einem Eselkarren wartete.

«Ich hab nicht den ganzen Tag Zeit», warnte dieser und zündete sich seine Pfeife an.

Vincent wandte sich ihr besorgt zu. Schweißperlen standen auf seiner Stirn. Nora fragte sich, ob man ihn vielleicht auch unter Druck setzte, solche Dinge zu tun: Botschaften der Irregulars entgegenzunehmen und weiterzutragen. Sie hoffte, dass es nicht der Fall war.

«Also, worum geht's?»

«Sie sollen morgen den Roten Setter zum Schlagbaum bringen.»

«Bist du sicher?» Die Überraschung stand ihm ins Gesicht geschrieben.

«Ganz sicher.»

«In Ordnung», sagte er und fügte hinzu: «Fort mit dir, und vergiss, dass du jemals mit mir gesprochen hast.»

Dann ging er den Karren abladen und lachte und scherzte mit

dem anderen Mann, während sie sich entfernte. Sie war irgendwie enttäuscht, denn sie hatte sich vorgestellt, dass dieses geheime Treffen aufregender sein würde. Stattdessen war alles ganz normal verlaufen, wie meistens im Leben – ohne etwas Geheimnisvolles.

Immerhin sonnte sie sich in dem Bewusstsein, dabei geholfen zu haben, dass die Saat gesät war, aus der der Frieden wachsen könnte. Dieses Gefühl half ihr über den Abend und den nächsten Tag hinweg. Darüber, dass Peter niedergedrückt zurückgekehrt war, denn er hatte den Colonel nicht angetroffen und war zudem gewarnt worden, dass Captain Doyle noch mehr Ärger machen würde. Es half auch über die sich häufenden Bemerkungen Mollys hinweg, dass sie sich allmählich auf die Schule vorbereiten müsse. Besonders aber half ihr dieses Gefühl in den endlosen Stunden, wenn sie daran dachte, was Jack wohl machte und wie es ihm ging. Traf er endlich die richtigen Entscheidungen für die richtige Sache? Oder war er angesichts der aufgebrachten Gegner auf beiden Seiten machtlos? Oder wollte er in Wirklichkeit den verhängnisvollen Kurs, in den sie alle verwickelt waren, gar nicht ändern? Wollte er, mit anderen Worten, immer noch im Kampf sterben?

Sie wehrte sich gegen ihre Zweifel, bis sie allzu jäh bestätigt wurden durch das vergossene Blut eines anderen Mannes. Und diesmal war es kein Fremder.

Kapitel 19

Am Morgen, nachdem der Rote Setter zum Schlagbaum gebracht werden sollte, wie Jacks Botschaft gelautet hatte, wurde genau an dieser Stelle Colonel O'Briens Leiche in einem Straßengraben gefunden. Sein Auto stand ein paar Meter weiter mitten auf der Fahrbahn. Die Fahrertür war noch offen.

Ein alter Mann, der von einem nahegelegenen Brunnen Wasser holen wollte, stieß zufällig auf diese schreckliche Szene. Er erkannte den Colonel sofort, denn er war mit dem Vater des Colonel zusammen auf der Schule gewesen. Er sprach leise ein Gebet ins Ohr des Colonel und weinte bitterlich auf dem ganzen Weg bis zum nächstgelegenen Bauernhaus.

Eine Stunde nach Tagesanbruch waren die sterblichen Überreste des Colonel im Haus seiner Familie aufgebahrt und seine gramgebeugten Angehörigen hatten sich um ihn versammelt. Als die Bewohner der Stadt erwachten und zu dieser so ungewöhnlich frühen Stunde den langsamen, eindringlichen Schlag der Totenglocke hörten, waren sie bestürzt.

Peter überbrachte Molly und Nora die Nachricht am Frühstückstisch. Sein Gesicht war fiebrig und vom Weinen gerötet. Molly tat ihr Bestes, um ihn zu trösten, während er die Irregulars verfluchte, allen voran Jack.

«Sie sind Bestien!», rief er, «wenn ich nur daran denke, dass mein eigener Bruder dabei ist!»

Nora war vor Entsetzen gelähmt. War es möglich, dass ihre Botschaft den Colonel in den Tod geschickt hatte?

Und wenn es so war, gab es überhaupt noch jemanden, dem

Jack vertrauen konnte? Oder hatte Jack selbst vielleicht jenes Ungeheuer offenbart, dass hinter seinen blassblauen Augen lauerte? Wenn das zutraf, trug sie dieses Ungeheuer auch in sich. Sie starrte auf ihre Hände, als erwarte sie, dass das Blut des Colonel sich darauf zeigte.

«Peter», flehte Molly, «du weißt doch im Grunde deiner Seele, dass Jack so etwas nie tun würde.»

Doch, das könnte er, dachte Nora, er hat ja auch vorher schon getötet, und eine Stimme in ihrem Kopf schrie heraus: Hör auf, das Wort «töten» zu benutzen, gemordet, gemordet, das ist das richtige Wort!

Auf einmal schien sich alles in ihrem Kopf zu drehen, es toste und gellte darin. Sie hielt sich mit beiden Händen die Ohren zu, aber die kreischenden Geräusche hörten nicht auf. Sie sprang plötzlich hoch und die beiden anderen sahen voll Entsetzen, dass sie anfing, schrille Schreie auszustoßen. Keine Worte, nur Schreie waren es, wie die in ihrem Kopf. Sie taumelte gegen die Wand und schrie immer weiter, als wollte sie damit den Gedanken an die entsetzliche Wahrheit oder an das Ungeheuer in ihr vertreiben.

Molly und Peter vergaßen ihren eigenen Kummer und versuchten Nora zu beruhigen, doch vergebens. Wenige Augenblicke später jedoch, als das ohrenbetäubende Geräusch von splitterndem Glas vom Laden durch den Gang herüberdrang, verstummte sie. Sie rannte zu Molly und barg ihr Gesicht an der Schulter ihrer Tante.

Peter lief in den Laden, von wo das Geräusch offensichtlich hergekommen war. Kurz darauf kehrte er mit einem Stein in der Hand zurück. Ein schmutziges Stück Papier war darum gewickelt. Er glättete es und überflog die krakelige Schrift.

«Was steht drauf?», fragte Molly.

«Ein Wort, Molly», sagte er dumpf, «nur ein Wort, das die Delaneys bis in alle Ewigkeit verflucht: Mörder!»

Nora stieß wieder einen Schrei aus und floh aus der Küche auf ihr Zimmer. Sie warf sich aufs Bett und vergrub das Gesicht in den Kissen. Allmählich nahmen die Stimmen, die Geräusche ab und es gab nur noch ihr eigenes, flehendes Weinen.

Sie bat ihre Mutter um Vergebung, flehte sie an, ihr zu helfen. Sie flehte Jack an, dem Töten ein Ende zu machen. Sie ging sogar so weit, ihren Vater anzuflehen, er möge sie von hier fort holen, denn nichts konnte schlimmer sein als das hier. Nicht einmal seine Trunksucht, seine Drohungen oder seine unverhohlene Verachtung für sie. Es erfüllte sie mit Schmerz, dass sie von den wenigen Menschen, die sie wirklich mochten, fortgetrieben wurde. Molly und Peter und auch Alec.

Sie konnte sich nicht gegen das Gefühl wehren, dass sie sich ja selbst von der Tante und dem Onkel isoliert hatte, indem sie sich so leichtfertig auf Jack eingelassen hatte. Und wenn sie ihnen jetzt alles erzählte, musste sie ja die eigene Schuld zugeben, und das konnte sie nicht. Dann würden sie sie verachten, und selbst wenn sie sich von ihnen trennen müsste, was jetzt wohl nicht mehr zu vermeiden war, war es Nora unmöglich, im Streit von ihnen zu gehen. Wie konnte sie denn noch bleiben – mit einem so entsetzlichen Geheimnis, das auf ihrer Seele lastete?

Als Molly kam, um nach ihr zu schauen, brachte es Nora nicht über sich, sie auch nur anzusehen.

«Wir müssen nicht gleich das Schlimmste denken», sagte Molly und Nora musste sich auf die Lippen beißen, um nicht wieder loszuweinen.

Sie konnte nicht begreifen, warum sich Molly in Bezug auf Jack so sicher war, besonders jetzt, wo er den Zorn irgendeines Unbekannten über sie gebracht hatte, in Gestalt eines grausamen Wortes, das um einen rauhen Stein gewickelt war.

Obwohl Nora schwieg, blieb Molly im Zimmer. Ihre bloße Anwesenheit vertrieb die anklagende Stimme in Noras Kopf und sie schlief ein. Es war kein friedlicher Schlaf, denn sie träumte von Gewehren und Blut und toten Kämpfern, die sie mit entsetzlichen weiße Augen anstarrten. Draußen erhob sich der Wind, rüttelte an den Fenstern und ließ irgendwo in der Ferne eine Türe schlagen, als sei da ein ungeduldiger Besucher.

Später am Abend kauerte Nora auf der Bettkante. Molly war nicht mehr im Zimmer. Auf dem Nachttisch stand eine unberührte Tasse mit kaltem Tee, daneben lag eine Scheibe Brot, dessen Ränder sich schon hoch bogen.

Zuerst dachte Nora, dass sie sich die leisen Klänge von Musik nur einbildete. Wie die letzten, schwindenden Spuren einer Welt, die sie nie mehr erleben würde, einer Welt des Schönen und des Guten – so kamen ihr die Klänge vor.

Sie saß in der hereinbrechenden Dämmerung und erkannte plötzlich Alecs traurigsüße Melodie. Immer wieder wurden die Klänge vom Sturm unterbrochen, der einige Töne davontrug, bevor sie Nora erreichten. Die Musik verstummte und begann von neuem, doch es war stets dieselbe Melodie.

Sie wusste, dass Alec drüben im Saal war, und sie musste ihn unbedingt sehen. Sie wollte ihm weder etwas Bestimmtes sagen noch wollte sie etwas Bestimmtes von ihm hören. Sie hatte einfach das Gefühl, dass er der einzige Freund war, den sie noch hatte, ein Gedanke, der ihr vor noch gar nicht langer Zeit absurd vorgekommen wäre.

Molly gab ihr zu bedenken, ob es wirklich ratsam sei, jetzt zu Alec zu gehen.

«Er hat ziemlich getrunken, Nora», erklärte sie, «er ist keine passende Gesellschaft für ein junges Mädchen.»

Aber Nora ließ nicht locker. Sie gab keinen Grund an, erfand keine Ausrede. Davon hatte sie endgültig genug. Auf dem Weg zum Saal peitschte ihr der Sturm entgegen und der Hof glich einer fremden, grauen Wüste aus einem Alptraum. Ihr Haar wurde wild zerzaust und ihre Augen tränten im scharfen Wind.

Die Tür schlug hinter ihr zu, aber Alec blieb über die Tasten gebeugt sitzen und wiegte sich langsam hin und her, während er spielte. Auf der einen Seite des Klaviers stand eine schwach glimmende Öllampe. Am anderen Ende stand vibrierend eine halbvolle Whiskyflasche, goldgelb leuchtete der Inhalt. Beinah hätte Nora etwas davon versucht, die Flüssigkeit sah gut aus, schien Vergessen zu verheißen, hatte etwas so Beruhigendes.

Sie fand, dass sie nicht mehr das Recht hatte, ihn wegen seines Trinkens zu tadeln. Es gab schlimmere Laster. Außerdem hatte Alec ihr ja einmal gesagt, dass er damit keinem außer sich selbst schade. Das war vielleicht das Beste, was man im Leben erreichen konnte: zu leben, ohne jemandem zu schaden.

Sie stand an der Tür und versuchte, sich von der Musik rühren zu lassen. Musik ist Hoffnung, hatte Mrs. Teehan immer gesagt, sie ist dein einziger, echter Freund. Aber, dachte Nora, trotz all Ihrer Musik sind Sie auch einsam, Mrs. Teehan.

War Einsamkeit denn am Ende jedermanns Schicksal? Mrs. Teehan, die in ihrer eigenen Welt verloren war, ihr Vater in der seinen. Auch Alec, in trunkener Verlorenheit, allein. Und hier, ganz nah bei ihm, sie selbst, verloren in ihrer Welt von Schuld und Schande.

Diese verlorenen Menschen in ihren Welten schienen sich nur kurz zu streifen, bis sie wieder auseinander trieben und auf ihre einsame Umlaufbahn einschwenkten, wie die Planeten der Sonne. Die wärmende Sonne, die Gemeinschaft und Zusammengehörigkeitsgefühl verspricht, die aber unerreichbar bleibt.

«Willkommen bei meiner Totenklage. Wenn du nicht so jung wärst, würde ich dir etwas zu trinken anbieten.»

Er hörte auf zu spielen und wandte ihr sein Gesicht zu.

«Letzte Nacht habe ich etwas gesehen, das mein Ende sein wird. Ich weiß es.»

Nora sah plötzlich vor sich, wie Alec von einem Gebüsch aus zusah, wie man den Colonel aus dem Wagen zerrte und erschoss.

«Du hast gesehen was mit Colonel O'Brien passiert ist?», fragte sie angstvoll.

«Nein, aber ich glaube, ich hab die Menschen gesehen, die es getan haben.»

«War Jack dabei?»

«Natürlich nicht», sagte Alec verärgert.

Ihr Herz schlug wie rasend, weil es wieder Hoffnung gab. Aber ihre Beine fühlten sich so schwach an, dass sie nicht durch den Saal gehen konnte.

«Wen hast du denn gesehen und woher weißt du, dass sie überhaupt etwas damit zu tun hatten?» rief sie.

«Nachdem die Kneipe gestern Abend zu gemacht hat», begann er und versuchte sich darauf zu konzentrieren, deutlich zu sprechen, «bin ich an den Fluss gegangen.»

«An den Fluss?»

«Ich geh öfters mal hin, um mich daran zu erinnern, dass er schon lange Zeit vor der Stadt da war und auch noch weiter fließen wird, wenn es die Stadt einmal nicht mehr gibt.»

Nora wurde ungeduldig, aber sie beherrschte sich und unterbrach ihn nicht.

«Sieh mal, die Stadt mit all ihren Problemen, ja, jede Stadt in Irland, auf der ganzen Welt, und alle Auseinandersetzungen zwischen den Menschen, all das wird eines Tages verschwunden sein. Aber Flüsse und Berge und Meere, die wird es immer geben. Verstehst du das?»

«Ja. Aber was war letzte Nacht?»

«Ich lag am Ufer des Flusses und bin eingeschlafen. Als ich aufwachte, war es dunkle Nacht, aber ich konnte zwei Stimmen hören. Zuerst konnte ich nicht verstehen, was sie sagten. Ich hörte sie nur.»

Der Wind rüttelte wieder an der Tür hinter Nora und sie machte vor Schreck einen Satz. Alecs Stimme wurde zu einem leisen Gemurmel und das Kinn sackte ihm auf die Brust. Er richtete sich wieder auf.

«Sie waren nicht sehr weit weg», fuhr er fort, «etwa dreißig Meter. Ich spähte in ihre Richtung. Nach ein paar Minuten machte einer von ihnen ein Streichholz an und beide zündeten sich Zigaretten an.»

Ihn schauderte und er blickte argwöhnisch im Saal umher, als vermute er, dass sich jemand im Dunkeln verborgen hielt.

«Der eine war Captain Doyle, das Gesicht des anderen konnte

ich zuerst nicht erkennen. Aber beim Erlöschen der Flamme spiegelte sich das Licht einen Moment lang in einem Paar kleiner, runder Brillengläser. Und ich konnte erkennen, dass eins der Gläser zerbrochen war.»

«Aber das war doch wahrscheinlich einer von seinen eigenen Soldaten», sagte Nora wegwerfend.

«Das dachte ich auch. Dann versuchte ich aufzustehen, und dabei knackte etwas unter meinem Fuß. Sie kamen herbei gerannt, und während ich liegenblieb und so tat, als sei ich völlig benebelt, da dämmerte es mir.»

Plötzlich fiel Nora ihre erste Begegnung mit Colonel O'Brien ein, auf dem Marktplatz, und seine Unterhaltung mit Peter. Der einzige Hinweis, den die Bankräuber zurückgelassen hatten, war der Splitter aus einem Brillenglas gewesen!

«Es war derselbe Kerl, der mich beobachtet hatte, als ich die Maguires verließ. Ich hatte nach diesem Tag so verdammt Angst, dass ich mich nicht an ihn erinnern konnte. Aber jetzt fiel mir wieder ein, dass ich diese Brille mit dem zerbrochenen Glas gesehen hatte.»

Als er sich den weiteren Verlauf ins Gedächtnis rief, schüttelte er vor Entsetzen den Kopf.

«Sie standen über mir und Doyle sagte: «Glaubst du, er hat uns gesehen?» Der andere meinte, ich sei wahrscheinlich so besoffen, dass sie es vergessen könnten. Aber ich hörte Doyle näher kommen. Direkt vor meinem Gesicht wurde ein Streichholz angezündet. Er erkannte mich und ich hörte, wie er dem Kerl mit der Brille sagte, er wisse, wer ich sei. Er habe schon lange auf eine Gelegenheit gewartet, um mich zu kriegen.»

Alec wurde zunehmend nüchtern, während er sprach.

«Ich hielt den Atem an und war sicher, dass mein letztes Stündchen geschlagen hätte. Da sagte der andere Kerl, sie würden die ganze Stadt am Hals haben, wenn er hier einen Schuss abgeben würde. Außerdem hätten sie in dieser Nacht noch Wichtigeres zu erledigen. Sie gingen fort, aber ich hatte noch stundenlang Angst, mich zu rühren.»

Jetzt schien es sicher, dass Captain Doyle und dieser Mann mit der Brille den Colonel ermordet hatten. Das war es doch wohl, was sie gemeint hatten mit ihren Worten. Die zerbrochene Brille und die Tatsache, dass Captain Doyles Männer zufällig immer dann weg waren, wenn die Überfälle passierten, schienen diesen Verdacht zu untermauern. – Nora hatte selbst gehört, wie der Colonel seine Zweifel darüber geäußert hatte, dass nur die Irregulars an dieser plötzlichen Häufung von Überfällen beteiligt waren. Was, wenn Doyle von den Vermutungen seines Vorgesetzten Wind bekommen hatte? Das wäre für ihn doch Grund genug gewesen den Colonel zu beseitigen.

Ein Verräter unter Jacks Männern musste von dem geplanten Treffen mit dem Colonel gehört und es Captain Doyle hinterbracht haben. Den Rest konnte man sich leicht denken. Jetzt stellte sich nur noch die Frage, ob sie auch Jack erschossen und seinen Leichnam vielleicht vom Tatort entfernt hatten.

Nora versuchte, Alec alles zu erklären, aber er schien es nicht zu hören. Er wandte sich wieder dem Klavier zu. Jetzt spielte er nicht mehr seine süße Melodie. Stattdessen zuckte sein Körper krampfhaft und er stöhnte, als ob er einen inneren Schmerz vertreiben wollte. Nora trat auf ihn zu, aber er winkte ab und hämmerte mit beiden Fäusten auf die Tasten ein.

«Komm mir nicht zu nahe!», schrie er, «ich bin verflucht, verdammt!»

Starr vor Entsetzen blieb sie mitten im Saal stehen.

«Ich hätte nie gedacht, dass ich so etwas noch einmal durchmachen müsste», sagte er mit gebrochener Stimme. «Schon ein Krieg ist mehr, als ein Mann ertragen kann!»

«Alec, bitte. Lass mich dir helfen.»

«Mir kann niemand helfen. Ich bin ein toter Mann.»

«Aber sie wissen nicht, dass du sie gesehen hast», versuchte sie ihn zu trösten.

«Doyle wartet nur auf eine Gelegenheit, um mich zu kriegen», sagte er etwas ruhiger, «aber vielleicht ist es sowieso besser, wenn ich tot bin.»

«Jeder weiß, dass du nicht zu den Irregulars gehörst. Sogar Captain Doyle muss das wissen.»

Nora trat einen Schritt näher an Alec heran. Er sagte etwas in einer Sprache, die sie nicht verstand. «*…les morts sont tons du même camp …*» Er wiegte sich hin und her, die Arme eng um sich geschlungen.

«Das ist französisch, Nora.» Noch immer blickte er sie nicht an. «Das sind Worte aus einem Gedicht über den Großen Krieg. Der Große Krieg! Wie kann es so etwas überhaupt geben! Es heißt:

Die Toten liegen dicht an dicht,
ohne Hass sind sie,
und ohne Flagge;
das Haar von geronnenem Blut verklebt,
sind alle Toten
auf der selben Seite.»

Er beugte sich vor und lehnte sich mit der Stirn an die Vorderseite des Klaviers.

«Vielleicht hätte ich dort bleiben sollen», flüsterte er. «Ich hatte gerade damit angefangen, mein Leben so zu leben, wie ich wollte.»

Er lachte gezwungen und hohl.

«Ich habe selbst komponiert. Eine Zeit lang dachte ich, es sei verdammt großartig, aber es war minderwertiges Zeug, Ramsch. Nichts als Ramsch!»

«Du könntest wieder damit anfangen», ermutigte sie ihn.

«Mit denen da?», rief er und hob seine behandschuhten Hände, wie er es schon so oft zuvor getan hatte.

Sein Selbstmitleid war Nora zuwider, erinnerte es sie doch an ähnlichen Gefühle, die sie bei sich selbst entdeckt hatte. Und als sie jetzt auf ihn zu stürzte und eine seiner Hände packte, richtete sich ihre Wut nicht nur gegen Alec, sondern auch gegen sich selbst. Er war zu erschrocken und durcheinander, um zu reagieren. Sie versuchte ihm den schwarzen Handschuh auszuziehen. Doch er saß fest wie eine zweite Haut. Als sie ihn schließlich ab hatte, stolperte sie einen Schritt zurück. Die Blicke von beiden blieben an der Hand haften, die durch Noras heftiges Zupacken entblößt war.

Die Hand war kaum noch als die eines Menschen zu erkennen. Sie war voller Narben und Wülste. Die Hand eines Ungeheuers. Die Haut war gerötet und schien entzündet und sie war von hervortretenden bläulichen Adern durchzogen. Langsam zog Alec auch den linken Handschuh aus, von der Hand mit dem steifen Mittelfinger. Oder was sie für den Mittelfinger gehalten hatte. Der Handschuh fiel zu Boden. Alec hob die Hand. Es gab keinen Mittelfinger. Sie kniff die Augen zusammen und schaute wieder hin. Kein Mittelfinger.

Sie vergaß rasch ihren Abscheu und konnte nur staunen, dass solche Hände immer noch so makellose Musik hervorbringen konnten. Gerade wollte sie ihm das sagen, als die Whiskyflasche auf dem Klavier plötzlich mit einem Knall zersprang und die gelbe Flüssigkeit auf den Boden spritzte. Sprachlos blickten sie sich an, da hallte der Saal von einem weiteren lauten Knall wider. Eine Kugel schlug in den Rahmen des Klaviers und die Saiten im Inneren zersprangen mit einem unheimlichen, ohrenbetäubenden Scheppern.

«Lauf!», rief Alec und sie stürzten beide auf die Tür zu.

Weitere Schüsse, die von einem der hohen Fenster am anderen Ende abgefeuert wurden, peitschten durch den Saal. Alec packte Nora beim Arm und rannte mit ihr auf den Weg hinaus. Beim Laufen beugte er sich schützend über sie, um sie gegen die fliegenden Geschosse abzuschirmen. Die schweren Stiefel ihres Verfolgers hallten ihr in den Ohren. Als sie den Hof erreichten, war Peter schon da. Er hielt sein Gewehr in der Hand.

«Hinter das Nebengebäude!», brüllte er und feuerte blindlings in die Richtung des im Dunkel liegenden Wegs.

Dann hörte das Schießen auf. Im Finsteren kauernd und ohne ein einziges Wort zu wechseln, warteten sie.

«Jetzt sind sie wohl weg», sagte Peter schließlich und führte sie zum Haus zurück.

Endlich war Schluss mit allen Heimlichkeiten. Nora erzählte Peter alles, was vorgefallen war, seitdem sie Jack gefunden hatte. Und während sie sprach, spürte sie, wie die große Last der Lügen und Täuschungen von ihr abfiel. Peter hörte ganz ruhig zu und zeigte keinerlei Verärgerung. Als sie ihren Bericht beendet hatte, saß er eine Weile in der von Schweigen erfüllten Küche und dachte nach.

«Wir machen dir keine Vorwürfe, Nora», sagte Molly, «Jack hätte dich da nicht hineinziehen dürfen. Er hätte uns vertrauen sollen.»

«Jetzt gibt es nur noch eine Möglichkeit, Doyle aufzuhalten», sagte Peter, «ich muss nach Dublin und jemanden treffen, der mir eher glaubt als Doyle.»

«Aber wer ist das?», fragte Nora verzweifelt.

«Er ist Regierungsminister», erklärte er, «ich hab ihm im Unabhängigkeitskrieg das Leben gerettet. Jetzt kann er mir einen Gefallen tun.»

«Doyle wird dich auf Schritt und Tritt beobachten», wandte Molly ein, «wie willst du nach Dublin kommen?»

«Du weißt doch, dass ich selber ein paar Jahre auf der Flucht war. Ich gehe, bevor es hell wird. In Borris nehme ich ein Auto. Dort gibt es ein paar alte Freunde, auf die ich mich verlassen kann.»

«Kann ich irgendetwas Nützliches tun?», fragte Alec.

Peter reichte ihm sein Gewehr.

«Kennst du dich damit aus?», fragte er.

Alec nahm die Hände aus den Taschen und griff danach.

Molly erstarrte beim Anblick seiner entstellten Hände.

«Ich hab nie gewusst, dass sie so schlimm aussehen, Alec», sagte Peter, «wie in Gottes Namen kannst du überhaupt Klavier spielen?»

«Manche würden sagen, ich soll's sowieso lieber lassen», lachte Alec, «ich mach ja doch nur Lärm. Stimmt's nicht, Nora?»

Sie lächelte. Irgendwie war sie stolz, dass er seine Verstümmelung nicht mehr versteckte. Sie wusste, wie schwer es ihm fallen musste.

«Du bist der Beste, den ich je gehört habe», sagte sie, und obwohl sie dabei rot wurde, fand sie, dass dieses Kompliment ihre Verlegenheit wert war. Denn Alecs Selbstvertrauen wuchs sichtlich vor ihren Augen.

«Meine Güte, es hagelt Komplimente», scherzte Molly.

«Ich meine, am Klavier», fügte Nora rasch hinzu, «sein Benehmen lässt noch ziemlich zu wünschen übrig!»

«Genug der Worte», lächelte Peter. «Alec, du bleibst heute Nacht zum Schutz besser hier. Ich brauch noch ein paar Stunden Schlaf.»

«Verzeiht, dass ich euch angelogen habe», sagte Nora.

«Vielleicht ist es auch unsere Schuld. Wir haben dich ja schließlich hergeholt», meinte Molly.

Noras Wunsch fortzugehen und nach Dublin zurückzukehren hatte sich in Luft aufgelöst. Obwohl sie ihnen etwas vorgemacht hatte, waren ihr die beiden nicht böse, sie hatten sich nur um sie gesorgt.

«Sag das nicht», rief sie aus, «ich möchte nirgends sonst sein.»

In diesem Augenblick wusste sie endlich, dass sie ihr Zuhause gefunden hatte, wenn es auch im Moment ein belagertes Zuhause war. Sie waren vielleicht keine typische Familie. Eine Tante, ein Onkel, eine Nichte und ein Fremder, dessen Hände der Krieg verstümmelt hatte. Aber in dieser langen, schlaflosen Nacht wurden die Bande zwischen ihnen enger als bei irgendeiner anderen Familie in der Stadt.

Manchmal findet man Ruhe auch ohne Schlaf. Manchmal findet man sie mit der wachsenden Gewissheit, dass man das gefunden hat, wonach man suchte und was man schon längst verloren geglaubt hatte. Die Gewissheit, dass man nicht allein ist.

Peter verließ das Haus um fünf Uhr früh, und die anderen saßen bis zum Morgengrauen in der Küche und tranken Tee.

Kapitel 20

Alec legte einen Finger auf die Lippen und schlich lautlos über den Flur in den Laden. Das Gewehr lag sicher in seiner Hand. Schon seit fünf Minuten hatte es an die Tür geklopft und das Pochen war immer dringlicher geworden. Peter konnte es nicht sein, so viel stand fest. Er wäre an die Hintertür gekommen und hätte zweimal geklopft. Außerdem kam er wahrscheinlich erst am späten Abend oder früh am nächsten Tag wieder. Nora und Molly warteten und lauschten dem beharrlichen Klopfen voller Angst.

«Es ist der Eisenbahner aus Dublin», flüsterte Alec im Gang, «der immer die Briefe von Noras Vater bringt. Aber es ist jemand bei ihm, und ich kann nicht erkennen, wer es ist.»

«Ich geh hoch und schau runter», sagte Molly und lief leise die Treppe hinauf.

Bald hörten sie, wie sich Molly von oben mit den beiden an der Tür unterhielt. Die Stimmen waren gedämpft, und man konnte unmöglich verstehen, was gesagt wurde. Aber eine der Stimmen war für Nora unverkennbar. Molly erschien auf dem Treppenabsatz und versuchte, sich zu einem Lächeln zu zwingen.

«Nora, dein Vater», sagte sie, «kannst du bitte das Gewehr verstecken, Alec. Was soll er denken, wenn er es sieht?»

«Sag ihm, er soll weggehen», rief Nora.

«Das kann ich nicht. Es wäre nicht recht.»

Nora war ganz durcheinander. Erst vor ein paar Stunden hatte sie die Gewissheit erlangt, dass dies ihr wahres Zuhause und diese Menschen hier ihre wahre Familie seien. Und das bedeutete für sie, dass in ihrem Denken für ihren Vater kein Platz mehr war. Jetzt bedrohte er ihren wiedergewonnen inneren Frieden, ja, vielleicht würde er ihn auch gänzlich zerstören, so wie er alles um sich herum zerstörte.

«Peter hat gesagt, wir sollen niemanden reinlassen», beharrte sie.

«Aber dein Vater hat eine lange Reise hinter sich», sagte Alec, «wir können ihn doch nicht vor der Tür stehen lassen.»

«Er hat lang genug gebraucht, um hierher zu finden», meinte Nora bitter. «Es ist mir egal was ihr macht, aber ich rede kein Wort mit ihm.»

Jetzt war es an Molly, zu entscheiden.

«Wir müssen ihn herein holen», sagte sie, «es tut mir Leid, Nora, aber wenn ich ihn wegschicke, wirst du mir eines Tages dafür Vorwürfe machen.»

Sie nickte Alec zu und er ging und öffnete die Ladentür. Nora fühlte, wie sie eine Welle der Abneigung überlief, als der Vater schon vom Gang her mit rauher Stimme rief: «Wo ist meine Tochter? Nora! Nora!»

Sie rückte dichter an Molly heran. Als er eintrat, erschrak Nora über seinem Anblick. Sein grobes, brutales Aussehen, das sie zunehmend gehasst hatte, war verschwunden. Seine Wangen waren eingefallen und auch die Augen hatten sich verändert. Er war schrecklich abgemagert, nicht einmal seine Eisenbahnerkleidung, die ihm vorher fast zu eng gewesen war, füllte er noch aus. Nur die Stimme war dieselbe geblieben, und wenn die nicht gewesen wäre, hätte Nora vielleicht Mitleid mit ihm gehabt.

«Nora», rief er, «ich bring dich fort aus diesem Höllenloch.»

Sie blickte ihn so kalt an, dass er sich an Molly wandte.

«Ich hätte nie erlauben sollen, dass ihr sie mir wegnehmt. Du und dein kahlköpfiger Mann. Das ist kein Platz für ein Kind mit all dem Mord und Totschlag hier.»

«So schlimm ist es gar nicht», sagte Molly zaghaft.

«Steht doch in allen Zeitungen, von dem Colonel, den sie ermordet haben», schrie er, «und Jimmer hat mir erzählt, dass dein Schwager bei den Irregulars ist. Das habt ihr gewusst, als ihr mir das Kind weggenommen habt.»

«Jetzt hören Sie aber mal zu!», begann Alec.

«Nein, Sie hören zu!», schnitt Noras Vater ihm das Wort ab und stieß ihm mit dem Zeigefinger an die Brust, «das lass ich nicht zu. Meine Tochter bei einer Gangsterbande.»

«Hier gibt es keine Irregulars», warf Alec ein.

Noras Vater versuchte Alec zu packen, aber Jimmer hielt ihn zurück.

«Für euch lass ich mich sogar hängen!», kreischte ihr Vater, «Mörderbande!»

«Halt deinen Mund, Daddy!»

Sprachlos starrte er sie an. Noch nie hatte sie ihn vor anderen so erniedrigt. Wenn sie sich jemals gegen ihn gewehrt hatte, dann nur, wenn sie allein waren, und dann hatte sie stets die gleiche Antwort bekommen, — mit seinem Handrücken. So sehr sie sich auch jetzt fürchtete, sie bemerkte die Schwäche in den wässrigen Augen ihres Vaters.

«Du willst doch nur ein Dienstmädchen», fuhr sie fort, «oder vielleicht willst du auch die paar Schillinge sparen, die du Molly jede Woche gibst, damit du mehr Geld für dein Saufen hast.»

«Hör mit dem Geld auf», sagte er und sie war überrascht von dem entsetzten Ausdruck, der plötzlich in seinem Gesicht stand.

«Wieviel hast du Molly denn überhaupt gegeben?», fragte Nora scharf, «wieviel war es dir wert, mich los zu werden?»

Noras Vater drehte sich heftig zu Molly um.

«Wenn du ein Wort davon sagst, dann werd ich -»

«Ruhig», ermahnte ihn Jimmer, «beruhige dich um Himmels willen.»

Nora hatte plötzlich das Gefühl, mit dem Geld ein Thema berührt zu haben, das man besser auf sich beruhen lassen sollte. Doch gleichzeitig wurde sie von einer solchen Welle der Rache ergriffen für all das, was er ihr angetan hatte, dass sie sich nicht bremsen konnte. Jetzt gab es kein Zurück mehr vor der Wahrheit, mochte sie auch noch so weh tun.

«Ein Wort von was, Molly?», fragte sie ihre Tante, «was meint er damit?»

«Ich weiß es wirklich nicht.» Molly wurde rot.

«Lüg mich nicht an», rief Nora und wich vor ihr zurück.

«Ihr habt sie gegen mich aufgebracht», sagte ihr Vater eindringlich, «reicht das nicht?»

Alec und Jimmer blickten verlegen zur Seite. Dieser erbitterte Familienstreit war nichts für Außenstehende.

Und mit einem Mal begriff Nora die Wahrheit. Sie hielt sich an dem Kleiderständer fest und umklammerte das lackierte Holz, bis ihre Knöchel genauso eisig weiß waren wie ihr Gesicht.

«Es gab gar kein Geld», sagte sie, «das war nur eine große Schau, nur Theater.»

Der trotzige Blick ihres Vaters wurde ausweichend.

«Mit dem Streik und allem hab ich keine Rücklagen gehabt», sagte er lahm.

Jimmer sah aus, als habe man ihm gerade einen Tritt in den Magen versetzt. Sein Mund öffnete und schloss sich stumm wie ein Fischmaul.

«Ich bin dir wohl keinen Pfennig wert, was?», klagte Nora ihren Vater an, «und jetzt kommst du daher und willst mich vor den einzigen Menschen, die sich wirklich etwas aus mir machen, retten?»

Beschämt ließ er den Kopf hängen. Die Beine versagten ihm und Alec streckte den Arm aus, um ihn zu stützen. Nora musste fast lachen, es kam ihr vor wie ein plumper Versuch, ihr Mitgefühl zu wecken.

«Kann ich mich einen Moment setzen, bevor ich gehe?», fragte er.

«Raus!», schrie Nora und trommelte mit den Fäusten gegen die Garderobe, dass es ihr bis in den Ellbogen weh tat, «raus hier – und komm nie wieder!»

«Nora», flehte Jimmer, «der Mann ist so schwach wie ein Grashalm. Er hat seit Wochen keinen Bissen gegessen.»

«Damit er sich was zum Trinken kaufen kann», spottete Nora.

«Komm mit mir», sagte Molly, «wir machen einen Tee.»

«Ich würde ihm nicht mal eine Tasse schmutziges Wasser geben!», rief Nora.

«Ich mache jetzt Tee», beharrte Molly, «und für heute ist Schluss mit Schreien und Schelten.»

Sie brachten ihn in die Küche. Nora blieb im Eingang stehen, während sich die anderen an den Tisch setzen. Wenn er wenigstens sein Versprechen mit dem Geld gehalten hätte, dann hätte sie ihm vielleicht irgendwann alles andere verziehen. Das war die letzte Verbindung zwischen ihnen gewesen, und jetzt war sie zerrissen.

Molly bereitete Speck auf Toast. Noras Vater wollte ablehnen, aber sie ließ es nicht zu. Nora konnte ihre Tante, so nah sie sich auch standen, nicht verstehen. So bedingungslos, wie sie immer an Jack geglaubt hatte, so leicht hatte Molly ihrem Vater verziehen.

Nora erinnerte sich, wie ihre Mutter in Inchicore oft versucht hatte, ihn zu beruhigen, wenn er wieder einmal grundlos außer sich geriet, und wollte Molly sagen, dass jede Art von Freundlichkeit bei ihm Verschwendung sei. Dennoch beobachtete sie jede seiner Bewegungen. Sie musste sich eingestehen, dass kaum noch etwas an den bösartigen Mann von damals erinnerte. Wenn das alles Theater war, dann spielte er sehr überzeugend.

Er schaffte die Portion vor sich fast nicht. Bei jedem Bissen schien sein Magen zu rebellieren. Molly bemühte sich, ein freundliches Gespräch in Gang zu halten, trotz des Vorgefallenen und ihrer Sorge um Peters Sicherheit. Und auch Jimmer tat sein Bestes, um die gespannte Stimmung aufzulockern.

«Meine Güte», sagte er», für so einen guten Speck muss man aber weit reisen.»

Plötzlich stand Noras Vater vom Tisch auf. Er taumelte an seiner Tochter vorbei, als sei sie nicht anwesend, und stürzte durch die Küchentür hinaus. Im Gang blickte er mit fest zusammengepressten Lippen und aufgeblasenen Backen wild um sich. Er packte die Klinke der Hintertür und stürzte in den Hof.

Ohne nachzudenken lief Nora ihm nach. Alec wollte ihr folgen, aber Molly hielt ihn am Arm zurück.

«Lass sie», sagte sie.

Nora entdeckte ihn gleich hinter der Tür, wo er sich heftig übergab. Er schwankte und sie legte ihm den Arm um die Hüften.

«Ich kann nicht essen, Nora», keuchte er.

Hinter ihr fiel die Tür ins Schloss und sie drehte sich um, weil sie dachte, es seien Molly oder Alec, die helfen wollten. Doch da stand ein Fremder in einem langen, schmutzigen Trenchcoat. Er zielte mit dem Gewehr auf Noras Kopf. Er hielt sie fest an ihrer freien Hand. Von der anderen Seite tauchte ein zweiter Mann im Trenchcoat auf. Er packte Noras Vater. Er trug eine kleine runde Brille mit einem zerbrochenen Glas.

«Ist er das?», fragte der erste Fremde.

«Nein, verdammt noch mal», knurrte der Mann mit der Brille. «Er muss drin sein. Schaff sie aus dem Weg, Sean.»

Sie zerrten Nora und ihren Vater hinter eines der Nebengebäude.

«Was ist eigentlich los hier?», rief ihr Vater, der erst allmählich begriff, was geschah. «Nehmen Sie die Hände von meiner Tochter!»

Seine Faust, die einmal kräftig gewesen war, traf den Mann namens Sean mit einem schwächlichen Schlag ins Gesicht. Der antwortete mit einem kräftigen Hieb auf das Kinn des Gegners. Noras Vater versagten die Beine und er glitt langsam zu Boden. Nora versuchte sich loszureissen, aber es war hoffnungslos.

«Euch passiert nichts, wenn wir den kriegen, den wir haben wollen», sagte der Mann mit einem eiskalten Grinsen.

Er stieß Nora grob gegen die Wand.

«Sachte, Reilly», sagte der andere.

Reilly starrte ihn genauso kalt an wie Nora. Er lachte spöttisch und wandte seine Aufmerksamkeit dem Haus zu. Während er um die Ecke des Hinterhauses spähte, rief er:

«Smithson! Komm raus oder wir erschießen alle beide.»

Die Hintertür des Hauses öffnete sich und Molly trat heraus.

«Aus dem Weg!», schrie Reilly.

Trotzig kam sie auf die Männer zu.

«Ich warne Sie, Missus», sagte er, zog Nora an sich und drückte ihr den Gewehrlauf an die Schläfe, «Sie ist erledigt, wenn der besoffene Verräter nicht rauskommt.»

Nora war vor Entsetzen wie gelähmt, sonst hätte sie wohl herausgeschrien, dass er selbst der Verräter sei.

«Ich werde meine Nichte holen», sagte Molly, «Sie können drohen, soviel Sie wollen.»

«Die Freistaatler haben heute Morgen die Maguires geschnappt, und dieser Mistkerl da drinnen hat sie verpfiffen», rief er.

In der Hintertür tauchte Alec mit erhobenen Armen auf.

«Lass das Mädchen los!», rief er.

Molly schoss herum und flehte ihn an: «Zurück, Alec! Sie werden dich umbringen!»

«Lass das Mädchen zu seiner Tante», wiederholte Alec.

Reilly ließ Nora los und sie wandte sich um, und half ihrem Vater.

«Er ist in Ordnung», sagte Reilly, «wir lassen ihn frei, wenn Smithson hier rüberkommt.»

Nora rannte zu ihrer Tante, Alec lief an ihr vorbei, seine bloßen Hände immer noch erhoben.

«Haben sie dir was getan, Mädchen?», fragte er.

Nora schüttelte den Kopf, sie konnte nicht sprechen. Die Vorstellung, dass sie ihn vielleicht nie wiedersehen würde, war unerträglich. Sie wünschte, die Kerle würden ihren Vater statt Alec mitnehmen, aber dieser Gedanke war so beschämend, dass er den Schmerz nur verschlimmerte.

«All die schlimmen Sachen, die ich zu dir gesagt habe», flüsterte sie, «ich hab sie nicht so gemeint, Alec, ich schwör es.»

«Keine Entschuldigungen jetzt, Nora», lachte er, «es war an der Zeit, dass mich jemand zurechtwies.»

Sie blickte auf seine Hände und hatte das Bedürfnis, sie zu berühren, als könnte sie sie damit irgendwie heilen. Aber für all das war es jetzt zu spät.

«Auf Wiedersehen, Alec», sagte sie. Ihr war zum Erbrechen übel.

«Und kein Verabschieden», fügte er hinzu, während er mit dramatischer Geste umwandte, «ich komm zurück.»

Als er sich seinen Häschern näherte, rief Molly: «Was für ein Recht haben Sie dazu?»

«Er bekommt eine gerechte Verhandlung», erklärte Reilly, doch sein Grinsen verhieß das Gegenteil.

«Und dann werden Sie ihn erschießen», antwortete Molly zornig.

«Ganz richtig, Missus», lachte Reilly.

«Er wird nur erschossen, wenn er schuldig gesprochen wird. Darauf gebe ich Ihnen mein Wort, Missus», sagte sein Partner, den Reillys Haltung offensichtlich ärgerte.

«Welcher Teufel hat Sie nur mit dieser schmutzigen Arbeit beauftragt?», fragte Molly.

«Ihr Schwager, Mrs. Delaney», verkündete Reilly, «Jack!»

Zum Protest war keine Zeit mehr. Reilly hatte Alec geschnappt und sie waren schon auf dem Weg nach draußen. Nora rannte mit Molly zu ihrem Vater. Er stöhnte vor Schmerzen und Nora hielt seinen blutverschmierten Kopf in den Armen.

«Kann mir vielleicht mal einer sagen, was zur Hölle das alles zu bedeuten hat?», fragte er.

Sie brachten ihn ins Haus und reinigten seine Wunde. Jimmer hatte sich während des Vorfalls verdrückt. Molly klärte Noras Vater über alles auf. Zu Noras Überraschung bekam er keinen Wutanfall.

«Ich weiß, dass du nicht viel von mir hältst, Nora», sagte er, «und ich nehm's dir auch nicht übel. Aber das wenigste, was ich jetzt tun kann, ist hierzubleiben, bis Peter kommt, falls es noch mehr Probleme gibt.»

Nora war sicher, dass die Irregulars jetzt nicht mehr kommen würden; sie hatten ja den Mann, hinter dem sie her waren. Trotzdem war sie froh, dass ihr Vater anbot zu bleiben.

Was Alec betraf, konnte sie nur hoffen, dass Reilly keinen Grund fand, ihn zu töten, bevor sie mit Jack zusammentrafen. Sie konnte nicht verstehen, warum Jack Alecs Entführung angeordnet haben sollte, aber sie war sicher, dass er Alec nichts tun würde.

Am meisten quälte sie die Frage, wohin sie ihn wohl gebracht hatten. Stundenlang wälzte sie dieses Problem in ihrem Kopf herum. Und als sie dann später am Abend mit Bangen auf Peters Rückkehr warteten, hatte sie die Antwort gefunden, und zwar in dem Zimmer, das einmal ihrer Mutter gehört hatte und jetzt ihres war. Hier wartete die Lösung des Problems nur darauf, dass man zufällig auf sie stieß.

Kapitel 21

Es hatte Nora gar nicht gefallen, dass Molly sie damit beauftragte, das Haus von oben bis unten in Ordnung zu bringen. Angesichts der ganzen Katastrophen ringsum kamen ihr diese alltäglichen Verrichtungen lächerlich unwichtig vor. Sie teilte Molly ihre Ansicht mit, aber Molly blieb hart.

«Es gibt keinen Grund, den ganzen Tag auf der faulen Haut zu liegen», sagte sie.

Bald aber merkte Nora, dass es besser war, beschäftigt zu sein. Wenn man so tat, als gehe alles seinen gewohnten Gang, dann war es auch leichter zu glauben, dass alles wieder normal werden würde. Verzweifelt herumzusitzen wäre wie ein Aufgeben erschienen, hätte geheißen, die Niederlage einzugestehen. Die Hausarbeit half Nora auch klarer zu denken und sich nicht nur die schrecklichen Dinge auszumalen, die Alec oder Jack zustoßen könnten, oder sich Gründe zurechtzulegen, warum Peter zu spät kommen könnte oder womöglich gar nicht.

Als sie das Gästezimmer ausfegte, erinnerte sie sich plötzlich daran, was Jack über das «sichere Haus» gesagt hatte. Dann fiel ihr auch noch die ungewöhnliche Geschichte mit der Geheimkammer ein. Konnte man aus dem, was er erzählt hatte, schließen, wo sich das Haus befand?

Die unzähligen Gedanken, die ihr durch den Kopf gingen, glichen dem summenden Gerede in einer Wirtschaft, und sie übertönten die Worte, die bei ihrem kurzen Treffen mit Jack gefallen waren. Sie stürzte sich mit noch größerem Eifer in die Arbeit und allmählich verebbte das verwirrende Getöse in ihrem Kopf.

«Im Urwald könnte man kein besseres Versteck finden», hörte sie Jack sagen und es war, als stünde er neben ihr im Zimmer. Und dann erinnerte sie sich noch deutlicher an etwas, was er ihr gesagt hatte, als er die Geheimkammer beschrieb. «Das Haus in den Wäldern, das wir haben.»

Jetzt war sie in ihrem Zimmer angelangt. Sie öffnete die Fenster und begann ein paar Kleidungsstücke, die noch auf dem Bett lagen, zusammenzulegen. Als sie sie weg packte, nahm sie ein paar Sachen aus dem Schrank heraus, die schon zusammengelegt waren, und ordnete sie ein bisschen sorgfältiger. Sie befürchtete, dass ihr die Arbeit bald ausgehen würde, die es ihr doch erlaubte, über weitere Hinweise nachzudenken. Jetzt musste sie nur noch das Bett machen und sie beschloss, die Laken zu wechseln.

Sie lief hinunter zur Wäschemangel und kehrte mit frisch gestärkten Tüchern zurück. Sie dehnte die letzten Handgriffe möglichst lange aus. Schließlich ordnete sie die Bücher in den Regalen und wischte die Kommode, die sie schon vorher sauber gemacht hatte, noch mal ab und wartete auf neue herabwirbelnde Stäubchen, die sie zusammenkehren könnte, bevor sie sich irgendwo niedergelassen hatten.

Schließlich wandte sie ihre Aufmerksamkeit dem Bett zu. Sie schüttelte die alten Laken aus und stopfte sie in einen Kopfkissenbezug. Als sie die frischen Laken ausbreitete, rückte sie das Bett von der Wand ab, um sie besser unterschlagen zu können. Auf Händen und Knien fegte sie mit Schaufel und Besen die Staubschicht zusammen, die sich wohl unter allen Betten sammelt. Als sie mit dem Handfeger darunter fuhr, stieß sie an etwas, das ein fester Gegenstand sein musste. Sie zog ihn ans Licht.

Es war das Buch von ihrer Mutter, das sie nie ganz gelesen hatte. Worin, wie sich Nora erinnerte, auch das jugendliche Gedicht voller Liebe und Hoffnung steckte. Sie musste die sorgfältig geschriebenen Worte gar nicht lesen. Kristallklar stiegen sie vor ihrer Erinnerung auf.

Nach Templemore wir einmal zogen
An einem lichten Frühlingstag
Und lauschten dem Gesang der Vögel
Im grünen Morley-Hag.

Dort fanden eine Hütte wir
An diesem grünen Frühlingstag
Und wollten unser Heim hier bauen
Im lichten Morley-Hag.

Einem Fremden wäre eine Verbindung zwischen diesen Worten und Jacks Erwähnung von dem «Haus im Wald» zumindest zweifelhaft vorgekommen. Nora aber war überzeugt, dass die Hütte aus dem Gedicht ihrer Mutter und sein «sicheres Haus» ein und das selbe waren.

Wie zur Bestätigung fiel ihr ein, dass er gesagt hatte, ihre Mutter sei das hübscheste Mädchen der Stadt gewesen. Sie konnte sich auch lebhaft daran erinnern, wie traurig seine Stimme dabei geklungen hatte. Es gab nur einen zuverlässigen Weg, um herauszufinden, ob das alles stimmte.

Sie eilte in die Küche, wo ihr Vater und Molly beieinander saßen. Beide sprangen auf, als sie so hereinplatzte, denn sie waren sicher, dass etwas passiert sei. Aber es wäre Nora schwer gefallen, die Frage in Anwesenheit ihres Vaters zu stellen.

«Daddy», sagte sie, «ich muss etwas mit Molly besprechen.»

Er war verwirrt, und sie konnte sehen, dass er sich als Eindringling empfand.

«Dann geh ich wohl mal besser raus und lass euch miteinander reden», sagte er.

«Es ist nichts von Bedeutung, Daddy», erklärte Nora ihm, «ich … ich wollte nur wissen, welche Laken ich für mein Bett nehmen kann. Ich will sie wechseln, Molly.»

«Ist das alles?», Molly lachte. «Komm mit zur Wäschemangel und ich gebe sie dir.»

«Sie hat immer großartig gearbeitet», sagte ihr Vater zu Molly, «ich hab's bloß nie zu schätzen gewusst.»

Nora hatte keine Zeit, um auf das Kompliment einzugehen, aber es verstärkte das Gefühl in ihr, dass letzten Endes doch noch alles gut werden würde.

Kaum waren sie im Flur, lenkte sie Molly in den Laden, wo man sie nicht hören konnte. Sie war so in Eile, dass sie gegen eine Blechdose mit Mehl stieß. Zum Glück wurde nichts verschüttet, obwohl die Dose mit einem lauten Knall auf den Boden fiel.

«Molly», drängte sie, «sind Mam und Jack miteinander ausgegangen … als sie jung waren … sind sie spazieren gegangen oder so?»

Es war alles sehr peinlich, aber die Sache war zu dringend und Nora musste es wissen.

«So eine Frage», sagte Molly und legte die Hände an die Wangen.

«Ich muss es wissen», platzte Nora heraus, «vielleicht hängt Alecs Leben davon ab, und Jacks möglicher Weise auch.»

«Bist du von allen guten Geistern verlassen oder was ist mit dir los?»

«Sind sie zusammen gegangen? Bitte sag es mir.»

«Ja, Nora», seufzte Molly, «aber das ist doch so lange her.»

Einen Augenblick lang geriet die dringliche Lage gegenüber Noras Neugier ins Hintertreffen. Sie konnte nur so wenig über ihre Mutter erfahren, jetzt, wo sie tot war. Der Schmerz über ihren Verlust war umso größer, als Nora bewusst wurde, dass ihre Mutter in vielerlei Hinsicht eine Fremde für sie war. So vieles aus ihrem Leben war wie ein Buch mit sieben Siegeln, deshalb war jedes Bruchstückchen, auch das kleinste Detail, das Nora entdecken konnte, ungeheuer bedeutungsvoll. Auf diese Weise konnte sie ihre Mutter wieder lebendig machen oder zumindest verstehen, wie sie gelebt hatte.

«Was ist passiert, dass sie nie … nie geheiratet haben?», fragte Nora laut.

«Ach, es sollte eben nicht sein, Nora, das ist alles», antwortete Molly. «Nachdem deine Mutter nach Dublin durchgebrannt war, schrieb sie ihm zuerst noch und er machte Pläne, ihr nachzukommen. Aber dann … dann hat sie deinen Vater getroffen und mit Jack war alles vorbei.»

Nora fühlte wieder den alten Hass auf ihren Vater in sich hochsteigen, aber sie kämpfte dagegen an. Wäre ihre Mutter mit Jack denn glücklicher geworden, wenn man bedachte, was für ein Leben er gewählt hatte? Oder hätte er sich vielleicht nie den Kämpfenden angeschlossen, wenn er sie geheiratet hätte? Sie wusste, dass diese Fragen sinnlos waren, und was noch schlimmer war, sie vergeudete die kostbare Zeit.

«Molly», flüsterte Nora, «ich glaub, ich weiß, wo sie Alec festhalten.»

Sie erzählte nun, was Jack ihr gesagt hatte und erwähnte auch die ersten Zeilen aus dem Gedicht ihrer Mutter. Molly musste zugeben, dass man Alec höchstwahrscheinlich in dem Haus in Morley Wood gefangen hielt.

«Aber Jack würde Alec nie etwas tun», sagte sie. «Ich bin überzeugt, dass er dort sicher ist.»

«Sie sind beide in Gefahr.» Nora ließ nicht locker. «Dieser Kerl Reilly hat nichts Gutes vor, und was ist, wenn er nicht allein ist? Was ist, wenn auch noch andere von Jacks Leuten an den Überfällen beteiligt waren?»

«Wir müssen auf Peter warten. Er weiß, was zu tun ist, und diesmal hat er, so Gott will, Verstärkung dabei.»

«Aber dann ist es vielleicht zu spät», jammerte Nora, «wir müssen sofort etwas unternehmen.»

Noras Vater stand, von den beiden unbemerkt, in der Tür zwischen Laden und Flur. Er räusperte sich, um sie auf sich aufmerksam zu machen.

«Ich muss deiner Tante zustimmen», sagte er und es war ganz offensichtlich, dass er alles gehört hatte, «es ist das Beste, wenn wir auf Peter warten.»

«Du hattest kein Recht zu lauschen», rief Nora wütend.

«Entschuldige, aber ich hab gedacht, ihr wärt oben, und ich wollte im Laden nachschauen, als ich den Knall hörte.»

«Wir müssen etwas tun!», rief Nora.

«Was im Namen aller Heiligen können wir denn anderes tun als warten?»

Nora wusste, dass Molly Recht hatte. Dennoch ahnte sie, dass Vernunft in dieser Situation, wo es um Leben und Tod ging, ein Luxus war, den sie sich nicht leisten konnte. So ließ sie die Tante und ihren Vater im Laden stehen und schlug hinter sich die Tür zu. Unten an der Treppe stampfte sie ein paarmal laut auf die ersten Stufen, damit die beiden dachten, sie ginge nach oben. Dann schlich sie sich durch die Hintertür und war fort.

Sie rannte durch die Church Street und über die Brücke auf den Marktplatz. An Foleys Laden bog sie in die Templemore Road. Sie konnte nur hoffen, dass Morley Wood nicht zu weit von der Stadt entfernt lag. Es war nur eine Frage der Zeit, bis sie merkten, dass sie fort war. Sie wollte nicht erwischt werden, bevor sie das Haus im Wald gefunden hatte.

Was sie allerdings tun würde, wenn sie dort ankam, verdrängte sie vorerst aus ihren Gedanken. Die Chance, dass sie Alec ohne Hilfe retten könnte, war zu gering, um überhaupt in Betracht gezogen zu werden. Ihre einzige Hoffnung bestand vielleicht darin, dass sie Jack irgendwie allein antreffen könnte. Nur dann könnte sie ihn überzeugen – wenn es denn nötig war, ihn zu überzeugen –, dass Alec unschuldig war. Wenn Jack aber etwas anderes geplant hatte, könnte er ihr wenigstens zusichern, dass Alec nichts zustoßen würde und dass auch er selbst vor Reilly sicher sei.

Trotz alledem verlangsamte sie ihr Tempo kein bisschen. Sie klammerte sich an die Vorstellung, dass Jack möglicherweise vor dem Haus Wache hielt. Dann wollte sie seine Aufmerksamkeit aus einem Versteck hinter den Bäumen auf sich lenken.

Etwa eine Meile hinter der Stadt begegnete sie einer alten Frau in einem dicken schwarzen Umschlagetuch. Es konnte wohl nicht gefährlich sein, sie nach Morley Wood zu fragen. Aber die alte Frau hob ihren knüppelartigen Spazierstock und rief ihr zu:

«Halt dich bloß fern davon, du kleines Miststück, und lass mich in Ruhe!»

«Aber …» stotterte Nora, «ich … ich wollte nur wissen –»

«Ich weiß, was du willst», kreischte die Alte, «Holz klauen! Und dann schiebt man es wieder uns Armen hier draußen zu.»

Sie holte mit ihrem Stock aus und der sauste nur wenige Zentimeter an Noras Kopf vorbei. Nora rannte weiter und rief über ihre Schulter: «Du alte Schachtel, du!»

An einer Weggabelung sah sie rechterhand in der Ferne hinter den Feldern eine Reihe dunkelgrüner Bäume aufragen. Sie blickte auf die Straße zurück, die schnurgerade in die Stadt führte. Abgesehen von der streitsüchtigen alten Frau war weit und breit keine Menschenseele zu sehen.

Als sie näherkam, bemerkte sie, dass sich hinter der Baumreihe ein undurchdringliches, dunkelgrünes Dickicht erstreckte, so weit das Auge reichte. Dazwischen erhoben sich die nackten Stämme anderer, kahler Bäume.

Sie überquerte den Straßengraben und gelangte auf einen Acker. Sie blieb dicht bei den Büschen, die das Feld säumten, und lief rasch auf den Waldrand zu. Dort hielt sie den Atem an, um auch das kleinste Geräusch zu hören. Außer dem gelegentlichen Singen eines Vogels in der Ferne und dem leisen Rascheln von Zweigen im Wind war nichts zu hören. Sie trat in das schattige Dickicht und stahl sich vorsichtig in den Wald hinein. Jetzt gab es kein Zurück mehr.

Bald hatte sie sich in seiner düsteren Tiefe verloren und lief vielleicht immer nur im Kreis – sie wusste es nicht. Unter ihrem Tritt knackten Äste. Dann stand sie jedesmal eine Ewigkeit still und rührte sich nicht.

Wieder einmal knackte es laut, doch diesmal war es nicht Nora gewesen. In der Nähe hörte sie einen Vogel schreien und sich mit rauschendem Flügelschlag in die Baumkronen erheben. Jetzt drang auch das gedämpfte Murmeln einer Gruppe von Männern an ihr Ohr. Sie trat hinter den Stamm des nächstbesten dicken Baumes und suchte Deckung. Mit feucht-klammen Händen krallte sie sich in die rauhe Rinde und wartete, dass die Männer näherkamen.

Obwohl sie nichts verstehen konnte, war sie sicher, dass eine der Stimmen die von Jack war. Schweißperlen standen ihr auf der kalten Stirn. Die Stimmen kamen näher. Jetzt hörte sie Jack ganz deutlich. Er konnte nicht mehr als zehn Meter entfernt sein.

«Wenn es dunkel wird, treffen wir uns wieder im Haus», sagte er.

Nora kniff die Augen zu. Bestimmt würde sie jeden Augenblick entdeckt werden. Doch dann stellte sie fest, dass sich die Männer ebenso plötzlich, wie sie gekommen waren, wieder entfernten. Sie trat um den Baum herum und wartete, bis das entfernte Gemurmel schließlich verstummte.

Nun machte sich Nora in die Richtung auf, aus der die Männer gekommen waren, und erreichte bald einen gut sichtbaren Trampelpfad, der nach ein paar Minuten Weg in eine kleine Lichtung führte. Und hier, an dem einzigen Ort, wo die schwache Wintersonne die finstere Gegend durchdringen konnte, stand das Waldhaus.

Sie duckte sich, damit man sie nicht entdeckte, und nahm ihren ganzen Mut zusammen, um sich die Sache näher anzuschauen. Vor ihr bot sich die freiliegende Vorderseite mit einer zweigeteilten Tür und je einem kleinen Fenster rechts und links davon. Ohne die Vorderseite aus den Augen zu lassen, ging Nora in so weitem Bogen um das Haus herum, bis sie auch die Rückseite überblicken konnte.

Sie trat vorsichtig auf, aber Tannennadeln und kleine Zweige stachen ihr immer wieder in ihre Fußsohlen. Zu ihrer Erleichterung war auch die Rückseite des Hauses unbewacht. Wie ein neugieriges Waldtier näherte sie sich dem Gebäude auf allen Vieren. Schließlich streckte sie die Hand nach der rau verputzten Hauswand aus und zog sich hoch.

Den Rücken an die Mauer gelehnt, stand sie völlig still und lauschte. Nichts. Zu beiden Seiten in Armeslänge von Nora entfernt lagen die zwei nach hinten gehenden Fenster. Als sie nun langsam den Kopf wandte und erst in das eine, dann in das andere Fenster hineinspähte, klopfte ihr Herz wie wild.

Beide dahinterliegenden Räume waren leer. Sie konnte nicht bis zu den Vorderfenstern durch sehen, das hieß, dass es mindestens zwei weitere Räume im vorderen Teil des Hauses gab.

Verstohlen kroch sie an der fensterlosen Seitenwand des Hauses vorüber bis zur Vorderseite. Vorsichtig spähte sie über den Fenstersims und zuckte sofort wieder zurück. Der Irregular namens Sean und Alec saßen sich da drinnen gegenüber. Sean hielt ein Gewehr in der Hand. Sie war sicher, dass keiner der beiden sie gesehen hatte.

Bei dem flüchtigen, ängstlichen Blick ins Zimmer hatte Nora keinen offenen Kamin, wie Jack ihn beschrieben hatte, entdeckt. Das zweite Fenster musste zur Küche gehören.

Von weitem hörte sie auf dem Weg, der zum Haus führte, schwere Tritte näherkommen. Verzweifelt versuchte sie, das Küchenfenster zu öffnen, aber es ließ sich keinen Millimeter bewegen. Das Geräusch der Schritte wurde lauter. Nora hob einen Stein auf und schleuderte ihn in hohem Bogen über das Dach. Er sollte in den Bäumen hinter dem Haus landen. Aber er flog nicht so weit, sondern schlug auf der anderen Seite des Hauses polternd auf das Dach, kollerte vernehmlich über die Dachziegel, landete erst mit einem Knall auf dem Sims eines der Rückfenster und sprang von dort ins Unterholz.

Alecs Bewacher stürzte in das Hinterzimmer, um nachzusehen, was los sei. Nora zog die Haustür einen Spalt auf und gelangte in die Küche, ohne dass jemand sie sah. Eilig ging sie auf den offenen Kamin zu, während der Irregular zur Haustür hastete und mit entsichertem Gewehr auf die Lichtung lief.

Mit heftig zitternden Fingern tastete sie nach dem Riegel der Geheimtür. Vielleicht war sie ja wahnsinnig sei, dass sie Jacks Geschichte geglaubt hatte. Als der Schatten des Mannes am Küchenfenster vorbeiglitt, drückte sie sich rasch in den dunklen Schacht des Kamins. Verzweifelt tastete sie mit den Händen die ganze linke Seite des Kamins ab. Ruß stieg ihr in die Nase und sie hielt den Atem an, um ein Niesen zu unterdrücken. Ihre

Suche wurde immer verzweifelter. Schließlich suchte sie auch die andere Seite ab. Wenige Zentimeter über dem Boden kratzte sie sich an einem gezackten Metallstück die Handfläche auf. Sie verrenkte sich fast die rußigen Finger, um es zu fassen zu bekommen. Dabei entdeckte sie knapp dreißig Zentimeter über dem Boden einen winzigen Handgriff und drehte ihn herum. Die Geheimtür glitt auf. Nora schlüpfte hindurch und schloss sie sachte hinter sich.

Aus dem Nebenraum hörte sie ziemlich lange lautes Gemurmel, schließlich aber wurde es still im Haus. In dem dunklen, engen Raum hatte Nora kaum Platz zum Sitzen. Die Knie eng an den zitternden Körper gepresst sog sie die von Furcht erfüllte stickige Kohlenstaubluft ein. Plötzlich wurde sie von der schrecklichen Angst gepackt, dass in diesem Verlies alle möglichen Insekten und vierfüßigen Kreaturen zu Hause waren. Doch etwas anderes machte ihr noch viel mehr Angst. Es war schon schwierig gewesen, in diese Kammer einzudringen, aber wieder hinauszukommen war wohl so gut wie unmöglich. In der Finsternis versuchte sie den inneren Griff der Geheimtür zu finden. Sie musste sich ein wenig strecken, damit sie mit der Hand hinkam. Dabei entdeckte sie ein winziges Guckloch, das sie, wenn sie sich anstrengte, erreichen konnte. Kaum ein Lichtstrahl fiel in die Kammer. Sie hingegen konnte, wie sie feststellte, in die Küche schauen.

Was sie allerdings noch bemerkt hatte, als sie sich aufrichtete, war, dass sie vorhin, als sie so hastig durch die die Kammer geschlüpft war, ihr Kleid in der Geheimtür eingeklemmt hatte. Mit Sicherheit war der Zipfel für jeden, der genauer hinschaute, deutlich zu sehen.

Kapitel 22

Das Licht in der Küche schwand bald und Nora starrte aus ihrem Versteck nach oben, wo weit über ihr eine Öffnung war, nicht größer als eine Schornsteinröhre, die den Blick auf einen vereinzelten Stern am Nachthimmel freigab. Bestimmt war Peter inzwischen aus Dublin zurück und vielleicht bereits auf dem Weg hierher. Sie war verrückt gewesen, so übereilt in den Wald zu rennen, aber damit konnte sie sich jetzt nicht aufhalten. Hier gab es wenigstens die schwache Hoffnung, dass sie etwas für Alec und auch für Jack tun konnte.

Nebenan wurde es wieder lebendig: gedämpfte Stimmen, Stühle, die über den Boden geschoben wurden und dumpfe Schläge, deren Ursache Nora sich lieber nicht vorstellen wollte. In der Nähe quietschte eine Tür und mit einem Mal war die Küche von einem flackernden Licht erhellt, das lange Schatten über den Fußboden warf.

«Bringt ihn hier rein!» Das war unverkennbar die Stimme von Jack.

Er setzte sich an einen Tisch am Fenster und stellte die Öllampe darauf. Die Sorgenfalten auf seinem Gesicht wurden von dem Licht, das ihn von unten anleuchtete, noch verstärkt. Seine Blässe hatte fast etwas Teuflisches, so hell hob sie sich von dem düsteren Lichtschein ab. «Er ist ein guter Mensch», murmelte Nora vor sich hin und wiederholte Mollys Worte wie ein Gebet.

Ein Stuhl wurde an die andere Seite des Tisches gestellt. Alec, dem die Hände auf dem Rücken zusammengebunden waren, wurde dahin gezerrt und von Reilly auf den Stuhl gestoßen.

«Sachte, sachte», sagte Jack scharf, «das muss ja nicht unbedingt sein.»

«Nach all den Lügen, die er über mich verbreitet hat», erwiderte Reilly, «kann er von Glück sagen, dass ich ihn nicht gleich abknalle.»

«Du weißt, dass es die Wahrheit ist», rief Alec und dann senkte er den Kopf und flehte: «Um Gottes willen, Jack, willst du mir denn nicht glauben?»

Reilly schlug Alec mit der Faust ins Gesicht. Alec fiel dumpf zu Boden. Jack fuhr mit der Rechten in seine Jacke und brachte einen Revolver zum Vorschein. Er stützte den Ellbogen auf den Tisch und zielte auf Reilly.

«Hilf ihm auf!», befahl er.

«Soll er doch kriechen, elender Wurm, der er ist», erwiderte Reilly. Jack richtete sich auf und hob seine Waffe.

«Ich sag's kein zweites Mal», drohte er.

Reilly zögerte, dann packte er Alec an der Schulter. Er setzte ihn wieder auf den Stuhl, diesmal ein bisschen sanfter. Boshaft sah er Jack an.

«Wann entscheidest du dich, was du mit ihm machst?», rief er wütend.

«Ich hab mich schon entschlossen», sagte Jack und wappnete sich selbst für das, was folgen würde.

«Alec Smithson», fuhr Jack fort, «du weißt, was dir zur Last gelegt wird. Du bist angeklagt, ein Spitzel zu sein. Was hast du zu deiner Verteidigung zu sagen?»

Alec hob sein blaugeschlagenes Gesicht und blickte herausfordernd in die Runde, bis sein Blick schließlich an Jack hängen blieb.

«Du weißt so gut wie ich», sagte er ruhig, «dass ich keiner Seele etwas über die Maguires oder über den Parnell-Saal gesagt habe. Warum sollte ich so etwas tun und mich dann an deiner Stelle dort verstecken? Doyle hätte mich erschießen können.»

Er wandte sich an Reilly. «Stimmt es nicht?», fragte er ihn sarkastisch, «Du kennst ihn schließlich besser als alle anderen hier.»

«Rühr ihn nicht an, Reilly», warnte Jack und redete weiter. «Ich weiß nicht, warum oder wie du es getan hast, aber du hast uns verraten, Alec.»

«Jack!», sagte Alec beschwörend.

«Du hast uns verraten und mir bleibt keine Wahl, als ...»

Nora erstarrte vor Entsetzen in ihrem Versteck.

«...als deine Hinrichtung anzuordnen.»

In diesem Moment blickte Jack zu dem Kamin herüber, und Nora hatte das Gefühl, als ob er ihr genau in die Augen schaute. Er stand plötzlich auf und kam in ihre Richtung. Nora zog ihr Gesicht vom Guckloch zurück. Ganz nah hörte sie ihn rufen:

«Ich hab draußen etwas gehört! Sean! Nimm ihn mit in das andere Zimmer. Reilly, Seamus, geht raus und seht nach, was da los ist.»

Eine Tür wurde zugeschlagen und Sekunden später standen sich Nora und Jack gegenüber. Er hatte das verräterische Stück Stoff entdeckt.

«Nora!», flüsterte er, «was zur Hölle tust du da drin?»

«Du darfst das Alec nicht antun», jammerte sie, «du darfst es einfach nicht.»

«Sei leise», befahl er, «natürlich werde ich ihn nicht töten. Ich bring ihn in den Wald und lass ihn frei.»

«Aber was ist mit dir?»

«Ich muss hier bleiben und die anderen davon überzeugen, dass Reilly unser eigentlicher Feind ist», sagte er. «Wenn ich nur herausfinden könnte, wo er das Geld versteckt hat. Das wäre Beweis genug.»

Sie hörten die anderen zurückkommen und rasch schloss Jack die Geheimtür sorgfältig.

«Keine Angst», sagte er noch leise durch das Guckloch, «ich komm hier schon raus.»

Reilly stürmte in die Küche.

«Habe ich da nicht eben Stimmen gehört?», fragte er argwöhnisch.

Jack kniete noch vor dem Kamin. Nora konnte sein Gesicht

sehen, und obwohl seine Antwort, wie sie annahm, eine Lüge war, war sie überzeugt, dass sie auch ein Körnchen Wahrheit enthielt.

«Ich habe gebetet, Reilly», sagte er, «möge Gott mir das vergeben, was ich tun muss.»

«Du willst es also selbst tun?», erwiderte Reilly. «Du weißt, dass ich es liebend gern übernehme.»

«Ich erwarte von keinem, dass er etwas tut, was ich nicht selbst tun würde.»

«Und wann willst du ihn abknallen?»

«Jetzt gleich», erwiderte Jack, «Sean begleitet mich. Ihr beide bleibt hier und bewacht das Haus.

«Aber, Jack -»

«Das ist ein Befehl», unterbrach ihn Jack, «und so lange ich das Sagen habe, tust du, was ich anordne!»

Jack verließ die Küche und aus dem Nebenzimmer war ein Scharren zu hören. Alec wurde in die Nacht hinausgezerrt. Nora blickte suchend nach dem vereinzelten Stern, doch er war hinter einer Wolke verschwunden.

Während sie darauf wartete, dass er wieder auftauchte, stellte sie sich vor, auf einer weiten Wiese zu sein, wo sie Arme und Beine ausstrecken und herumlaufen und tun konnte, was sie wollte. Um sie versammelt waren Alec und Jack, Peter und Molly, ihr Vater und ihre Brüder. Vor allem aber sah sie auch ihre Mutter, die lächelnd und jung am Ende der Wiese saß und im Schatten einer großen Eiche ihre Gedichte schrieb. Aber schon bald verblich das Bild und Nora war wieder allein in der Dunkelheit.

Sie hörte Reillys unheilverkündende Stimme.

«Ich trau ihm nicht, Seamus», sagte er, «er ist zu freundlich zu diesem Kerl Smithson. Ich glaub nicht, dass er ihn umlegt.»

«Er kann hart sein, wenn er will», antwortete Seamus.

«Hart! Zum Teufel!» fuhr Reilly fort, «er hat es auf uns abgesehen, da bin ich mir sicher. Ich hab Doyle gestern Abend getroffen und er sagt, wir sollen ihn schnell loswerden, bevor er uns dreien Probleme macht.»

«Können wir nicht einfach das Geld nehmen und verschwinden?», fragte Seamus verzweifelt. «Ich bin euch nicht beigetreten, um Überfälle zu machen und Leute wie die Maguires ins Gefängnis zu bringen.»

«Es musste sein», erklärte Reilly, «und wir mussten Smithson was anhängen.»

«Das ist nicht recht, Reilly.»

«Tja, du steckst schon bis zum Hals mit drin, Seamus. Es gibt keinen anderen Ausweg, als Jack loszuwerden. Sobald wir mit ihm fertig sind. treffen wir uns mit Doyle am Schlagbaum. Wir teilen das Geld noch heute Abend.»

«Doyle ist derjenige, dem ich nicht trau, Reilly», sagte Seamus.

«Keine Sorge, wir knallen ihn auch ab. Dann gehört das Geld uns beiden.»

In der Ferne hörte man einen einzelnen Schuss und Nora hielt sich die Ohren mit den Händen zu. Jack und Sean konnten jede Minute zurück sein, und sie wusste nicht, was sie tun sollte. Wenn sie sich jetzt zeigen würde, wäre ihr Schicksal genauso besiegelt, wie das der anderen. Tat sie aber nichts, würden die beiden Reilly direkt in die Falle laufen.

Bevor sie einen Entschluss fassen konnte, quietschte die Küchentür wieder. Reilly und Seamus stellten sich in Position. Sie lauerten Sean hinter der Tür auf. Reilly näherte sich dem Eintretenden rücklings und schlug Sean mit der Pistole auf den Kopf. Seamus fing ihn auf, bevor er zu Boden stürzen konnte. Reilly blickte lauernd durchs Fenster.

«Noch kein Zeichen von ihm», flüsterte er rachgierig, «ich gehorche seinen Befehlen nicht mehr!»

Seamus holte einen Strick aus einer Truhe und begann Sean zu fesseln. Reilly stand noch immer mit dem Rücken zu Noras Versteck am Fenster.

«Sobald ich ihn sehe, ist er ein toter Mann,» knurrte er, «dann kannst du Sean erledigen.»

«Können wir ihn nicht einfach liegen lassen, Reilly?», meinte Sean kläglich. Er war immer noch mit dem Strick beschäftigt.

«Damit sie uns erhängen? Ich tu's lieber selber, wenn es sein muss!», sagte Reilly warnend.

Nora wusste, dies war ihre letzte Chance, um zu handeln. Wie groß die Gefahr auch sein mochte, es war besser, etwas zu tun, als hier eingepfercht zu sein und auf den nächsten, diesmal fataleren Schuss zu warten.

Sie drehte den Griff der Geheimtür, zählte bis drei und stand in der Küche. Sie stürzte auf Reilly zu, nahm alle Kraft zusammen, und gerade, als er sich umdrehen wollte, stieß sie ihn mit dem Gesicht in die Scheibe.

Seamus wollte sich auf sie werfen, stieß jedoch mit Reilly zusammen, der vom Fenster zurückwankte. Blut rann zwischen seinen Fingern hindurch, die er schützend vor das Gesicht gepresst hatte. Nora riss die Tür auf und rannte hinaus. Sie hörte das knirschende Geräusch von Stiefeln im Unterholz und hastete darauf zu. Als sie sich umsah, ob sie verfolgt würde, stolperte sie über einen abgebrochenen Ast. Ein scharfer Schmerz zuckte ihr durch den Knöchel, der noch immer empfindlich war. Sie kam wieder auf die Füße und lief weiter.

«Nora!», rief ihr Jack aus dem Dunkel entgegen.

«Sie wollen dich töten, Jack!», sagte sie atemlos, als er sie erreichte, «dich und Sean! Sie haben ihn gefesselt. Wir müssen fliehen!»

Eine Kugel schlug in die Rinde eines Baumes, keine zwei Meter von ihnen entfernt.

«Schnell, Mädchen!», rief Jack. Er packte sie am Arm und stieß sie in das Dickicht hinter sich, «Mach, dass du fort kommst!»

«Und du?»

Ihre Augen brannten vor Tränen, während sie ihn beschwörend ansah.

«Ich kann Sean nicht im Stich lassen», sagte er, «das Spiel ist aus, für Reilly und für uns alle. Ich muss es zu Ende bringen. Lauf zu, oder sie –»

Ein schrecklicher Knall zerriss die Stille des Waldes, als ob ein Baum berstend zu Boden stürzte. Jack verstummte mitten im Satz und sank auf die Knie. Er fiel in Noras Arme.

«Jack!», schrie sie, «Jack!»

«Nora», flüsterte er, «ich hab nur das getan, was ich für richtig hielt.»

Sein Kopf fiel nach hinten. Sie schüttelte ihn heftig und schrie, er solle nicht sterben, aber es war zu spät. Zwei weitere Schüsse durchbrachen das Erstarren, das über sie gekommen war, als sie merkte, dass Jack tot war. Sie legte seinen Kopf sanft auf den Boden und taumelte davon. Verzweifelt versuchte sie zu rennen, doch mit jedem Schritt wurde sie schwächer. Sie hörte Reillys Stimme ganz in der Nähe.

«Da ist er!», rief er, «wir haben ihn erwischt!»

«Was ist mit der Kleinen?», fragte Seamus.

«Die finden wir schon», brüllte Reilly drohend, damit sie ihn auch hörte.

«Lass sie laufen, hörst du!»

«Geh zum Haus zurück und pass auf Sean auf, du nutzloser Feigling.»

Nora stürzte weiter ins dichte Unterholz. Wieder stolperte sie über ein Hindernis. Ihr tat alles weh: der Körper wegen des schmerzenden verstauchten Knöchels; die Seele wegen des Entsetzens über Jacks Tod. Sie hatte keine Kraft mehr aufzustehen. In ihrer Erschöpfung konnte sie nur daran denken, wie kurz die Zeit gewesen war zwischen dem Augenblick, als Jack getroffen wurde und seinem Tod. Es war keine Zeit geblieben, ihm zu sagen, das sie ihn nicht für schlecht hielt, dass sie ihn mehr liebte als ihren eigenen Vater und wie sehr sie sich gewünscht hätte, dass er und ihre Mutter zusammengeblieben wären.

Sie hatte das Gefühl, ohnmächtig zu werden, und einen seltsamen Augenblick lang schien sie von irgendwo über den Bäumen auf sich selbst hinunterzusehen und von dort oben ganz ruhig und unbeteiligt ihren eigenen zusammengekauerten Körper zu beobachten – und den rasch näher kommenden Reilly, der das Unterholz durchkämmte.

Ohne Vorwarnung wurde ihr eine Hand über den Mund gelegt und langsam schob sich eine zweite vor ihr Gesicht, die den Griff einer Pistole umklammerte. Der Schuss explodierte mit ohrenbetäubendem Knall und Nora hörte Reilly fallen.

«Seamus!», schrie er angstvoll, «es hat mich erwischt.»

Nora blickte sich nach ihrem Retter um.

«Noch nie im Leben hab ich so ein Ding benutzt», sagte ihr Vater.

«Daddy!», schrie Nora auf, ihre Gedanken von vorhin kamen ihr wieder in den Sinn, «verzeih mir!»

«Sei still, Nora», flüsterte er, «wir sind noch nicht außer Gefahr.» – Sie hörten es rascheln und knistern. Reilly kroch auf das Haus zu. Jetzt knackte es wieder hinter ihnen. Noras Vater drehte sich blitzschnell um.

«Keinen Schritt weiter!», warnte er, doch der Lärm in der Umgebung verriet, dass sich inzwischen eine ganze Armee im Anmarsch befand.

«Jim», kam die Antwort, «ich bin's, Peter.»

Erleichtert atmeten Vater und Tochter auf, als Peter an ihre Seite trat. Mindestens zehn Soldaten in Freistaatleruniformen folgten ihm.

«Aber das sind doch Doyles Leute, Onkel Peter», stieß Nora hervor.

«Sie unterstehen jetzt meinem Befehl», sagte Peter mit fester Stimme, «ist Jack da drin?»

«Jack ist tot!», brach es aus Nora hervor, «Reilly hat ihn erschossen. Er ist da drüben.»

Peters Unterlippe zitterte vor Wut.

«Ich bring ihn um!», brüllte er und riss sich aus dem Griff von einem der Soldaten los. Er stürzte Reilly nach, der immer noch wie ein verwundetes Tier auf dem Boden davonkroch.

Sekunden später stand Peter über ihm.

«Sie dürfen mich nicht erschießen», wimmerte Reilly, «ich … ich hab mein Gewehr dahinten verloren. Sie dürfen mich nicht erschießen.»

Peter richtete die Pistole auf den Kopf des Mannes.

«Du hast meinen Bruder ermordet.»

Die Soldaten und Noras Vater hatten einen Kreis um die beiden Männer gebildet. Trotz ihrer Schmerzen lief Nora herbei und drängte sich zu Peter durch. Alle flehten ihn an, nicht abzudrücken.

«Es gibt schon genug Lynchjustiz in diesem Land, um Himmels willen! Du willst doch nicht, dass sein Blut bis an dein Lebensende an deinen Händen klebt», hielt ihm Noras Vater entgegen.

«Hört auf, alle miteinander!», rief Peter. «Ich hab lang genug stillgehalten, und ihr seht ja, wohin das geführt hat. Mein Bruder ist tot, und jemand muss dafür bezahlen.»

Seine Finger umspannten den Abzug. Reilly schloss die Augen. Nora humpelte zu ihm und berührte die zitternde Hand, die den Revolver hielt. Sie schob sie von Reillys Kopf weg. Tränen liefen Peters Wangen hinunter. Nora legte die Arme um ihn und er weinte still vor sich hin.

Sie berichtete den Soldaten von den beiden Irregulars, die noch im Haus waren, und fragte, ob man Alec gefunden habe. Keiner hatte ihn gesehen. Sie rückten vor und umstellten das Gebäude. Es dauerte nicht lange, bis Seamus sein Gewehr auf die Lichtung warf und mit erhobenen Händen heraustrat. Drinnen lag der ohnmächtige und noch immer gefesselte Sean auf dem Boden.

Peter hatte sich inzwischen gefasst und machte sich mit Noras Vater auf die Suche nach Alec. Immer wieder riefen sie seinen Namen, aber vergeblich. Nora stolperte schließlich über seinen Körper und fiel direkt neben seinen blutüberströmten Kopf. Sie schrie auf und kroch auf Händen und Füßen von ihm weg.

«Er atmet noch», sagte Noras Vater.

«Alec», sagte Peter, «es ist alles in Ordnung, wir bringen dich in die Stadt zurück.»

Nora hörte Alec stöhnen und zwang sich, zu ihm hinzuschauen. Er schlug die Augen auf.

«Ich –» versuchte er zu sprechen, «ich –»

Peter warf seine Jacke ab und riss einen Streifen aus dem Ärmel seines Hemdes, um die Wunde auf Alecs Stirn zu reinigen.

«Ich ...», murmelte Alec, «ich konnte nicht sehen, wo ich hintrat und ich ... ich bin gegen einen Baum gerannt.»

Unter anderen Umständen hätten sie vielleicht alle gelacht, aber Nora war außer sich.

«Du Idiot!», rief sie, «du dummer, dummer Kerl! Du hast mich zu Tode erschreckt.»

«Nora», schalt ihr Vater, «siehst du nicht, wie schlecht es ihm geht?»

«Ich hab gedacht, er wäre ...», murmelte Nora, «du Idiot, Alec, Gott sei Dank lebst du noch.»

«Es geht schon wieder», stöhnte Alec und verzog das Gesicht zu einem Grinsen.

Sie brachten ihn zur Straße, wo ein Armeelaster bereit stand. Auf dem Weg dorthin erzählte Nora Peter, wie sie gehört hatte, dass Reilly Captain Doyle am Schlagbaum treffen wollte.

Zurück in der Stadt musste Nora enttäuscht feststellen, dass es Peter keinesfalls zulassen wollte, sie am letzten Akt dieses langen, schrecklichen Tages teilhaben zu lassen. Sie war empört und ließ es Peter auch wissen, aber er blieb fest. Seiner Meinung nach hatte sie für einen Tag genug gefährliche Situationen miterlebt. Man war sich auch nicht über Doyles Reaktion sicher, wenn diese Ratte merkte, dass die Falle zuschnappte. Als Peter fort war, konnte Molly Nora doch schließlich überreden ins Bett zu gehen.

«Sobald es was Neues vom Schlagbaum gibt», versicherte sie ihr, «kommen wir rauf und erzählen es dir.»

Nora hatte keine Kraft mehr zu protestieren. Trotz seiner eigenen Verletzungen hatte Alec ihren Knöchel untersucht und ihr gesagt, sie brauche sich keine Sorgen machen. Er war nicht gebrochen, aber er tat so weh, dass sie gerne seinem Zureden nachgab und sich auf das Bett legte.

«Ich muss immer daran denken, dass ich mehr hätte tun können», sagte sie zu ihm. «Aber vielleicht hab ich aber auch versucht, zu viel zu tun.»

«Du hast mehr getan, als wir alle verdient haben», erwiderte er.

Als sie so dalag, fragte sie sich, ob eine Rückkehr nach Dublin die einzige Möglichkeit war, um die Ereignisse der letzten Wochen zu vergessen. Mehr als alles andere wünschte sie sich, ihre Mutter würde ihr ein Zeichen geben, einen Hinweis, der ihr sagte, was sie nun tun sollte.

Ganz sacht klopfte jemand an ihre Zimmertür. Leise trat ihr Vater ein und blieb still an ihrem Bett stehen. Zuerst hielt Nora die Augen geschlossen und lauschte auf ihrer beider Atem, das Ein- und Ausatmen, das wie ein Kommen und Gehen in der Stille der Nacht zu hören war. Ihre Atemgeräusche passten sich einander vollkommen an, wie die rechte und linke Stimme eines wogenden Walzers. Noch nie hatte sie sich ihm so nahe gefühlt. Sie öffnete die Augen. Er weinte.

«Du siehst deiner Mutter so ähnlich», sagte er.

«Ich kann mit dir nach Hause kommen, Daddy», sagte sie zu ihm, «ich gehöre eigentlich doch nicht hierher.»

«Und ich würde dich schon morgen mitnehmen, wenn ich wüsste, dass es das Richtige ist.»

«Ich will heimkommen.»

«Vielleicht willst du es in diesem Augenblick, Nora», meinte er, «aber was erwartet dich dort? Nichts. Das gleiche Leben wie deine Mutter. Du müsstest arbeiten gehen oder deine Zeit damit verbringen, dich im Haus abzurackern, und du hättest keine Chance, jemals deine Begabung zu nutzen –»

«Ich mach mir nichts aus Musik», sagte sie schwach.

«Natürlich tust du das. Und darüberhinaus war es der Wunsch deiner Mutter. Ich hab damals mein Bestes getan, dich daran zu hindern, aber jetzt lasse ich es nicht zu, dass du aufgibst.»

«Ich bin hier nicht zu Hause», meinte sie; allerdings klang es nicht allzu überzeugt. «Ich könnte hier nie glücklich werden.»

«Du bist doch in Inchicore nie glücklich gewesen und das

war allein meine Schuld», gab er zu. «Sieh mal, Nora, das hier sind gute, aufrechte Menschen und jetzt wird sich hier alles beruhigen. Sie bieten dir die Möglichkeiten, die du verdienst, nämlich die Chance, es mit der Musik zu versuchen. Das kann ich dir nicht bieten.»

Es war klar, dass er den Entschluss schon gefasst hatte, bevor er in ihr Zimmer gekommen war. Diesmal hatte er dabei aber nur an sie gedacht.

«Und was machst du dort ganz allein?», fragte sie.

«Ich war nie ein Einzelgänger», lächelte er. «Vielleicht wäre es besser gewesen, wenn ich einer gewesen wäre. Außerdem ist es nur ein paar Stunden mit dem Zug, und ich mach jetzt keine leeren Versprechungen: Ich komm dich besuchen, so oft es mir möglich ist.»

«Das glaub ich dir.» Sie war glücklich, endlich einen Vater zu haben, an den sie glauben konnte und der da war, als sie dort im Wald auf sich gestellt gewesen war und ihn brauchte.

Bald kehrte Peter vom Schlagbaum zurück und berichtete, Doyle habe sich ergeben, ohne dass ein einziger Schuss gefallen sei. Jetzt schoben sich Doyle und Reilly gegenseitig die Schuld an den verschiedenen Überfällen zu. Allmählich sickerte durch, dass sie schon in Mullingar Freunde gewesen waren und dass viele Raubüberfälle in jener Gegend, die noch vor dem Beginn der Auseinandersetzungen stattgefunden hatten, nie aufgeklärt worden waren. Als Doyle Captain O'Briens Kommando unterstellt wurde, hatte Reilly mit ihm Kontakt aufgenommen und sie hatten wieder mit ihren alten Machenschaften angefangen. Keiner von beiden wollte zugeben, den tödlichen Schuss auf den Colonel abgegeben zu haben, aber es war klar, dass sie beide dafür verantwortlich waren, gleichgültig, wer abgedrückt hatte.

Nun war alles vorbei, und Nora konnte anfangen, sich in der neuen Heimat und in ihrem neuen Leben einzurichten, das lange Zeit greifbar nah gewesen zu sein schien. Aber nichts ist einfach. Für einen glücklichen Ausgang braucht es Zeit – wenn er überhaupt je kommt.

Kapitel 23

Obwohl der Friede in der Stadt und in den umliegenden Dörfern sehr rasch wieder einkehrte, dauerte es noch drei lange Monate, bis die Irregulars ihre Waffen im ganzen Land niederlegten. Jeden Tag, jede Woche berichteten die Zeitungen, die im Laden der Delaneys auslagen, von immer weniger Zwischenfällen, die sich obendrein auch immer weiter weg ereigneten. Jack und seine Leute bekamen keine Nachfolger, so dass es keine Anschläge mehr auf Brücken und Straßen gab.

Für die Leute in der Stadt war es eine eigenartige Zeit. Es gab keine Anzeichen für unheilvolle Zwischenfälle, aber die Militäreinheit blieb als schmerzliche Erinnerung an das Vorgefallene. Das Einzige, das die Menschen noch belastete, war das Schuldbewusstsein, dass es andere im Land – deren Zahl jedoch zugegebenermaßen von Tag zu Tag kleiner wurde – nicht so leicht hatten. Viele mussten die Erinnerung an den Verlust von Menschen, die sie geliebt hatten, tragen und litten unter den Narben an Leib und Seele, die sie noch viele Jahre begleiten sollten.

Auch für Nora war es nicht einfach. Man sah ihren Vater jetzt zwar immer öfter auf dem Weg von der Church Street zur Stannix Lane, und er wirkte gesünder denn je. Nora aber war sich nicht so sicher, ob es richtig gewesen war, seine Entscheidung, dass sie in Tipperary bleiben sollte, so schnell anzunehmen.

Zudem schien es ihr nicht recht, auch nur ein bisschen glücklich zu sein, während Jack auf dem St. Patricks-Friedhof in der kalten Erde lag. Beim Anblick der Sonne oder der ersten Frühlingsknospen oder des strahlendblauen, wolkenlosen Himmels musste sie daran denken, dass er diese Dinge nie mehr sehen würde.

Sie sorgte sich auch um die Brüder in Amerika. Onkel Phil hatte ihrem Vater geschrieben, dass sie sich gut einlebten. Zuerst war sie ein wenig verletzt, als sie das hörte. Doch dann wurde ihr klar, dass die beiden, genauso wie sie selbst, sicher von Zeit zu Zeit Heimweh hatten. Was blieb ihnen übrig, als das Beste aus der Situation zu machen – so wie sie selbst es auch versuchte? Nora konnte nur hoffen, dass es eines Tages ein Wiedersehen geben würde.

Auch an Peter und Alec nahm Nora diese schreckliche Beklommenheit wahr. Sie waren beide sehr schweigsam. Wenn Molly nicht gewesen wäre, wären sie wohl allesamt in diesem verzweifelten Zustand stecken geblieben.

Denn Molly schickte die widerstrebende Nora gleich am ersten Tag unnachgiebig in die Schule und bestand trotz ihres Protests darauf, dass sie dort bei einem neuen Musiklehrer Unterricht nahm. Das Klavier im Parnell-Saal war nach den Schüssen von damals noch nicht repariert, das Holz war zersplittert und die Hälfte der Saiten war gesprungen. Nora versprach auf dem Schulklavier zu üben. Sie konnte es sowieso nicht ertragen, wieder in den Saal zu gehen.

Molly brachte sie mit zwei Mädchen aus der Nachbarschaft zusammen und ermunterte diese, zu Besuch zu kommen. Bald wurden Aine und Siobhan Noras engste Freundinnen, nachdem sie ihnen zuerst allerdings recht brüsk zu verstehen gegeben hatte, dass sie gut ohne Freunde auskäme. Nora konnte nur schwer vergessen, wie leicht man von denen, die einem am nächsten standen, verlassen werden konnte.

Auch Alec und Peter wurden von Molly auf Trab gebracht. Zuerst trug sie ihnen die Renovierung des Saal auf: die zerbrochenen Fenster, die Holzbalken und Rahmen, der abgebröckelte, durchlöcherte Putz – alles musste in Ordnung gebracht werden. Im Haus und im Laden fand sie ebenfalls Arbeit für sie.

Wenn Einwände kamen, schimpfte sie Peter und Alec wie Kinder und sagte ihnen, sie wolle verdammt sein, wenn sie selbst sich in Grund und Boden arbeiten würde, während die beiden im Haus säßen und Trübsal bliesen.

Nachdem sie alle mit diesen alltäglichen Dingen versorgt hatte, Dinge, die uns Menschen bei der Stange halten, verkündete sie schließlich ihren großen Plan. Ein Vorhaben, von dem sie hoffte, dass es sie alle wieder aus dem Alltagstrott herausreißen würde.

Sie saß am Küchentisch und betrachtete der Reihe nach die drei verdrießlichen Gesichter. Nora war gerade aus der Schule zurück. Dort hatte sie sich mit einem Mädchen gestritten, das sich über ihren Dubliner Dialekt lustig gemacht hatte. Die Auseinandersetzung mit dem Mädchen war es weniger, was sie ärgerte. Vielmehr war sie wieder mal an Jack erinnert worden, der auch ein paar Bemerkungen über ihren Dialekt hatte fallen lassen, damals, als sie ihn im Saal pflegte. Es schien, als würde sie die Vergangenheit nie aus ihrem Gedächtnis streichen können.

Obwohl ihre neuen Freundinnen sie verteidigt hatten, hatte sie auch mit ihnen gestritten. Schließlich war sie allein nach Hause gerannt und hatte sich geweigert, mit ihnen zu gehen.

Alec und Peter waren auf dem Dach gewesen, um ein paar zerbrochene Ziegel zu erneuern. Alec hatte sich mit dem Hammer auf den Daumen geschlagen. Peters Mütze war vom Dach auf die Straße geweht, und als er sie suchte, war sie nicht mehr zu finden. Kurzum, es war nicht der geeignete Moment für Fröhlichkeit, doch Molly ließ sich von so nebensächlichen Problemen nicht aufhalten.

«Das einzig wahre Glück liegt darin, andere Menschen glücklich zu machen», sagte sie etwas feierlich.

Die anderen sahen sie an, als spräche sie plötzlich in einer fremden, unverständlichen Sprache.

«Du hast schon wieder getrunken», sagte Alec sarkastisch.

Peter und Nora kicherten. Seit langem waren sie einem Lachen nicht mehr so nahe gekommen.

«Ist es nicht wundervoll, euch lachen zu sehen?», fuhr Molly fort. «Aber sagt mal, hab ich nicht recht?»

«Ich glaub schon», sagte Nora und wandte sich an Peter.

Er schien schon begriffen zu haben, was Molly im Sinn hatte.

«Molly, ich hab's dir doch schon gesagt, ich bin fertig mit dem ganzen Zeug», sagte er mit fester Stimme.

«Die Leute brauchen doch ein bisschen Spaß in ihrem Leben», beharrte Molly weiter, «etwas, worauf sie sich freuen.»

«Ha!», knurrte Peter, «dieselben Leute, die einen Stein in unser Fenster geworfen und uns Mörder genannt haben?»

«Das war ein fauler Apfel unter vielen, Peter. Du weisst doch, was die Leute darüber erzählen.»

«Zur Hölle mit dem ganzen Pack», erwiderte er.

«Kannst du das nicht einsehen?» Molly blieb hartnäckig. «Wenn man sie alle in denselben Topf schmeisst, tut man das Gleiche wie derjenige, der den Stein ins Fenster geworfen hat: Vorurteile fällen, über andere.»

«Wie kannst du auch nur daran denken, nach all dem, was wir durchgemacht haben?», sagte Peter ungehalten.

«Herrgott noch mal, wenn das Kino überhaupt jemals wieder eröffnet werden soll, dann ist dafür jetzt der richtige Zeitpunkt, wo wir alle ein bisschen Aufmunterung nötig haben», meinte sie schließlich. Sie diskutierten hin und her, doch an diesem Abend kamen sie zu keiner Entscheidung. Molly aber war keineswegs gewillt, locker zu lassen. Sie ergriff jede Gelegenheit, um entsprechende Bemerkungen fallen zu lassen, bis es allen zum Hals heraushing. Sie merkten bald, dass sie keine Minute Ruhe mehr haben würden, wenn sie nicht nachgaben. Molly brachte sogar Noras Vater dazu, dass er ihren Plan unterstützte. Und jedesmal, wenn er zu Besuch kam, fing er davon an, was das Kino doch für eine gute Idee sei.

Schließlich willigte Peter ein und Nora erklärte sich genau wie Alec widerstrebend bereit, dazu beizutragen. Molly war der Meinung, sie sollten sofort anfangen. Wenn sie sich anstrengten, meinte sie, könnten sie in einer Woche soweit sein. Peter war eisern: Wenn schon, dann sollten sie es auch gleich richtig machen. Und das würde, so schätzte er, mindestens drei Wochen dauern.

«Wenn wir schon in einer Woche anfangen», gab er zu bedenken, «dann müssen wir einen von den alten Filmen zeigen, die wir schon vorgeführt haben. Ich will etwas Neues bestellen, und das braucht ein wenig Zeit. Wir müssen es selbst in Dublin holen.»

Molly machte keine Einwände. Sie hatte die Saat gesät und war jetzt gewillt, geduldig auf die Ernte zu warten.

Zunächst malte Peter das Schild für das Stella-Kino neu. Während dieser Arbeit besserte sich seine Stimmung bereits. Als er fertig war, erstrahlte das Schild heller als je zuvor. Dann holte er Mick aus der Autowerkstatt, der den Generator überholen musste. Nachdem sie einige Abende fluchend im Hof damit beschäftigt waren, brachten sie die Maschine schließlich wieder in Gang und sie lief reibungslos.

Bei seinem nächsten Besuch erklärte sich Noras Vater einverstanden, bei dem Verleih in Phibsboro nach Filmen zu fragen. Er wollte sie dann zum Eröffnungsabend mitbringen und am folgenden Tag wieder abliefern. Peter mietete ein Auto von Mick und fuhr mit Alec nach Limerick, um Saiten für das Klavier zu besorgen.

Die Flüche, die in der vorhergehenden Woche auf den Generator niedergeprasselt waren, waren nichts im Vergleich zu denen, die Alec von sich gab, als er das Klavier reparierte. Die Luft schwirrte von seinen Verwünschungen, denen er wie zum Vergnügen noch ein paar französische Flüche folgen ließ. Zum ersten Mal seit Monaten ließ sich Nora von der guten Stimmung, in der sie alle waren, anstecken.

Alec mühte sich fast die ganze Woche damit ab, die alten Saiten zu ersetzen und die neuen zu stimmen.

«Wenn ich nur meine Handschuhe hätte», beklagte er sich alle fünf Minuten, «ich bin sicher, ich könnte besser arbeiten, wenn ich die verdammten Dinger anhätte.»

Am Klavier selbst konnten er und Peter nur wenig richten. Tatsächlich sah das Ding aus, als würde es bei der leisesten Berührung auseinanderfallen. Aber es war robust gebaut und das schwere Holz wurde von einem gusseisernen Rahmen zusammengehalten. Um es für immer verstummen zu lassen, wäre mehr nötig gewesen als ein paar Gewehrkugeln.

Peter, Molly und Nora standen drum herum, als sich Alec schließlich an das Klavier setzte, um ihm ein bisschen Musik zu entlocken. Der Fluch, der wie ein dunkle Wolke auf dem Saal gelastete hatte, schien sich aufzulösen. Ihr Erstaunen überstieg alle Vorstellungen, als sie mit eigenen Augen sahen, wie unglaublich Alec mit den neun Fingern seiner vernarbten Hände zu spielen vermochte.

Die Melodie, die Nora irgendwie als die ihre betrachtete, obwohl sie sie noch nie gespielt hatte, erfüllte den gesamten Saal mit vollkommener Klarheit. Ihr sanfter, anrührender Anfang schien zu sagen: «Ja, wir haben Trauriges erlebt», und «Vielleicht werden wir immer mal wieder Trauriges erleben». Dann wurden die Töne freundlicher und klangen wie eine Verheißung, dass die Zeiten besser würden.

«Molly», rief Peter und übertönte die anschwellende Musik, «magst du tanzen?» – «Gerne, Sir», lachte sie.

Sie hob die Hand und er ergriff sie und verbeugte sich. Sie traten in die Saalmitte und Alec spielte lauter, während sie von den Wogen der Melodie mitgerissen wurden. Nora klatschte laut und lachte, als Peter in die Stühle hinter ihnen stolperte.

«Pass auf meine Zehen auf», lachte Molly.

Sie waren nicht gerade die besten Tänzer, aber in diesem Augenblick zählte nur, dass sie überhaupt tanzten. Bald waren sie alle verzaubert von einer Welt, in der es keinen Hass, keine Gewalt, keine richtigen Gründe und keine falschen Handlungen, keine Sorgen und keinen Tod gab. Nora hatte ihre anfängliche Verlegenheit rasch überwunden, als sie von Peter zum Tanz aufgefordert wurde, bis Peter schließlich aufgab und Molly und Nora den Walzer miteinander beendeten.

Alec erhob sich und nahm ihren Applaus entgegen. Beim Klatschen dachte Nora, dass ihr die zwei Wochen bis zur Neueröffnung des *Stella* lang werden würden. Es tat so gut, sich auf die Zukunft zu freuen.

Peter und Molly, die wieder zu Atem gekommen waren, verließen den Saal und im Hinausgehen summten sie gemeinsam die Melodie vor sich hin.

«Man könnte meinen, sie seien sich gerade zum ersten Mal begegnet», lächelte Alec, als sie verschwunden waren, «wie ein richtiges Liebespaar, die beiden.»

Nora achtete kaum auf seine Worte. Sie wollte mehr über die Melodie erfahren. Bis jetzt hatte sie immer etwas daran gehindert, ihn zu fragen.

«Alec, wer hat dieses Stück geschrieben?»

«Ach, irgendein Franzose», erwiderte er, «ich weiß nicht einmal seinen Namen. Wahrscheinlich war ich betrunken, als ich es gelernt habe.»

«Könntest du es mir beibringen?»

«Ich schau mal, ob ich die Noten für dich auftreiben kann. Aber es ist nicht sehr gut.»

Doch auch er schien mit den Gedanken woanders zu sein. Nora entdeckte in seinen Augen einen Glanz, den sie nie zuvor gesehen hatte. Er sah wieder jung aus. Fast wie ein Knabe.

«Nora», fuhr er nach einer Weile fort, «als ich gerade eben gespielt habe und ihr alle dazu getanzt habt, da hab ich mich gefühlt wie vor Jahren. Mir war, ich könnte alles tun, was ich wollte, als gäbe es keine Hindernisse auf meinem Weg. Nichts, was mich aufhalten könnte, außer Angst. Aber, Nora ...»

Er spreizte die Hände und starrte darauf.

«Ich habe keine Angst mehr!»

Sie war froh, ihn so reden zu hören, aber wenn er wirklich meinte, was er sagte, dann war der nächste Schritt seines Handelns klar. «Du gehst also nach Frankreich zurück?», fragte sie.

Er begann im Saal auf und ab zu schreiten, rieb seine Hände aneinander, hielt plötzlich an, lief wieder weiter.

«Ich weiß es nicht, aber was auch geschieht, ich will dieses Gefühl nicht verlieren.»

Es schien besser, keine Fragen mehr zu stellen. Nora ließ ihn in dem Saal zurück und ging hinaus. Sie wollte nicht einmal an die Möglichkeit denken, dass Alec weggehen könnte, oder sich gar eingestehen, dass es ihr überhaupt etwas ausmachte, wenn er ging.

Stattdessen rief sie sich jeden Moment des Tanzes ins Gedächtnis und rannte zum Haus, zu Peter und Molly. Nichts sollte dieses neue Gefühl der Zufriedenheit in ihr stören. Dennoch war sie im tiefsten Inneren auf das Schlimmste vorbereitet. Es war einfach schwer, diese Gewohnheit abzulegen.

Am nächsten Nachmittag kam Nora von der Schule und das Haus war ungewöhnlich still. Ihre Befürchtungen hatten sich bestätigt. Alec hatte nicht nur beschlossen zu gehen – er hatte es auch schon in die Tat umgesetzt! Molly berichtete, dass sie zwei Umschläge unter der Ladentür gefunden habe, als sie am frühen Morgen aufschloss. Einer war an Peter adressiert, der andere an Nora.

In dem Brief an Peter entschuldigte Alec sich, dass er sie im Stich ließ. Er hatte noch hinzugefügt, ihm bliebe keine andere Wahl, als sofort abzureisen.

«Solange dieses Gefühl in ihm sei», hatte er geschrieben, wie Molly Nora erzählte. «Ich verstehe gar nicht, was er damit meint!»

Nora verstand es sehr wohl, aber das machte die Sache auch nicht leichter für sie. Sie ging mit ihrem Umschlag auf ihr Zimmer. Nachdem sie ihn eine Weile angestarrt hatte, fand sie schließlich die Kraft ihn zu öffnen.

Liebe Nora,

ich weiß, wenn du diesen Brief liest, denkst du, dass ich euch alle im Stich gelassen habe, und das nicht zum ersten Mal. Es tut mir Leid, dass ich überhaupt gehen muss, vor allem auch wegen der großen Pläne, die Molly und Peter mit dem Kino hatten. Wäre ich ein anderer Mensch, wäre ich noch die nächsten beiden Wochen geblieben, aber ich kenne mich selbst zu gut, um die Sache noch aufzuschieben. Ich bin sicher, dass ich in Donnellys Pub enden und davon träumen würde, was ich alles hätte tun können.

Ich laufe vor nichts weg – ich bin eher auf dem Weg zu meiner wahren Bestimmung. Damit meine ich, wieder zu komponieren, und dafür ist Paris für mich der richtige Ort.

Nun bitte ich dich um einen letzten Gefallen. Vielleicht hast du ja schon genug für mich getan, angefangen bei dem Kinnhaken in Donnellys Kneipe! Ich glaube, dadurch bin ich allmählich vernünftig geworden.

Also, zu dem Gefallen: Kannst du in zwei Wochen im Kino meinen Platz einnehmen? Ich würde dich nicht darum bitten, wenn ich wüsste, dass du es nicht schaffst. Wenn du es nicht für mich tun willst, so tu es für Molly und Peter.

Ich glaube mich zu erinnern, dass du fünf oder sechs meiner Stücke aus der Sammlung in dem Klavierschemel gelernt hast. Damit wirst du auskommen. Es gibt noch ein weiteres Stück, das passt, wenn die Handlung rasanter wird. Es ist schwieriger, aber du wirst merken, dass es der Mühe wert ist. Ich hatte immer das Gefühl, dass du die anderen Stücke nicht als «echte Musik» empfunden hast. Stimmt es? Versuch auf jeden Fall die Seiten drei bis sechs von Beethovens Appassionata einzustudieren, ich habe sie für dich oben auf das Klavier gelegt.

Außerdem habe ich dir auch die Melodie aufgeschrieben, nach der du gefragt hast. Vielleicht kannst du sie gebrauchen. Ich füge sie diesem Brief bei.

Eines Tages komme ich mit Musik zurück, die deines Talentes würdig ist. Vergib mir bis dahin, aber ich bin noch immer ein zu großer Feigling, um persönlich Auf Wiedersehen sagen zu können.

Dein Freund Alec.

Auch noch eine Stunde, nachdem sie seinen Brief gelesen hatte, war Nora von Alecs Zeilen überwältigt. Sie hatte das Gefühl, dass er ihr Können weit überschätzte. Sie entfaltete das zweite

Blatt Papier und sah die sorgfältig geschriebenen Noten der vertrauten Melodie – Achtel, Viertel und Halbe. Darüber stand in großen, verzierten Buchstaben der Titel und der Name des Komponisten:

Melodie für Nora von Alec Smithson.

Das war eine größere Überraschung als alles, was sonst in dem Brief stand. Sie spürte eine riesige Woge der Bewegung in sich aufsteigen und beschloss, auf der Stelle in den Saal zu gehen und das Stück zu spielen. Irgendwie wusste sie, wenn sie es nicht sofort täte, würde sie sich vielleicht nie mehr aufraffen können, das Stück zu spielen – überhaupt je wieder Klavier zu spielen.

Unten im Flur lief sie an Molly vorbei, nicht fähig, irgendwas zu sagen. Drei Stunden lang arbeitete sie an dem Stück und überhörte sogar Mollys Ruf zum Abendessen. Sie überhörte auch die innere Stimme, die ihr einredete, niemals Freundschaft zu schließen – dass Freunde einen immer verlassen oder dass man selbst sich von ihnen trennen muss, dass das Glück einem immer genommen wird, das Musik eine einzige Lüge ist und nur vortäuscht, dass Freude möglich ist.

Als sie die letzte Zeile von Alecs Melodie, ihrer Melodie, beherrschte, hatte sie ihre Entscheidung getroffen. Molly und Peter waren sprachlos vor Dankbarkeit, und zweifelten nicht, dass sie die Aufgabe, die sie sich gestellt hatte, bewältigen könnte. Tief im Inneren befürchteten sie jedoch, dass Nora noch nicht in der Lage sein würde, nach so kurzer Zeit der Vorbereitung Filme zu begleiten. Aber das wagten sie nicht auszusprechen.

«Ich muss es tun», sagte Nora.

Was Nora nicht verriet, war, dass sie den Entschluss nur zum Teil für den Onkel und die Tante gefällt hatte – ihr eigentlicher Beweggrund hatte mehr mit ihr selbst zu tun. Es war in gewisser Weise selbstsüchtig, nahm sie an, aber wie Rosie Tobin damals gesagt hatte, manchmal musste man auch an sich selbst denken.

Sie wollte beweisen, dass sie den ungeheuren Mächten, die so viele Menschen hinunterziehen und ihr Leben elend machen, nicht ausgeliefert gegenüberstand. Mächte wie diese hatten ihre Mutter aller Träume beraubt und solche Mächte hatten am Ende auch Jack besiegt, trotz seines Mutes und seiner hohen Ideale.

Alec, und auf die ihm eigene, begrenzte Weise auch ihr Vater, hatten ihr gezeigt, wie man diese Mächte, die einen zu verschlingen drohen, überwindet. Es ging nicht um die Frage, ob man die Welt verändern konnte, wie es Jack und vielleicht auch ihre Mutter einmal geglaubt hatten. Es ging vielmehr darum, sich selbst zu ändern, sich von der Vergangenheit und von Selbstmitleid zu befreien, von all den Dingen, die einen gegen die eigene Einzigartigkeit, die eigenen Talente und Stärken blind machten. Nora würde die Grenzen ihrer eigenen Fähigkeit ausloten.

Zwei Wochen später, am Eröffnungsabend, war es, als habe die Zeit zwei wunderbare Stunden lang den Atem angehalten. Von dem Augenblick an, als Peter seine neue «musikalische Begleitung», wie er Nora nannte, vorgestellt hatte, bis zum tosend ansteigenden Applaus am Ende des Hauptfilms befand sich Nora in einem Zustand verzückter Betäubung.

Ihre ernsthafte Konzentration und eiserne Disziplin während der Vorbereitungszeit hatten ihr, sobald sie die Tasten berührte, das Tor zu neuer, nie geahnter Freiheit geöffnet. Sie spürte, dass sie ihr eigenes Leben endgültig selbst in die Hand genommen hatte und dass sie sich nie mehr von einem unglücklichen Los tyrannisieren lassen würde.

Ihr Vater war da und klatschte ihr aus dem hinteren Teil des Saales Beifall, und auch Mrs. Teehan war dabei, die der Vater als Überraschung für Nora mitgebracht hatte. Er war nicht mehr der herzlose Vater von einst; und Mrs. Teehan schien sich nicht mehr über ihre Einsamkeit zu grämen. Als sie sprach, glühten ihre geröteten Wangen vor Zufriedenheit und Stolz.

«Ich wusste ja bereits, dass du besser spielst als jeder Schüler, den ich je hatte; aber heute Abend habe ich erfahren, dass du mit deinem Spiel auftreten kannst», sagte sie. «Morgen treffe ich mich mit deinem neuen Musiklehrer: Wir müssen Pläne für die Zukunft machen.»

«Aber ich hab Fehler gemacht», meinte Nora bescheiden.

«Sogar deine Fehler waren brillant», begeisterte sich Mrs. Teehan.

In den folgenden Monaten und Jahren erkannte Nora immer mehr, dass Mrs. Teehans Worte ein Schlüssel für eine bestimmte Lebensauffassung waren. Man hört nicht mitten in einem Stück auf, bloß weil man sich verspielt hat. Genauso hört man auch nicht auf zu leben, weil die Dinge nicht so laufen, wie man gehofft hat. Wenn man keine Fehler macht, lernt man nichts dazu. Unvollkommenheit ist kein Hindernis, das einen stürzen lässt, sondern bietet die Möglichkeit, es unter Einsatz der eigenen Kraft und des eigenen Mutes beiseite zu schieben.

Oft ermahnte sich Nora, dass nicht alle Unvollkommenheiten so offensichtlich sind wie die verstümmelten Hände von Alec. Aber vorhanden sind sie in uns allen. Man musste sich nur immer wieder daran erinnern, das wusste Nora nun, dass jeder sein eigenes Paris oder sein Tipperary hat, einen inneren Ort, der einem die Möglichkeit bietet, diese Unvollkommenheiten immer wieder aufs Neue zu überwinden.

Und endlich hatte Nora ihren Ort gefunden.

Gegeneinander oder miteinander?

Mark O'Sullivan

Mehr als nur ein Spiel

Aus dem Englischen von Astrid von dem Borne.
207 Seiten, gebunden mit Schutzumschlag
ISBN 3-7725-1656-4 (ab 14 Jahren)

Sommer des Jahres 1948. Die Juniorenmeisterin Lida Hendel ist in der rechten Laune, ihren Titel hart zu verteidigen, doch als die fünfzehnjährige Ginny Stannix auf der Bildfläche erscheint, begegnet sie ihrer bislang schwersten Herausforderung. Ginny scheint alles zu haben, was Lida sich vergebens wünscht: sie ist beliebt, reich und wird von ihrer Familie liebevoll unterstützt. Als das Finale der Meisterschaften näher rückt, erreichen gewisse Intrigen, Verleumdungen und Gerüchte um lange Geheimgehaltenes ihren Höhepunkt. Sollten die beiden Rivalinnen viel mehr gemeinsam haben, als sie ahnen konnten?

«Ein ernstes, vieschichtiges Buch für reifere LeserInnen, die anspruchsvolle Lektüre gewohnt sind.»

Schweizer Bibliotheksdienst

«O'Sullivans Figuren sind dynamisch, sie entwickeln sich im Laufe des Romans von sprachlosen Gegnern zu miteinander redenden, sich erklärenden Individuen.» *Hits für Kids*